신입사원

신입사원

이시우
장편소설

황금가지

차례

1

"이상하지 않아?"

"뭐가?"

"왜 새로 도시를 지으면 전부 다 역과 대형 마트와 쇼핑몰과 극장을 중심으로 네모반듯하게 아파트를 세워 올리는 건지…… 꼭 좁은 공간에 최대한 많은 사람을 모아두려고 그러는 것 같다고 생각해본 적 없어?"

"그거야 편하잖아. 사람들은 모여 있는 것도 좋아하고."

"세상 모든 사람이 다 그런 데서 편리함을 느끼고, 그런 걸 좋아하는 건 아니잖아? 누군가는 한적함을 즐길 수도 있을 테고, 누군가는 사람을 싫어할 수도 있을 테고, 누군가는 자연환경이 가장 중요할 수도 있을 텐데."

"집값 상승에 대한 기대와 직장의 위치 같은 것들 때문

에?"

"그래그래. 그리고 비슷한 소득 계층끼리 뭉쳐 살고 싶고, 학군이고…… 뻔하고 설득력 있는 대답이긴 한데 '왜 모든 사람의 욕망이 비슷한가?' 에 대한 대답은 안 되잖아?"

"그게 무슨 말이야?"

"때론 말이지 문명사회에서 대중의 욕망이란 건 어떤 의지가 만든 지침을 따르는 것처럼 보여. 당신들은 이걸 좋아해야 한다. 당신들은 이걸 싫어해야 한다. 이런 삶이 당신들에게는 최선이다."

"어디 면접 보러 가시나 봐요. 손님?"

갑작스러운 택시 기사의 질문에 세일은 상념에서 깨어났다.

"주무시고 계셨나 봐요? 눈뜨고 계시길래 깨어 계신 줄 알았는데."

백일몽이었던 것 같다. 대화를 들었던 것 같은데 기억은 가물가물하다.

"아…… 아니요. 그런데 면접 보러 가는 줄은 어떻게 아셨어요?"

"아니 얼굴을 아직 앳된 얼굴인데 양복 제대로 차려입고 택시 타고 가시는 게 딱 이제 막 졸업할 무렵의 사회 초년생이 면접 보러 가는가 보다 하고 물어봤죠."

택시 기사는 자신의 정확한 추리에 대한 세일의 칭찬을 원했던 걸까? 세일은 건성으로 고개만 끄덕이고 다시 창밖으로 스쳐 지나가는 경관을 멍하니 바라보았다. 과천청사역에서 올라탄 택시는 어느새 도심을 벗어나 텅 빈 개활지 도로를 달리고 있었다. 창밖으로 스쳐 지나가는 군부대와 나지막한 야산들을 바라보고 있으니 괜스레 신경이 곤두섰다.

'주변도 황량하고 위치도 너무 외딴곳이잖아. 출퇴근하기도 힘들 것 같은데.'

"어우, 그런데 진짜 외딴 데 있는 회산가 봐요? 그래도 손님이 다부지게 생각 잘하셨네! 요새 젊은 사람들은 다들 겉멋이 잔뜩 들어서 대기업이나 이름 들어본 회사만 가려 하고 말이죠. 그러니 청년 실업이다 뭐다 하는데, 내가 보기엔 우리나라 회사들은 다 똑같아! 그냥 이제부터 죽었다 생각하고 성실하게 회사 다니면 어디에서든 인정받고 자리 잡을 수 있는 거 아니겠어요? 네?"

택시 기사의 장광설을 들으니 이미 취직이 확정된 회사가 자연스레 떠올랐다. 구직자 커뮤니티에서는 악명이 자자한 임플란트 회사였다. 아직 나이가 채 40도 되지 않은 젊은 사장이 임원부터 말단 사원까지 아무나 골라 자기 기분 내키는 시간에 전화를 걸고 전화벨이 3번 울리기 전에 받지 않으면 온갖 구실을 들어 자르기가 일쑤라는 소문이 자자

했다.

'면접관이 뭐라 했더라?'

"세일 씨, 일단 우리 회사는 노동법 따라 9시 출근 6시 퇴근인데, 밤 12시 전에 집에 갈 생각은 하지 마시고 혹시라도 사정 있으면 오후 9시 넘어서 팀장 허락받고 퇴근하도록 하세요."

그다지 자랑스러워할 만한 내용이 아닌 것 같은데도 당당하게 불합리한 근무 여건을 이야기하는 면접관의 떳떳한 표정을 세일은 이해할 수가 없었다.

'우리나라 회사들이 거기랑 다 똑같으면 진짜로 곤란한 거잖아? 주말에도 사장이 부르면 집 이사하는 데도 끌려가야 하고, 등산도 따라가야 하고, 자전거 타는 데도 끌려간다는데…….'

힘든 근무 여건이야 참고 견딜 수 있다 해도 병원에 입원해 계신 어머니의 병간호가 문제였다. 9시에 어머니 병간호 때문에 퇴근해 보겠다 한들 허락을 받을 수 있을 것 같지도 않았지만, 허락을 받는다고 해도 9시면 병원의 면회 시간이 한참 지난 시간이었다.

'거기는 정말로 갈 곳이 없을 때나 생각해 봐야지. 우리나라 회사들이 설마 다 그 모양은 아니겠지.'

문제는 세일의 구직 시장 성적이 회사를 가리고 말고 할 수준이 아니었다는 데 있다.

'50번 면접 봐서 개중 낫다 싶은 회사 합격한 곳이 거기 딱 한 곳이니.'

누구에게도 자랑스럽게 이름을 밝히기 힘든 대학교를 나오고 그나마도 졸업 학점이 형편없었던 게 문제였을 것이다. 이름도 들어보지 못한 고만고만한 회사 몇 곳에서 합격 통보를 받기도 했다. 개중 한 곳은 '가족 같은 분위기'를 장점으로 내세우는 조그마한 회사였는데 사장부터 임원까지 핵심 인물들은 말 그대로 가족들로 채워져 있고 직원들을 집에 들인 종처럼 부려 먹기로 유명한 회사였다.

'아니 그리고 컴퓨터 공학과 나온 나를 총무로 채용하겠다는 건 진짜 너무 하잖아.'

교통편도 마땅치 않은 수원 변두리에 위치한 회사에서 한 달에 210만 원을 받으며 총무직을 해봐야 다달이 월세 내고 생활비 내고 나면 그야말로 하루하루 삶을 견뎌내기만 하며 경력도 제대로 쌓지 못하고 늙어 갈 게 분명했다.

"그런데 내가 학생한테 뭐 하나 이야기해줄까?"

택시 기사는 어느새 세일에게 말을 놓고 있었다.

세일은 건성으로 고개를 끄덕이고 시계를 들여다보았다. 아직 면접 시간까지는 한 시간도 넘게 남아 있었다.

"회사들은 말이지, 말로는 직원들이 회사의 주인이고 어쩌고 하는데. 결국, 회사 다닌다는 건 남들 밑에서 종놈 짓 하려고 다니는 거거든? 아무리 좋은 회사라 해도 직원들은 자유가 없어! 그냥 월급만 후하게 받는 종놈이랑 다를 게 없다고!"

세일은 쓴웃음을 지었다. 아직 회사 생활을 해본 적도 없는 사회 초년생에게 들려주기엔 부적절한 이야기 아닌가? 하지만 이미 학비 대출을 갚기 위해 하루에 12시간씩 2건 이상의 아르바이트하고 있는 세일에게는 꽤 그럴듯하게 들려오는 이야기였다.

"자기가 몸이 아프거나, 무슨 사정이 있거나, 아니 아무런 사정이 없어도 자유로운 사람이면 자기가 쉬고 싶거나 회사를 가기 싫으면 그럴 수 있어야지! 그걸 일 년에 딱 몇 번만 할 수 있고 또 그때마다 위에 놈 허락을 받아야 하는 게! 그게 말이 되는 이야기야? 그게 바로 종놈 생활이라고! 종놈 생활!"

택시 기사는 룸미러로 세일의 눈치를 살폈다. 말없이 앉아 있는 세일의 자조적인 미소가 긍정의 뜻이라 생각했는지 조금 더 흥분한 말투로 빠르게 말을 이어갔다.

"아무리 돈을 많이 받고 염병할 놈의 복지가 좋고 해봐야 사람이 종놈 생활을 할 수는 없는 거잖아? 얼마 전에 차에 태운 병신들 이야기해줄까요? 아니 자기 회사 직원들은 정시에 퇴근하고 주말에 다 쉬는데 사장이 주말도 없이 새벽까지 일하는 게 너무 불쌍하고 대단해 보인대! 그러니깐 사장을 하는구나 싶더래? 씨펄. 그 새끼들 대가리엔 도대체 뭐가 들었는지. 아니 회사가 잘되면 사장이니 이사니 하는 작자들은 직원들 받는 거에 몇십, 몇백 배를 당연하다는 듯 챙겨가요! 그거 몇 시간 더해서 몇백 배 받아 갈 수 있으면 누구라도 다 그러겠다! 염병. 보리밥에 간장 찍어 먹는 종놈들이 '우리 마나님이 요새 고되셔서 그 좋아하시던 고기반찬도 잘 안 드신다'고 걱정하는 꼬라지지."

흥분한 기사의 입에서 튀어나온 침이 앞 유리에 들러붙어서 흘러내리는 광경을 보고 세일은 웃음을 터트렸다.

"어? 웃겨요? 그래. 진짜 웃기지?"

세일의 웃음이 자기 말에 대한 호응처럼 느껴졌는지 기사의 얼굴에도 웃음기가 맴돌았다.

"좋은 거 이야기해 줄까요? 내가 회사 다니면서 영업 차량 운전을 했거든? 아까도 말했듯이 그냥 난 죽었다아아, 생각하면서 돈 모았어! 10년 좀 넘게 일하면서 술도 안 먹고, 여자도 안 만나고, 친구들도 안 보고 하니깐 딱 개인택시 하나 받을 돈 모은 거야. 그때 내 나이가 36? 뭐 그랬거든. 사람들이요, 택시 기사 한다고 하면 불쌍하게 생각하고 하는데. 세상에 이렇게 자유롭고 편한 직업이 없어? 돈이야 내가 열심히 하면 달에 400도 벌고 하는데 설렁설렁해도 과천 같은 데서 하면 200은 벌 거든?"

세일의 머릿속에선 자연스럽게 기사의 수입을 기준으로 한 앞으로의 인생 계획이 떠올랐다.

'아직은 아버지가 들어 놓으신 보험 수령금이 남아 있지만, 그것도 내년이면 끝날 거고. 400이면 어머니 병실 비 내고 월세 내고, 생활비 쓰면 학자금 대출은……'

"중요한 건 말이지. 돈이 아니거든. 요새 사람들은 돈이, 좋은 아파트가, 좋은 차가 자기 몸에 채워진 족쇄란 생각을 못 해요!"

'나한테 제일 중요한 건 돈이네요. 종놈 살이를 하든 뭘 하든 돈이 없으면 내 인생에 답이 없는데.'

세일은 쓴웃음을 지었다. 택시 기사는 다시 한번 룸미러로 세일의 눈치를 살폈다.

"그거 알아! 나 학생 택시비 지금 안 받을 거거든? 왜? 난 자유로운 사람이니깐! 이거 운행하고 택시비 안 받는다고 나한테 뭐라 할 사람 아무도 없거든!"

어리둥절한 표정으로 자신을 바라보는 세일에게 택시 기사가 함박웃음을 날렸다.

"그리고 또 뭘 할 거냐면. 학생 내려다 주고 바로 바다 보러 갈 거다, 이거야! 아침 7시에! 가까운 서해도 안 갈 거야!

어디로 갈 거냐면 남해로 갈 거란 말이지! 왜? 그래도 되니깐! 염병할 상전 눈치 봐야 하는 직장 종놈들이야 기분 낸다 해봤자 시간 걱정하면 끽해야 구정물 같은 서해 갯벌이나 잠깐 보고 오겠지! 그런데 난 자유로운 사람이거든? 그래서 제일 먼 남해로 굳이 갈 거란 말이지? 가면서 내키면 맛있는 것도 먹고."

기사의 흥분이 전염된 듯 괜히 몸이 달아올랐다.

"그거…… 멋지네요."

"그렇지? 요는! 면접 잘 보시고 직장 구해서 죽었다 생각하고 짧게 종놈 생활하며 돈 모아서 학생도 나처럼 자유를 사라 이거야!"

"네, 감사합니다. 그래도 택시비는……"

"에헤이. 학생도 벌써 몇 분째 내 개똥철학 공짜로 들어줬는데 내가 돈을 받기는 좀 그렇잖아?"

"네, 정말 감사합니다."

애써 사양할 이유가 없어 보였다. 벌써 택시 요금은 만오천 원이 넘어가고 있었고 이 추세라면 면접 장소까지 이만 원을 훌쩍 넘길 기세였다. 세일이 두 시간은 아르바이트를 해야 모을 수 있는 돈 아닌가?

"야아— 그런데 나도 과천에서 택시 기사 한 지 꽤 되었지만, 이 길은 처음이네. 아니 과천 근처에 이렇게 뻥 뚫린 개활지가 있었나?"

"그러게요. 무슨 그린벨트 같은 건가 보죠."

"학생. 그 이야기 들어봤어? 과천 그린벨트 지하에 말이지. 박정희 정부 때 전술핵을 잔뜩 만들어서 숨겨놨다고 하더라고."

"에이, 핵확산금지조약도 있고 한데 그건 너무 말이 안 되죠."

"아니 그게. 중국이랑 러시아랑 미국이랑 묵인했다는 이야기가 있어요. 과천 지하에서 이미 핵을 몇 번 터트렸다는 이야기도 있고."

"터무니없네요. 그런 게 딱 전형적인 도시 괴담이잖아요."

"그렇지? 나도 그냥 들은 얘기야."

자기가 말해놓고도 어이가 없는 듯 기사는 껄껄 웃음을 터트렸다. 개활지는 시야의 끝에 닿은 관악산까지 끝도 없이 펼쳐져 있었다. 텅 빈 황무지에서 눈에 띄는 건 드문드문 위치한 군부대뿐이었다.

"아, 거참 풍경 시원시원하네! 좀 이상하지 않아요? 요샌 왜 도시를 지으면 다들 그렇게 다닥다닥 사람을 비슷비슷한 좁은 공간에 몰아넣는지? 신도시에서 태어난 애들은 향수병을 느낄 일은 없어 좋겠어? 대한민국 어디를 가든 전철역 있고 이마트 있고 극장 있고 백화점 있고 길도 네모반듯하니 똑같은 브랜드 아파트만 쫙 세워진 도시들 보면 여기도 저기도 다 내 고향 같이 느껴지지 않겠어?"

'이 비슷한 이야기를 어디선가 들은 것 같은데?'

묘한 기시감이 밀려왔다.

"저도 신도시 태생인데요. 그게 좋죠. 이렇든 저렇든 그런 데가 살기가 편한데요."

기사는 별말 없이 고개를 끄덕였다.

"그런데 이상하네, 주소지 대로라면 저 앞인데 뭐 아무것도 없는데……."

세일은 당혹감에 창밖을 두리번거렸다. 한참을 둘러보니 저 멀리 황무지 한복판에 조그만 단층 건물이 서 있는 게 보였다.

"기사님! 저기요. 저기 옆에 비포장도로!"

"와, 이건 좀 진짜…… 아니 뭐 하는 회사길래?"

비판적인 감상을 뱉어 놓고 미안한지 세일의 눈치를 살피던 기사의 코에서 선명한 붉은 피가 흘러 내려왔다.

"어? 갑자기 왜 이러는 거지?"

기사가 검지를 세워 코밑에 대보았지만, 코피는 좀처럼 멎을 것 같지 않아 보였다. 찔끔찔끔 흘러내리던 피는 보고 있기에 섬뜩할 정도의 양으로 불어났다. 코 밑을 막고 있는 검지를 타고 넘어 기사의 하얀 셔츠를 온통 피로 물들였다.

"괜찮으세요?"

당황해하며 말을 거는 세일에게 손사래를 치며 기사는 고개를 뒤로 젖혔다.

"학생……, 이거 아무래도 병원 가봐야 할 거…… 미안한데 좀만 걸어가 주면 안 될까?"

기사가 염려되는 와중에도 세일은 시계를 다시 한번 들여다봤다.

'아직 면접 시간 40분이나 남았으니 저 정도 거리면 걸어가도 되겠지.'

"네, 그냥 여기 세워 주시고 빨리 병원 가보세요."

세일의 말을 기다리고 있었다는 듯 기사는 급히 택시를 멈추어 세웠다.

잠시 '그래도 돈을 내야 하나?' 고민하다 세일은 차 문을 열고 내렸다.

세일이 뒷문을 닫자마자 택시는 쏜살같이 달려서 멀어졌다.

'기사님. 오늘 바다는 못 가시겠네.'

11월의 추위가 세일의 해진 코트를 뚫고 들어왔다. 세일은 양팔을 겨드랑이에 끼워 넣고 저 멀리에 보이는 단층 건물을 향해 걸어갔다. 멀리서 보고 비포장도로라 생각했던 것은 황무지를 차들이 지나다니며 다져놓은 자국이었다.

'여기는 당장 출퇴근 하는 것도 쉽지 않아 보이는데.'

면접을 포기하고 지금이라도 돌아갈까 싶은 마음이 들었다. 마음에 들지 않은 것은 비단 회사의 위치뿐만이 아니었다. 면접이 이루어지는 과정도 수상하기 짝이 없었다. 인터넷 사이트가 아닌 유력 일간지 한 면을 꽉 채운 채용 공고는 썩 마음에 들었었다.

'신문 한 면을 다 써서 기껏 채용 공고 4줄이랑 이력서 보낼 주소 하나 달랑 적어둘 정도로 사치 부릴만한 회사라면 돈이야 많지 않겠어?'

처음 세일의 눈에 거슬린 건 채용 공고에 적힌 지원 자격이었다.

성별, 학력, 자격, 나이 무관

어찌 보면 오히려 칭찬받아야 마땅할 조건 같아 보였다. 하지만 근래의 구직 시장이 돌아가는 상황에 비추어보면 충분히 수상하지 않은가?

3교대 근무

그 정도는 감내할 수 있었다.

아니 오히려 일반적인 3교대 방식이라면 지금처럼 몇 개의 아르바이트를 병행하는 세일의 입장에서는 오히려 환영할 만한 근무환경이었다.

정년 보장

업계 최고 대우

세일의 이목을 잡아끈 건 채용 공고의 마지막 두 문구였다. 일간지에 전면 광고를 낼 정도의 재력을 보유한 회사가 '업계 최고 대우'를 자부한다면 나름대로 기대를 걸어 봐도 좋지 않은가? 도대체 어떤 '업계'의 회사에서 어떤 직군의 사람을 채용하는지도 설명이 없다는 게 또 문제였지만. 회사명도, 전화번호도, 홈페이지도 나와 있지 않은 채용 공고에서 드러나는 유일한 회사의 정보라고는 이력서를 보낼 주소지뿐이었다.

'그런데 도대체 어떤 회사가 과천에 있는 일반 아파트에서 이력서를 받냐고?'

어떤 이끌림이 없었더라면 별난 회사도 다 있다 생각하고 가볍게 넘겼을 터였다. 이력서와 자기소개서를 채용 공고의 주소지로 발송하고 5일이 채 지나지 않았을 때 세일은 한 통의 전화를 받았다.

"이세일 씨?"

"네 맞는데요."

"서류 통과하셨으니 금요일 오전 8시까지 면접 보러오세요."

"아…… 금요일이면……"

"오전 8시까지예요. 이세일 씨 처지에 과분할 정도로 좋은 직장이니 늦지 않게 오시고요."

"네? 아 네. 알겠습니다. 회사 위치가?"

"주소로 찾기 힘들 테니 지금 불러 주는 숫자 잘 받아적으세요. 위도랑 경도가 3……"

전화로 서류합격을 통보하는 사람의 무례함은 그렇다 쳐도 세일의 처지에 대해 알고 있다는 뉘앙스를 풍기는 것이 영 꺼림칙했다.

'그런데 요새 세상에 위도랑 경도로 회사 위치 알려주는 데가 어디 있나 했더니만. 여긴 진짜 필요했겠네. 기사님이 지도 앱 화면만 보고 잘 찾아주신 게 다행이다.'

택시 안에서 볼 때는 금방 도착할 수 있을 것 같은 거리였는데 걸어도 걸어도 좀처럼 건물은 가까워지지 않았다. 한겨울이었지만 가림막이 없이 내리쬐는 태양 빛은 금세 세일의 싸구려 오리털 파카 안을 땀범벅으로 만들었다. 주변을 둘러보니 군부대가 마치 건물을 포위하듯 둘러싸고 있는 게 눈에 띄었다.

'혹시 무슨 군사 관련 회사인가? 그래서 보안이나 그런 것 때문에?'

군수 업체라면 오히려 세일로서는 환영할 만했다. 대부분 급여도 좋고 직장도 탄탄하다 하지 않았던가? 금세라도 돌아가고 싶은 마음을 다잡으며 20분쯤을 걸어 도착한 단층의 콘크리트 건물 주위에는 커다란 자동차 3대가 아무렇게나 세워져 있었다. 또래 친구들과 달리 의도적으로 자동차에 관심을 가지지 않으려 했던 세일도 익히 잘 알고 있는 유명한 고급 수입차 브랜드의 SUV 차량들이었다.

'저 차들 다 수억 하는 차 아닌가? 직원들이 이렇게 비싼 차 타고 다니는 거라면 진짜 업계 최고 대우 맞나 보네. 무슨 군사 관련 업체 출장 파견 사무소 같은 데인가 봐?'

조금씩 이 미지의 직장에 호의가 싹트고 있는 세일의 마음을 다시 부정의 늪으로 빠트린 건 수상할 정도로 단조로운 건물의 외관이었다. 직사각형의 단층 건물은 연기가 뿜어져 나오는 지붕 위의 연통 말고는 별다른 외부 배관 하나 없이 매끈하기만 했다. 건물 정면에 보이는 칙칙한 철문은 바라보기만 해도 섬뜩한 기분이 들었다. 세일은 건물 주변을 한 바퀴 둘러보았다. 건물 외벽에는 다른 출입문도 심지어 창문도 하나 보이지 않았다. 세일은 핸드폰을 꺼내 시계를 들여다보았다. 아직도 면접 시간까지 10여 분이 넘게 남아 있는 걸 확인하자마자 핸드폰의 배터리 잔량과 안테나 게이지가 요동치더니 전원이 꺼져버렸다.

'이 고물 핸드폰 같으니라고.'

이미 예전에 배터리 수명이 다한 걸 억지로 쓰고 있는 핸드폰이었던지라 언제 고장 나도 이상할 건 없었다. 하지만 하필 지금이라니.

'취직하면 일단 핸드폰부터 바꿔야 하나.'

세일은 한숨을 내쉬며 철문 앞으로 걸어갔다. 철문의 중앙을 가로질러 길게 놓인 굵은 손잡이를 한참 바라보다 세일은 작게 문을 두드렸다. 안에서는 어떤 소리도 들려오지 않았다. 세일은 잠시 고민하다 조금 더 세게 문을 두드렸다.

"계십니까? 면접 보러 왔습니다!"

철문 안에서는 여전히 어떤 반응도 들려오지 않았다. 다시 한번 긴 한숨을 내쉬고 세일은 손잡이를 힘껏 잡아당겼다. 철문은 예상보다 훨씬 더 무거웠다. 철문의 무게 때문인지, 외부의 빛을 빨아들이는 듯한 건물 안의 어둠 때문이었는지 살짝 현기증이 몰려왔지만, 세일은 몸을 추스르고 건물 안으로 들어갔다.

'꼭 동굴 같네?'

급격한 밝기의 변화에 적응하지 못하고 있는 세일의 눈에 건물 가운데에 놓인 지붕까지 길게 이어진 연통이 달린 난로가 보였다. 난로를 둘러싸고 배치된 회전의자에 앉아 있던 3명의 노인이 일제히 몸을 돌려 세일을 바라보았다. 세일을 바라보는 노인들의 얼굴에는 감추기 힘든 반가움과 안도의 감정이 드러났다.

'면접자가 별로 없나? 면접자 보고 이렇게 노골적으로 좋아하시는 분들은 또 처음이네.'

"잘 와주었네."

키가 크고 등이 꼿꼿하고 깡마른 노인이 세일과 한 번 눈을 마주치고 짧게 한마디 인사를 내뱉고선 의자를 돌려 벽면을 바라보았다.

'손에 뭘 들고 계신 거지? 저거 뜨개질바늘이랑 실 아닌가?'

깡마른 노인이 벽면을 바라보며 뜨개질에 열중하는 사이에 통통하고 사람 좋은 인상의 노인이 자리에서 일어나 세일에게 손을 내밀며 말을 걸어왔다.

"아이고 먼 길 오셨네! 자네 이름이?"

"네! 이세일입니다!"

통통한 노인은 경직된 자세로 악수를 하며 딱딱한 어투로 대답하는 세일의 어깨를 가볍게 두드렸다.

"너무 긴장 안 해도 돼요! 편하게 있어. 아 의자가 우리가 남는 게 없으니 일단 내 의자에 좀 앉아 있으라고."

머뭇거리며 양보받은 의자에 앉는 세일에게 연신 웃음을 보내며 통통한 노인은 벽 한쪽에 가로 놓인 책상으로 걸어갔다. 책상 위에 가나다순으로 분류되어 쌓아 올린 이력서 뭉치 중에 'ㅇ' 항목을 집어 올린 노인은 눈을 찌푸리고 어둠 속에서 세일의 이력서를 찾기 시작했다.

'엄청 많은데? 얼핏 봐도 지원자가 수백 명은 훨씬 더 될 거 같은데?'

"아! 여기 있네! 이세일 군. 그래 대학도…… 경한대? 좋은 데 나왔네."

노인은 이력서 뭉치를 한참을 뒤적거리고 나서야 세일의 이력서를 찾아 들었다.

'좋은 데는. 이름도 못 들어보셨을 텐데.'

딴에는 세일을 추켜세워주는 의도였을 노인의 칭찬이 괜스레 마음에 걸렸다.

"어디 보자. 군대도 벌써 다녀왔고. 특기 번호가 30…… 이게 무슨 특기지?"

"네. 방공포 특기입니다!"

"방공포면 3교대 근무에는 익숙하겠네?"

"네, 그렇습니다."

“3조 3교대? 6일 일하고 2일 쉬는?”

“아닙니다. 저희는 4명이 3일 일하고 돌아가면 하루 쉬는 방식으로 일했습니다.”

“그래. 우리랑 근무 여건은 비슷하겠네. 우리는 지금 3명이 교대 근무하는데 사람이 부족해서 잘 쉬지를 못했거든. 자네 일 익숙해지는 대로 군대 있을 때랑 비슷한 방식으로 일할 수 있을 거야.”

‘꼭 입사 확정된 것처럼 이야기하시네?’

“이 형, 박 형. 젊은 친구 얼굴도 보고 했으니 난 이만 가볼 테요.”

말없이 둘의 대화를 듣고만 있던 신경질적이고 음침해 보이는 인상의 노인이 세일을 한 번 더 훑어보곤 의자에서 몸을 일으키며 말했다.

“아 그참. 얼마 만에 오는 신입인데 진득하게 같이 이야기도 나누고 면접도 좀 보고 가!”

“저 문 넘어온 순간 이야기 끝난 거지, 무슨 쓸데없이 면접이니 뭐니 하며 시간을 끌고 그래요! 나 야간 근무 서서 피곤하니 먼저 가요!”

신경질적인 노인은 말을 내뱉기가 무섭게 철문을 열고 나갔다. 문틈으로 잠시 스며들어온 태양 빛이 어두컴컴한 실내에 기이할 정도로 선명한 빛줄기를 잠깐 비추어주었다.

"아, 거참 사람 성질머리하고는."

통통한 노인은 신경질적인 노인이 앉아 있던 의자를 끌어 당겨 세일과 마주 보며 앉았다.

"그래 이세일 군. 봐서 알겠지만, 우리가 하루를 8시간씩 나누어서 3교대 근무를 서거든? 좀 전에 퇴근한 김 형은 밤 11시부터 아침 7시까지 근무 서고 지금 일하고 있는 박 형이……"

통통한 노인이 말을 하며 벽에서 눈을 떼지 않은 채 뜨개질을 하는 노인을 바라보았다.

'저게 일하고 있는 거라고? 벽 보면서 뜨개질하는 게?'

실망을 속으로만 집어삼키려 애써 보았지만, 표정이 굳어지는 걸 막기는 힘들었다.

'괜히 시간만 낭비했어. 매일 택시 타지 않으면 출퇴근하기도 힘든 곳인데.'

세일의 실망 따윈 알 바 없다는 듯 통통한 노인의 말은 길게 이어졌다.

"그리고 내가 오후 3시부터 밤 11시까지 근무를 선단 말이지? 그런데 세일 군 출근할 때쯤 해서 한번 근무시간을 다 뒤바꿀 거야. 그러니깐 내가 오전 근무를 서고 박 형이 오후 근무를 서고 김 형은 하던 대로 야간 근무를 서는 식으로 말이지."

"저…… 말씀 중에 죄송하지만 제가 여기 오게 되면 하는 일이 정확히 뭔가요?"

"응? 아. 별거 아니야. 어려울 거 하나 없고 업무 강도도 낮으니 걱정할 거 없어요. 뭐 두 눈 멀쩡해서 볼 수 있고 두 다리랑 두 팔만 성한 사람이면 바보도 할 수 있는 일이니. 그래도 일단 출근하면 나랑 같이 오전 근무 서며 일도 좀 배우고 이것저것 같이 익혀 나가자고."

마음속 실망감은 기묘한 반항심으로 돌변했다.

"저기 죄송한데…… 꼭 제 입사 확정하신 것처럼 이야기하시는데, 최소한 자기소개라도 듣고 결정하셔야 하는 거 아닌가요?"

내지르듯 뱉어낸 세일의 말을 들은 통통한 노인의 얼굴에 당황한 기색이 역력해 보였다. 기계적으로 손을 놀리며 뜨개질을 하고 있던 깡마른 노인이 잠시 손을 멈추고 시선을 돌려 세일의 눈을 바라보았다. 깡마른 노인의 눈빛은 맹수의 그것처럼 사람을 움츠러들게 만드는 구석이 있었다. 순간 움찔하는 세일을 잠시 바라보던 깡마른 노인은 별다른 말 없이 벽면으로 시선을 돌리고 다시 뜨개질을 이어 나갔다.

"아 그렇지. 그래 우리 이세일 군 자기소개 한번 들어볼까?"

어린아이 응석받아주는 듯한 노인의 태도가 거슬렸지만, 세일의 입은 이제껏 수도 없이 기계적으로 반복해 읊었던 레퍼토리를 다시 한번 쏟아내기 시작했다.

놀랍게도 상투적인 가족관계와 출생지를 나열하며 시작되어 구구절절한 개인사로 마무리되는 세일의 진부한 자기소개를 듣고 통통한 노인은 꽤 감동한 눈치였다. 희미한 조명 아래에서도 노인의 눈가가 촉촉해진 걸 세일은 바로 알 수 있었다. 깡마른 노인은 여전히 벽만을 바라보고 있지만 때때로 세일의 자기소개에 귀를 기울이는 것인지 잠시 뜨개질하는 손을 멈추곤 했다.

"그래 어머니는 병세는 차도가 좀 있으시고?"

"네……."

"그래그래. 세일 군 훌륭한 자기소개 잘 들었네! 어— 우리는……"

통통한 노인은 말을 길게 끌며 고개를 돌려 깡마른 노인의 눈치를 잠시 살폈다.

"우리는 세일 군이 우리와 함께 일하기 적절한 인재라 생각해서 채용을 진행할 생각이거든?"

'그냥 임플란트 회사에 입사하겠다고 하는 게 낫겠지? 여긴 무슨 일을 하는지도 모르겠고, 위치도 너무 안 좋고 이런 데서 제대로 된 경력 쌓기도 힘들 테니.'

세일의 속마음을 아는지 모르는지 통통한 노인은 말을 끝도 없이 이어 나갔다.

"간단한 건강검진 절차 정도만 거치면 바로 입사 확정될 거니깐 금방 출근할 수 있게 준비하고."

"저 말씀 중에 죄송한데 제가 이미 합격한 곳이 한 곳 더 있어서요. 조금 고민 좀 해보고 답을 드리면 안 될까요?"

완곡한 거절에 당황할 거로 생각했지만 통통한 노인은 그저 기묘한 표정으로 세일을 바라만 보았다.

"어? 그래, 중요한 일인데 잘 생각해 봐야겠지. 그런데 세일 군. 겉보기만 봐서 우리 사무실이 좀 초라해 보이고 하는 일도 이상해 보일 거라는 건 아는데, 전반적인 급여나 대우는 세일 군이 생각하는 것 이상으로 좋을 거야. 이게 대외비라 지금 밝힐 수는 없는데. 우리 차 끌고 다니는 거 봤지? 그리고 내가 자식이 셋인데 이 직장 다니면서 별 어려움 없이 세 명 다 대학 보내고 해외 유학까지 보내줬거든? 한 번 잘 생각해 보라고."

"네…… 알겠습니다."

통통한 노인이 지갑에서 검은색 명함을 꺼내 들었다.

"박 형. 이세일 군한테 줄 명함 한 장 줘봐요."

깡마른 노인은 시선을 여전히 벽에 고정한 채로 뜨개질 도구를 책상 위에 내려놓고 지갑에서 명함을 꺼내 통통한 노인에게 건네어 주었다.

"잘 생각해 보고. 우리는 근무 중에는 전화를 못 받으니 둘 중 한 명 연락되는 사람한테 전화해 주라고."

세일은 통통한 노인이 건네는 두 장의 명함을 받아 들었다. 아무런 무늬가 없는 검은색 바탕의 명함에는 회사명도, 직함도 없이 노인들의 이름과 핸드폰 번호만 적혀있었다.

"자네 올 때 차 끌고 왔나?"

"아뇨. 택시 타고 왔습니다."

"그럼 같이 나가자고. 나도 오늘 오후 근무인데 자네 면접 보러 잠깐 온 거라 다시 들어가 볼 거거든? 내가 가까운 역까지 자네 태워다 줄 테니."

사양할 이유가 없어 보이는 제안이었다. 세일은 고개를 끄덕였다.

"이만 들어가 보겠습니다."

"또 보세."

작별 인사를 건네는 세일의 얼굴에 깡마른 노인의 날카로운 시선이 잠시 내리꽂혔다. 건물 밖으로 나오자 눈부신 아침 햇살이 세일의 눈 위로 쏟아져 내렸다. 아까보다 더한 현기증이 밀려와 세일은 잠시 이마를 짚고 숨을 골라야 했다.

"왜 몸이 좀 안 좋아?"

"아. 아닙니다. 갑자기 밝은 데로 나오니깐 좀 어지러워서요."

"우리 사무실이 많이 어둡긴 하지?"

통통한 노인이 킬킬 웃으며 앞장서 차로 걸어갔다.

"어때 차 좋지?"

세일은 천진하게 웃으며 차 자랑을 하는 노인에게 고개를 끄덕여 보이고 조수석에 올라탔다.

'와…… 무슨 차가 몸에 닿는 모든 부위가 다 가죽이야.'

노인이 으스대며 자랑하는 게 충분히 이해될 만큼 고급스러운 차였다.

"자네도 출근하려면 바로 차는 한 대 사야 할 거야. 기왕에 살 거면 이런 큼지막한 SUV가 좋아. 우리 사무실 오는 길 봤지? 그리고 교대 근무할 때 필요한 비품들 같은 것도 우리가 다 직접 사와야 하거든?"

'대출금 갚아야 할 게 얼만데 내가 차를 사.'

생각을 속으로만 삼키며 세일은 고개를 끄덕였다.

"그리고 차는 벤츠가 좋아! 박 형이나 김 형은 포르쉐니 BMW니 벤틀리니 하는데 차는 모름지기 벤츠가 최고야! 마침 사무실 근처 과천 쪽에 서비스 센터도 있고 뭣보다 신뢰성이 좋거든? 우리 하는 일은 일을 잘하고 못하고가 없어요. 그저 성실하게 근무시간 맞춰서 출근하고 정시에 퇴근 꼬박꼬박 빠짐없이 하는 거! 그게 제일 중요한 거거든. 그래서 내가 벤츠가 좋다는 거야. 얘는 고장이 안 나요. 손 갈 일도 특별히 없고."

"아…… 네."

노인의 속 편한 차 자랑에 세일은 그저 맞장구만 쳐주었다.

'그 임플란트 회사 가면 퇴근 시간도 따로 없다 했지. 주말도. 그래도 아까 택시 기사님 말처럼 죽었다 생각하고 열심히 하면 몇 년 뒤면 벤츠는 아니더라도 중고차 한 대 정도는 살 수 있겠지?'

조금은 꿈같은 희망이었다. 통보받은 연봉 수준으로는 어머니의 병원비와 학자금 대출과 월세와 생활비를 제하고 나면 돈을 모을 수 있을 거란 기대를 하기 힘들어 보였다.

"재미있는 이야기 해줄까? 김 형 BMW가 내 차보다 몇천 더 비싸요. 그래 봐야 거기서 거기지만. 그런데 김 형이 자기 차 끌고 어디 식당 주차장 같은 데 가서 제일 좋은 자리에 세우잖아? 그럼 주차장 관리하는 양반들이 '어이 아저씨 차 여기 대시면 안 돼요! 저쪽 구석에 세워요!' 한단 말이지? 그런데 내차 끌고 주차장에 들어가면 뛰어나와요! 사람들이. 뛰어나와서 '사장님 여기 편한 데 세우십시오!' 한단 말이지? 이러니저러니 해도 사람들이 물건의 가치를 판단하는 건 이름값이랑 배지야! 그러니깐 세일 군도 꼭 벤츠를 사도록 하라고."

노인의 말에 세일은 실소를 터트렸다.

'그걸 잘 아시는 분이. 내가 이런 이름도 뭣도 없는 회사

를 뭘 믿고 다닐 거라고 생각하시나.'

세일의 성의 없는 대꾸들은 아랑곳하지 않고 노인의 자동차 자랑은 끝도 없이 이어졌다.

"그럼 세일 군 조심해서 들어가고. 결정되는 대로 바로 연락 주라고!"

세일은 과천청사역에 도착해서야 노인의 수다에서 벗어날 수 있었다. 그날 오후 아르바이트를 위해 전철을 타고 가며 세일은 바로 임플란트 회사의 인사 담당관에게 전화를 걸었다.

"네. 인사팀입니다."

"아. 안녕하세요. 저번 주에 면접 본 이세일이라고 하는데요. 저 회사 입사하기로 결정했다고 말씀드리려 전화드렸습니다."

"이세일 씨요?"

"네."

"아 그…… 제가 먼저 연락드리려고 했는데. 죄송한데 저희 사장님이 이세일 씨 합격 취소하라고 하셔서요."

"네? 저번에 저 최종 합격되었다고……"

"저도 이런 일 처음이라 참……. 아니 그런데 무슨 정부기관 쪽이랑 엮인 일 하셨어요? 이세일 씨 뽑으면 우리 사장님 요번에 100대 기업인 선정되신 거 취소할 거라고 모처에서 전화 왔다는 소문도 있고."

절망감이 억센 손아귀처럼 세일의 심장을 움켜잡았다. 대상을 지목하기 힘든 원망이 밀려왔다.

"아니, 그래도 저번에……"

"죄송합니다. 위에서 결정하신 사안이니 제가 뭐 어찌할 방법이 없네요."

괜한 하소연을 늘어놓아 봐야 방법도 없어 보였다. 세일은 몇 마디 성의 없는 인사를 건네고 전화를 끊었다.

'몇 군데 더 시도해 봐야 하나. 아침에 거기는 진짜 너무 아닌데.'

머릿속에서는 이미 오전에 면접을 본 사무실에 취직한다는 답을 내려놓았지만, 세일은 애써 회피하고 싶었다.

'그래도 생각 외로 괜찮은 직장일 수 있잖아? 3교대 근무면 근무시간도 일정대로 돌아갈 테니 남는 시간에 추가로 알바 같은 것도 할 수 있을 테고. 출퇴근이 제일 문제인데.'

세일은 심호흡을 한번 하고 오전에 받은 명함을 꺼내 들었다.

박영종, 이기인

인상이 좋았던 노인이 깡마른 노인을 '박 형'이라고 불렀던 게 떠올라 세일은 이기인 노인의 번호로 전화를 걸었다. 전화기가 꺼져있다는 기계음의 응대만이 들려오자 세일은 한숨을 내쉬고 박영종 노인의 번호로 전화를 걸었다. 박영종 노인은 벨이 몇 번 울리기도 전에 세일의 전화를 받았다.

"안녕하세요. 오전에 면접 본 이세일이라고 하는데요."

"마음 정했나?"

깡마른 노인은 다짜고짜 세일에게 질문을 던졌다.

"아…… 네. 그 사무실 입사하는 걸로……."

"내일 과천 삼성 병원 원무과 가서 임지연 교수랑 약속 있다고 말하게. '사무실'에서 나왔다고 하면 알아서 자네 건강검진 절차 진행해 줄 걸세. 오늘 저녁 9시부터는 금식하도록 하고."

'무슨 입사 확정도 1분도 안 걸려서 결정 내리더니 건강검진도 이렇게 바로.'

기다리고 있었다는 듯 일사천리로 진행되는 절차에 세일은 어안이 벙벙해졌다.

"저 그런데, 혹시나 해서 여쭙는 건데 건강검진에서 뭔가 이상이 발견되면 입사 취소가 될 수도 있나요?"

전화기 너머로 노인의 나지막한 냉소가 들려왔다.

"자신들이 체계가 갖추어져 있고, 모든 걸 통제하고 있다고 믿는 조직에서는 절차를 중요시하지. 그냥 요식적인 절차라고 생각하면 될 걸세. 아침에 김 형이 이야기한 거 기억나나? 사무실 문 열고 들어온 순간 자넨 이미 우리 일원이

된 걸세."

노인은 세일의 대답을 기다리지 않고 전화를 끊었다.

2

"이상한 꿈을 꿨어."

"어떤 꿈?"

"꿈속에서 나는 똑바로 누워 자고 있었어. 잠이 들었는데 꿈속에서 또 꿈을 꾸고 있더라고. 어쩌면 죽어 있었을지도 모르겠다. 시체였을지도 모를 내 몸 위를 개미들이 기어 다녔어. 개미들의 수가 점점 늘어나더니 왕국을 지었어. 내 살이 개미들의 음식이 되고, 내 콧김이 개미 왕국의 풍차를 돌리고, 내 몸의 솜털들이 개미들의 은신처가 되고……"

"엄청 징그러웠겠다."

"아니 징그럽다거나 무섭다는 생각은 들지 않았어. 그냥 신기하고 재미나더라. 점점 왕국이 커지고 문명이 세워지고. 웃기는 게 개미들은 내 덕분에 번창하는데 어떤 개미들은 그걸 자기의 힘이라고 생각하더라. 딱히 하는 것도 없이 다른 개미들 위에 서는 걸 당연시 하면서 말이야."

"원래 개미들 사회가 그러잖아?"

"개미들 사회? 내가 꿈에서 깨어나 한번 몸을 뒤척이면 흔적도 없이 사라져 버릴 그런 게 무슨 사회고 문명이고 왕국이야?"

"듣고 보니 그렇네."

"내 꿈 이야기해줬으니 너도 하나 해줘. 지금 꾸는 꿈은 뭐야?"

"어렸을 때 아빠랑 엄마랑 같이 외식을 갔어. 그때 아빠가 경비원 일 하시고 엄마는 식당에서 설거지를 하셨는데 우연히 두 분이 쉬는 날이 겹친 거야. 그래서 조금 무리해서 셋이 다 같이 택시를 타고 교외에 있는 크고 높고 멋진 식당에 갔어."

"좋았겠다!"

"아니. 식당 입구에서부터 사람들이 줄을 길게 서 있더라. 유명한 집이었나 봐. 우리도 같이 줄을 섰지. 그런데 같이 줄을 서고 있는 사람들 표정이 좀 이상했어. 마치 '당신들이 이런 곳에 왜 왔냐?' 식이랄까."

"그건 불쾌하네. 다 똑같은 개미 새끼들끼리."

"그렇지? 그런데 더 이상한 건 어떤 사람들은 줄을 안 서고 바로 식당에 들어가더란 거야. 줄 서 있는 사람들도 그걸 당연시하고."

"그런 사람들이 있지. 자기한테 주어진 것도 아닌 걸 자기 것이라고 착각하고 사는 거야."

"줄이 너무 길게 늘어지니 식당 종업원이 나와서 사람들

한테 차례대로 인원이 몇 명인지, 식사를 뭘로 할 건지를 물어보고 다녔어. 그런데 우리한테 와서는 의아한 표정으로 물어보더라고. '식사하러 오신 건가요?' 식당에는 당연히 식사하러 가는 거잖아?"

"그렇지. 그때 기분이 어땠어?"

"정확히 모르겠어. 어머니가 아버지랑 내 손을 붙잡고 웃으면서 너무 오래 기다려야 할 거 같으니 다른 데 가서 밥 먹자고 하셨……"

세일은 밤새 잠을 설쳤다. 가까스로 알람에 맞추어 몸을 일으키니 베개가 온통 축축하게 젖어 있었다. 잠결에 주먹을 꽉 쥐기라도 한 것인지 팔뚝이 저릿저릿했다.

'오늘 건강검진. 몇 시까지 오라 말은 없었지?'

정해진 시간은 없었지만, 몸속 깊숙이 새겨진 습관이 세일을 아침부터 바삐 움직이도록 내몰았다. 세일은 오전 9시가 되기 전에 산 한 자락을 통째로 차지한 거대한 종합병원 입구에 도착했다. 이른 시간이었지만 원무과 앞에는 접수를 기다리는 환자들의 줄이 길게 늘어서 있었다.

'좀 더 서둘렀어야 했나? 너무 늦어지는 거 아냐?'

아르바이트를 하는 곳에는 이미 양해를 구해 놓았고 딱히 맞추어야 할 정해진 시간도 없었지만 괜스레 조바심이

났다. 대기표를 뽑고 초조하게 줄어들어가는 전광판의 숫자만을 바라보고 있는 세일의 어깨를 누군가 두드렸다.

“접수하려고 대기하시는 거죠? 저 다다음 번 즈음에 대기번호 불릴 거 같은데 갑자기 화장실이 너무 급해서요. 이거 가지고 제 차례에 접수하세요.”

건장한 체격에 평퍼짐한 항공 점퍼를 입은 남자가 말의 내용과는 달리 차가운 말투로 세일에게 대기표를 건네며 말했다.

“네? 아, 그래도 제가 어떻게……”

“어차피 저한테는 쓸모없어요, 이제. 일단 받으시고 그럼 알아서 하세요.”

항공 점퍼의 남자는 우악스럽게 세일의 손에 대기표를 쥐여주고 화장실 방향으로 걸어갔다. 남자의 친절은 고마웠지만 석연치 않은 기분이 계속 들었다. 새로 받은 대기표의 번호가 전광판에 뜨자 세일은 고개를 내저으며 원무과의 접수창구로 걸어갔다.

“안녕하세요. 처음 오셨나요? 건강보험증이랑 여기에 연락처 좀 적어 주세요.”

“아. 저 임지연 교수님 찾아왔는데요.”

“네? 정신건강의학과 임지연 교수님 손님이시라고요?”

‘정신건강의학과라고? 건강검진한다며.’

"네, 네. 저기 그 사무실에서 나왔다고 말씀 좀 전해주시겠어요?"

"잠시만요."

접수창구의 직원은 의아한 표정을 지으며 어딘가로 전화를 걸었다. 통화 소리가 들리지 않도록 고개를 돌리고 한참을 이야기를 나누더니 전화를 끊고 세일에게 웃는 낯으로 문진표를 내밀었다.

"네. 이세일 님 맞죠? 종합 건강검진 절차 진행할 테니 일단 문진표 작성 좀 먼저 해주세요."

"아 저쪽 가서 써올까요?"

"아뇨. 그냥 여기 자리에서 바로 작성해주세요."

접수창구의 직원이 책상 위에 있는 기계를 조작하자 창구 위에 달린 전광판의 불이 꺼졌다. 세일이 문진표를 작성하는 내내 창구의 직원은 긴장한 시선을 세일에게서 거두지 않았다.

"저 여기 일단 쓸 수 있는 데엔 다 썼는데요."

"네. 그럼 바로 6층 올라가시면 엘리베이터 앞에서 안내해주실 분이 기다리고 있을 겁니다."

'원래 건강검진이 이렇게 진행되나?'

예상 못 한 방식으로 진행되는 절차에 얼떨떨해하던 세일은 6층에 마중 나온 직원의 안내대로 옷을 갈아입고 신체

측정을 하고, 폐활량을 재고, 몇 방의 엑스레이를 찍고, MRI 촬영을 하고, 채혈하고, 소변을 채취하고, 청력과 시력을 검사하였다. 이리저리 정신없이 휩쓸려 다니다 내시경 촬영을 위한 마취실에서야 세일은 잠시 휴식을 취할 수 있었다. 마취를 위한 기나긴 대기 줄에 아침에 세일에게 접수 표를 양보한 항공 점퍼의 남자가 앉아 있었다.

'저 사람은 왜 옷도 안 갈아입고 저러고 있지?'

"이세일 씨 어디 있어? 내가 말한 거 못 알아들었어? 윗선에서 관심 있는 게 그 양반 신체 건강이 아니라고! 당장……"

저 멀리 들려오는 고성에 이름이 거론되자 세일의 시선은 자연스레 소리가 나온 방향으로 움직였다. 접수대의 직원들을 세워 놓고 소리를 지르고 있는 건 의사복을 입은 키가 훤칠하고 백발을 짧고 단정하게 자른 중년 여성이었다.

"아. 저기 있네. 이세일 씨의 남은 절차 다 뒤로 미뤄."

넓은 보폭으로 성마르게 세일에게 걸어온 의사가 다짜고짜 명함을 내밀었다.

"이세일 씨? 반갑습니다. 전 정신건강의학과 교수 임지연입니다. 일단 제 방으로 가시죠."

어리둥절하며 명함을 받아든 세일의 대답을 기다리지 않고 임지연 교수는 올 때와 마찬가지로 성큼성큼 걸어갔다.

"뭐 하세요? 어서 따라와요."

임지연 교수의 뒤를 따라 들어간 개인 방의 가운데에는 커다란 책상이 놓여 있었다. 책상 앞에 회전의자를 세일에게 권하며 자신의 의자에 털썩 주저앉은 임지연 교수가 한동안 세일을 쏘아보았다.

"그래 이세일 씨. 어르신들은 정정하시고? 규정대로라면 분기에 한 번씩 검사받아야 할 양반들이 잘나신 업무 핑계로 얼굴 한 번 안 비치고 말이지."

"저도 면접 때 처음 한 번 뵈었지만 정정하신 것처럼 보였습니다."

임지연 교수는 코웃음을 치며 책상 한쪽에 놓여있는 세일의 검진 차트를 들여다보았다.

"보아하니 아직까지 검사에서 건강상의 문제는 없어 보이고. 무엇보다 나이가 아주 어리네? 어르신들이 호들갑을 떨며 좋아하실 만도 해."

임지연 교수는 책상 서랍을 열어 여러 개의 전선이 달린 기계 장치를 꺼내 들었다.

"팔 걷고 저기 알코올 솜으로 이마랑 팔 좀 닦아요."

세일이 시킨 대로 하자 임지연 교수는 서투른 솜씨로 전선들을 세일의 몸 이곳저곳에 의료용 테이프로 고정했다.

"좋습니다. 이제부터 내가 묻는 말에 아주 잘 대답해주세요."

"저기 이건 무슨 거짓말 테스트 같은 건가요?"

"뭐 비슷해요. 세일 씨가 어떤 생각을 하는지 많은 사람이 궁금해하고 있거든? 답이 있는 질문은 아니니깐 깊게 생각하지 말고 솔직하게 대답해주면 됩니다."

책상 한편에서 이런저런 선택 문항이 적힌 용지를 꺼내 들고 임지연 교수는 세일을 바라보았다.

"이것도 입사 시험의 일환인 거 잘 알죠? 세일 씨가 앞으로 하려는 일, 세일 씨는 상상도 못 할 만큼 중요하고, 그만큼 대우도 좋고 보람도 있는 일이니 진지하게 임해요."

임지연 교수의 기백에 질려 세일을 고개만 끄덕였다.

"일단 쉬운 것부터 하죠. 어제 면접 보고 이상한 꿈을 꾼 적 있나요?"

임지연 교수의 질문에 무언가 세일의 머릿속을 스치고 지나갔지만 모호하기만 했다.

"아뇨, 어젯밤에 잠을 좀 설치긴 했는데……"

"잠을 설쳐요? 꿈을 꿨나요?"

"네. 별로 의미 없는."

"어떤 꿈? 원숭이와 연관이 되어 있나요?"

"아니요. 정확히 기억은 잘 안 나고 어렸을 적 추억이요."

임지연 교수는 기계 장치를 한참 동안 바라보고 종이에

무언가를 날려 적었다.

"말할 수 없는 것을 말한 입? 바라볼 수 없는 것을 바라본 눈?"

"네…… 네?"

"생각하지 말고 대답해요. 입? 눈?"

"저…… 입이요."

다시 한번 임지연 교수는 전선이 달린 기계 장치를 잠시 바라보더니 종이에 알아볼 수 없는 글을 휘갈겨 썼다.

"원숭이들의 법칙이 먼저 온 자의 권능 앞에서 작용할 수 있을까요?"

"네? 도대체 무슨 뜻인지……"

임지연 교수는 다시 기계 장치를 바라보고 종이에 글을 남겼다.

"인류가 누리고 있는 문명이 꿈꾸는 자의 꿈의 파생물이라 생각하나요?"

"……."

임지연 교수는 다시 한번 기계 장치를 바라보더니 이번엔 세일의 얼굴을 한동안 관찰하고 나서 종이에 무언가를 써 내려갔다.

"좋습니다. 어르신들이 좋아할 만했군요. 마지막으로 가장 중요한 질문 하나 하고 끝내죠. 여자 친구 있나요?"

"네? 아뇨 없습니다."

"연애 경험은?"

"아, 대학생 때 잠깐……"

"대신 죽을 수 있을 만큼 좋아했나요?"

"네? 아…… 그때는 그랬을 거 같은데요."

"그때 어머니와 여자 친구가 동시에 호수에 빠졌다면 누구를 구했을 건가요?"

이건 면접 자리에서 많이 대답해본 유형의 질문이었다.

"저는 일단 어머니를 빠르게 구한 뒤에 여자 친구를 구하도록 하겠습니다. 저희 어머니가 아무래도 몸이 안 좋으시니, 조금이라도 오래 버틸 수 있는 여자 친구를 나중에 구하는 게 정답일 듯합니다."

기계적으로 튀어나온 세일의 준비된 대답을 듣고 임지연 교수는 노골적인 비웃음을 터트렸다.

"좋아요. 그럼 그 순간 호수에 유치원생 100명이 탄 버스가 빠져들고 있다면? 세일 씨가 어머니와 여자 친구를 희생시키고 당장 운전석에 뛰어들어야만 100명을 구할 수 있다면?"

"……."

"백만 명을 죽여 천만 명을 살릴 수 있다면 백만 명을 희생시킬 건가요?"

"……."

"다르게 물어보죠."

"세일 씨 어머니 이 병원에 입원해 계시죠. 세일 씨 손으로 어머니의 목숨을 끊어야만 전 인류가 살 수 있다면 어떡하실 건가요?"

'우리 엄마…… 하루 입원비 9만 원짜리 싸구려 병실에서 피고름 썩는 내가 풍기는 7명의 다른 환자들과 하루를 같이 보내고 있는……'

세일의 머릿속에서 어머니의 목소리가 들려왔다. 누군가가 물어본 '식사하러 오신 건가요?'란 질문에 아버지와 세일의 손을 잡아끌며 '다른 곳에 맛있는 집 알고 있다'라고 하시던 바로 그 목소리였다. 눈가가 빠근해지며 눈앞이 흐려졌다.

'이상하지? 다들 똑같은 개미 새끼들인데 누구는 다른 개미들의 운명의 실을 자기가 쥐고 있다고, 그걸 자기가 원하는 방향으로 짤 수 있다고 생각하잖아?'

이를 악물고 감정을 진정시켜 보려 하지만 어깨가 떨리는 걸 억누를 수가 없었다. 말없이 바라보는 임지연 교수의 눈을 마주 보다 고개를 파묻은 세일의 눈가에 눈물이 흘러내렸다. 흘러내기 시작한 눈물은 좀처럼 진정이 되지 않았다. 이를 꽉 깨물고 어깨를 떨며 흐느끼는 세일을 홀로 내버려 두고 임지연 교수는 방 밖으로 나갔다. 조용히 닫히는 문 너머로 임지연 교수의 통화 소리가 들려왔다. 잠깐의 통화가 끝나자 복도에서 굵고 낮은 남자의 목소리가 임지연 교수에게 말을 걸었다. 조금은 진정이 된 세일의 귀에도 익숙한 항공 점퍼 남자의 목소리였다. 항공 점퍼의 남자와 임지연 교수의 대화 소리가 점점 멀어져 갔다. 한참이 지나고 나서야 임지연 교수는 방으로 돌아왔다. 아직 눈물 자국이 남은 세일의 얼굴을 바라보며 멋쩍은 표정을 짓더니 휴지를 건네고 조용히 자리로 가 앉았다.

"세일 씨에게 모욕을 주거나 하려는 의도는 아니었단 것만 알아줬으면 좋겠네요."

"네……."

"그나저나 입사 축하합니다. 원래 이런 소식은 어르신 중 한 분이 전해야겠지만……"

세일의 풀죽은 태도가 마음에 걸렸는지 임지연 교수는 과장되게 악수를 청했다.

"내일 아침 6시까지 정부청사역 1번 출구 앞에 나와 계시라 하네요. 어르신 중 한 분이 세일 씨 태워 갈 거예요."

이제는 이런 급작스럽고 경황없이 진행되는 상황이 어느 정도 익숙하기까지 했다.

"알겠습니다."

세일은 건성으로 임지연 교수의 손을 맞잡고 대답했다. 돌아서 나가는 세일을 불러 세우더니 임지연 교수는 명함을 건넸다.

"무슨 일 있거나 부탁할 일 있으면 부담가지지 말고 연락하시고요. 아까의 사죄 겸해서 제가 어머님 특별히 더 신경 써 케어할 테니 어머님께 너무 미안함 가지지 말고 직장생활 잘하세요."

'엄마 병실에 들러 잠깐 뵙고 갈까?'

"세일 씨 손으로 어머니의 목숨을 끊어야만 전 인류가 살 수 있다면 어떡하실 건가요?"

불현듯 임지연 교수의 질문이 머릿속에 떠올라 소름이 돋았다.

'눈물 자국 있는 얼굴로 찾아가면 신경 쓰실 거야. 회사 적응되면 오후에 시간 많이 남으니깐 그때 찾아뵙자.'

취직 소식을 알려야 한다는 생각이 들었지만 같은 병원에 있으면서 전화로 이야기를 하기도 난감했다.

'일단 집에 가서 저녁에 전화를 드리자.'

그토록 바라던 취직이었는데도 좀처럼 기쁜 마음이 들지 않았다. 어깨를 늘어트리고 방을 나서는 세일의 등 뒤로 임지연 교수의 시선이 한참 동안 머물러 있었다.

낮인데도 병원에서 집으로 돌아가는 길의 모든 대중교통

은 인파로 붐볐다. 2시간이 넘는 이동 시간 동안 발을 밟히고, 가방에 얼굴을 얻어맞고, 사람들에게 시달리는 와중에 세일을 가장 많이 괴롭힌 건 시선들이었다.

'아까부터 자꾸 나를 유심히 바라보는 사람들 많은 거 같은데?'

아침에 마주쳤던 항공 점퍼의 남자가 떠올랐다.

'나한테 대기표 왜 건네준 거지? 정신과 교수님이랑 이상한 질문 나눌 때도 문밖에서 엿듣고 있었던 거 아냐?'

어쩌면 이 모든 게 다 신경이 예민해진 세일의 망상일 것이다.

'질문이 조금 이상한 게 아니었잖아? 도대체 그게 일하는 거랑 무슨 상관이라고.'

요새는 좀처럼 보기 드문 일간지를 펴든 남자가 세일을 흘끗거리며 바라보다 눈이 마주치자 다시 시선을 떨구었다.

집에 도착해 아르바이트를 나가는 편의점에 전화를 걸려고 핸드폰을 꺼내 들자 부재중 전화 2통이 걸려와 있었다. 어머니로부터 걸려온 전화였다.

'고물 전화기 같으니라고. 첫 월급 타면 이러든 저러든 전화기부터 바꾸자.'

바로 전화를 걸어야 한다는 마음과 달리 쉽사리 손이 움직이지 않았다.

머릿속을 맴돌던 임지연 교수의 질문이 불길한 예언처럼 느껴졌다. 그 질문에 명확히 대답하지 못한 자신의 태도에 죄책감이 들고 죄책감은 불안감으로 변했다. 왠인지 전화를 건 게 어머니가 아닐 거라는 생각이 자꾸만 들었다.

'분명 안 좋은 일이 일어난 거야. 임지연 교수가 그런 질문한 것도 어머니한테 나쁜 일 일어난 걸 알고. 전화도 분명 임지연 교수가 받을 거야.'

통화음이 길게 이어지면 이어질수록 세일의 심장은 빠르게 뛰기 시작했다. 세일의 우려와는 달리 전화를 받은 건 어머니였다.

"어. 엄마 무슨 일이에요."

"아이구, 세일아. 너 좋은 직장 취직했다며! 아까 낮에 무슨 여자 교수님이 오셔서 특실 남는 자리가 없다고 미안하다 하시면서 2인실로 방 옮겨 주셨다. 앞으로 너희 회사에서 병원비도 다 대준다고 하시더라! 그리고 특실 자리 나면 바로 방 옮겨 주신다고 하시는데 여기도 무슨 대궐 같다. 얘. 우리 평생 살아봤던 집들 다 합친 것보다 이 방이 더 넓고 좋은 거 같아. 너무 잘됐다. 이게 다 무슨 일이다냐?"

전화기 너머 들려오는 어머니의 목소리가 세일의 귀를 음악처럼 파고들어 왔다. 그 소리에 묻혀 세일의 머릿속을 가득 메우고 있던 임지연 교수의 질문과 항공 점퍼를 입은 남자의 존재감이 사라져갔다.

3

첫 출근길에 정부청사역 1번 출구에서 세일을 기다리고 있던 건 통통한 노인의 거대한 벤츠 SUV였다. 그 거대한 크기도 크기였지만 육식 동물이 낮게 그르렁대는 듯한 엔진의 소음이 바쁜 출근길 사람들의 이목을 요란스럽게 잡아끌고 있었다.

"세일 군! 거기, 입구 앞 가판대에서 무가지 좀 챙겨와!"

꾸벅 인사를 하며 차를 향해 걸어가는 세일을 향해 통통한 노인이 창을 열고 소리쳤다.

"네?"

"거기 앞에 가판대에서 무가지 종류별로 한 부씩 다 챙겨오라고! 특히《현상과 해석》은 꼭 챙겨와!"

조금은 얼떨떨한 기분으로 세일은 노인의 말을 충실히 수행했다. 통통한 노인은 거의 모든 종류의 무가지를 챙겨 들고 조수석에 올라타는 세일을 반갑게 맞아주었다.

"춥지? 어제 건강 검진은 잘했고?"

여전히 무가지 뭉치를 손에 들고 있는 세일을 바라보던 노인이 뒷좌석을 가리켰다.

"저기. 그냥 던져놓으라고."

노인이 가리킨 곳에는 온갖 종류의 일간지들이 수북이 쌓여 있었다.

"저…… 이게 우리 일이랑 무슨 상관있는 건가요?"

통통한 노인이 짓궂은 표정으로 웃음을 터트렸다.

"그러어어엄. 엄청 중요한 일이지. 혼자 차 끌고 다니느라고 《현상과 해석》을 요새 계속 못 봤는데. 앞으로 지하철역에서 만날 때 미리 무가지들 다 한 부씩 챙겨놓으라고. 일간지는 내가 집에서 받아보는 거 들고 오니깐."

"네, 알겠습니다."

언제라도 우악스럽게 달려 나가고 싶어 하는 듯한 자동차의 위압적인 엔진 소리와 어울리지 않게 노인은 느긋하게 차를 몰아 나갔다. 과천 외곽에 접어들자 곧 익숙한 길이 펼쳐졌다.

'또 봐도 적응 안 될 정도로 외지고 차도 안 다니는 길이란 말이지. 도심에서 얼마 떨어지지도 않았는데…….'

"그래 세일 군 기분이 어때?"

"네?"

"첫 출근길이잖아? 뭐 좀 벅차고 그런 거 없어?"

"아, 아직 좀 얼떨떨합니다. 사실 앞으로 출근 어떻게 해야 하나 걱정도 좀 되고요. 언제까지 어르신 차 타고 다닐 수도 없고 해서요."

"아아아, 직장도 구했으니 차 한 대 사면 되지! 나랑 같이 벤츠 매장 가자고. 내 담당 딜러 소개해줄게. 내가 거기서 차 산 게 많아서 아마 할인도 많이 해줄 거야."

사람 좋게 웃는 노인을 보며 세일의 마음 한구석에 씁쓸함이 몰려왔다.

'앞으로는 차 태워주지 않을 생각이신가 보다. 계속 택시 타고 출퇴근하면 그 돈도 만만치 않을 텐데.'

세일의 어두운 안색을 눈치챘는지 노인이 웃으며 세일의 어깨를 툭 쳤다.

"차 사는 건 천천히 생각해도 되니깐 자네 편할 때까지 내 차 타고 가자고. 나도 말동무 있는 게 심심하지도 않고 좋잖아?"

"아…… 네. 감사합니다."

한 번 지나간 길이라 그런 것인지 택시를 타고 왔을 때보다 훨씬 더 짧게만 느껴졌다. 통통한 노인이 차를 세우는 동안 세일은 콘크리트 건물의 철제문을 열어젖혔다. 이것 역시 익숙해진 것인지 저번처럼 현기증이 몰려오지는 않았다.

"그래. 오늘부터 첫날이군."

사무실에 홀로 앉아 벽을 바라보던 깡마른 노인이 짧게 세일을 바라보고 인사를 건넨 후 다시 벽으로 시선을 돌렸다.

"네. 어르신! 앞으로 잘 부탁드리겠습니다."

마음을 다잡으며 큰 목소리로 꾸벅 인사를 하는 세일에게 통통한 노인이 연신 '그래, 그래' 하며 고개를 주억거렸다. 깡마른 노인은 시선을 돌리지 않고 짧게 고개만 끄덕였다.

"일전에도 이야기했듯이 당분간 자네는 오전 근무만 뛰며 이 형에게 일 배우고 적응하도록 하게. 근무 시간은 아침 7시부터 오후 3시까지일세. 만약을 위해 사무실에는 6시 10분까지 도착하도록 하고."

통통한 노인이 깡마른 노인의 말을 끊었다.

"아유 뭘 그래. 앞으로 내 차 타고 다닐 테니까 오늘 만난 전철역 입구에 6시 30분까지만 설렁설렁 와! 7시 넘어 지각만 안 하고 무단결근만 안 하면 돼."

깡마른 노인은 통통한 노인의 말을 무시하며 말을 이어갔다.

"자네도 알겠지만 우리는 세 명이 24시간 끊임없이 사무실을 운영하고 있네. 혹시라도 사정이 생겨서 출근을 못 한다거나 지각을 할 거 같으면 우리 중 한 사람에게 미리 연락을 꼭 하고!"

'6시 30분까지 와야 할까? 6시 10분까지 와야 할까?'

세일은 잠시 고민하다 전철역에 6시 10분까지 먼저 와 있는 쪽을 선택했다.

"그래그래. 자네, 우리 연락처는 다 받았지?"

"저 어르신들 말고 나머지 한 분 연락처를 아직 못 받았는데요."

두 노인은 잠시 말없이 시선을 주고받았다. 깡마른 노인이 다시 벽으로 고개를 돌리며 말했다.

"그 친구 명함은 우리가 따로 챙겨다 주도록 하지."

"네, 어르신. 그런데 직급이나 호칭은 어떻게 해야지요? 제가 어르신들 뭐라 불러야 하는지……."

"그냥 영감님이라고 불러! 나는 이 영감, 저 친구는 박 영감, 나머지 한 명은 김 영감! 쉽지?"

"그래도 그렇지 제가 어떻게……."

"그럼 박 형, 이 형, 김 형이라고 하든가. 우리도 세일 군을 이 형이라고 불러 줄게. 아! 그럼 사무실에 이 형이 두 명이나 있어서 좀 헷갈리려나?"

이 노인의 시답잖은 농에는 관심이 없는 듯 박 노인은 벽에서 잠시 시선을 떼고 손목시계를 내려다보았다.

"7시 되었군. 나는 그럼 퇴근해 보겠네. 이세일 군은 첫날이니 긴장감을 갖고 제대로 일 배우도록 하고!"

옷가지와 가방 등을 챙기며 일어나 문을 열고 나가는 순간까지도 박 노인은 좀처럼 벽에서 눈을 떼지 않고 있었다. 이 노인은 의자에 털썩 주저앉으면 좀 전까지 박 노인이 바라보던 벽에 시선을 고정했다.

“자 그럼 우리도 일해야지 세일 군.”

“네.”

“일단 우리가 하는 일부터 가르쳐 줘야지? 굉장히 어렵고 복잡하니 정신 바짝 차리고 잘 들으라고!”

“네!”

평소의 이 노인답지 않은 딱딱한 태도에 긴장하며 세일은 이 노인의 옆으로 다가갔다.

“저기 내가 바라보는 시계 보이나?”

노인이 가리킨 벽에는 9시와 3시 방향에 굵은 눈금이 새겨져 있었고 그사이에 9시 방향을 가리키는 커다란 시곗바늘이 걸려 있었다.

“네. 보입니다.”

“지금 몇 시지?”

세일은 무의식적으로 주머니 속의 핸드폰을 꺼내 들려다 노인이 물어본 건 벽면 시계의 시간이라는 걸 깨달았다.

“저기에 있는 하나밖에 없는 바늘이 시침이라면 9시입니다.”

“오, 그래 똑똑하군. 그럼 저 바늘이 180도 돌아서 반대 방향 가리키면 몇 시가 되지?”

“3시입니다.”

세일과 문답을 주고받으면서도 이 노인의 시선은 여전히

벽면의 시계에서 떨어지지를 않았다.

"그래 우리가 하는 일. 시계가 9시면 괜찮아. 12시도 괜찮고. 1시, 2시도 괜찮아. 그런데 3시가 되었다? 그럼 문제가 생긴 거야. 여기까지 이해했나?"

"네."

"자! 그럼 혹시라도 시계가 3시가 되었다. 뭘 해야 하냐? 저쪽 벽에 있는 커다란 손잡이 보이나?"

노인이 왼손을 들어 올려 가리킨 벽에는 맞은편의 출입문과 비슷한 크기의 철문과 지렛대 모양의 손잡이가 놓여 있었다. 손잡이의 경첩 부위에는 손으로 쓰인 '봉인'이란 글씨와 날짜가 적힌 종이가 붙어 있었다.

"네. 잘 보입니다."

"3시가 넘어가면 저 손잡이를 당기라고. 그리고 전화번호 하나 적어 줄 테니까 핸드폰에 저장해 두도록 해. 이게 또 중요한 거거든."

"네."

세일은 주머니에서 핸드폰을 꺼내 들었다. 핸드폰의 전원은 또다시 나간 채로 반응하지 않았다.

"저 종이에 좀 적어 주시겠습니까? 제 핸드폰이 고장 나서 새로 하나 사야 할 거 같아서요."

노인이 세일의 핸드폰을 보더니 웃음을 터트리며 안 주머니에서 펜과 종이를 꺼내 들고 번호를 적어 건네었다.

“하이고. 자네 핸드폰 도대체 언제 적 물건인가? 사무실 문 열고 밖에 나가서 켜봐! 잘될 테니까!”

반신반의하며 세일은 전화번호를 적은 종이를 건네받고 철문을 열고 밖으로 나갔다. 아침 햇살이 좀 전까지 어둠에 둘러싸여 있던 세일을 공격하기라도 할 기세로 머리 위에서 쏟아져 내려왔다. 사무실에서 몇 걸음 떨어진 곳에서 전원을 켜자, 노인의 말대로 핸드폰은 정상적으로 작동했다.

‘안에 무슨 전파 차단 장치 같은 게 있는 건가?’

세일은 이 노인이 적어 준 번호를 [사무실. 중요 번호] 란 이름으로 저장해 두었다.

“어때 잘 되지?”

“네. 잘 저장해 두었습니다. 그런데 사무실에 전파 차단 장치 같은 게 있는 건가요?”

“주위 한번 잘 둘러봐봐.”

이 노인이 웃음기를 거두고 말했다.

그 말의 의미도 모른 체 세일은 사무실 구석구석을 둘러보았다.

‘난로, 커다란 손잡이, 책상, 서랍장, 아이스박스? 저건 또 뭐지? 요강 아냐?’

“전기 기구 같은 게 보이나?”

“아뇨. 안 보입니다.”

“사무실 안에서는 전기로 움직이는 것들은 아무것도 동작 안 해.”

이제야 사무실 안이 왜 이리 어두운지 세일은 알 수 있었다. 창문도 없이 외부의 빛을 차단하고 있는 사무실을 밝히는 유일한 조명은 벽마다 달린 몇 개의 가스등뿐이었다.

“그래서 또 중요한 거! 아까 적어둔 번호 있지? 3시 넘어가면 손잡이 당기고 그 번호로 전화 걸라고. 걸어서 ‘사무실인데 3시 넘어서 손잡이 당겼습니다’라고 말하라고. 그런데 전화하려면 사무실 밖에 나가서 해야겠지?”

“네. 알겠습니다.”

“전파 차단 장치 같은 건 없는 거로 알아. 그런 것도 결국엔 전기로 동작하지 않겠어?”

세일은 말없이 고개를 끄덕였다.

”원숭이들의 법칙이 먼저 온 자의 권능 앞에서 작용할 수 있을까요?“

머릿속에서 임지연 교수의 뜻 모를 질문이 다시 떠올라 괜스레 오한이 돋았다.

“자 여기까지 다 이해했나?”

“네. 시계 바라보다가 3시가 넘어가면 손잡이 당기고 사무실 밖에 나가서 저장해 둔 번호로 전화 걸어 손잡이 당겼다고 말할 것."

노인이 고개를 끄덕이며 다시 웃음을 터트렸다.

"끝!"

"네?"

"우리가 할 일은 그게 끝이라고!"

어리둥절해 하는 세일의 반응이 재미난 듯 이 노인의 웃음이 점점 커졌다.

"그럼 제가, 저와 어르신들이 할 일이 근무 시간 동안 저 시계를 지켜보다 3시가 넘으면 손잡이 당기고 전화 거는 일이라는 겁니까?"

"영감님이라고 하라고 했지! 아무튼, 그게 끝이야. 그런데……."

벽에서 시선을 떼지 않고 노인은 몸을 뒤척여 자세를 고쳐 앉았다.

"진짜 중요한 건 시계를 바라보는 거야. 내가 여기 처음 취직했을 때가 군대 갓 제대했을 때거든? 아마 세일 군 나이 정도였겠지? 그런데 지금 세일 군이 세상 산 거의 2배 정도 넘는 기간 동안 근무했는데 시계가 3시를 넘겨 본 적은 한 번도 없어."

"아…… 그럼 우리 하는 일이 무슨 일종의, 안전 관리… 같은 성격의 업무인가 보죠?"

노인이 어깨를 으쓱해 보인다.

"글쎄. 아마 비슷하겠지? 아무튼, 중요한 건 시계에서 시선을 떼지 않는 것!"

"그럼 8시간 동안 제 평생 가봐야 절대 움직이지 않을 시계를 계속 감시하고 있어야 한다는 말씀이신가요?"

"그래 단 1분 1초도 눈을 떼면 안 돼!"

세일은 노인들이 왜 벽에서 시선을 거의 떼지 않았는지 이해가 갔다.

"……라고 말하는 건 앞뒤 꽉 막힌 박 형이나 할법한 소리고!"

이 노인은 또다시 사람 좋은 웃음을 터트렸다.

"일하는 건 말이지, 원리원칙도 중요하지만, 적당히 요령도 피울 줄 알아야 한단 말이지? 세상에 어떤 사람이 8시간을 꼼짝도 안 하고 시곗바늘만 바라볼 수 있겠어?"

세일의 머릿속에 박 노인의 모습이 떠올랐다.

"박 형이라면 또 모르겠다. 그런데 우린 박 형이 아니잖아?"

세일의 마음을 읽기라도 한 듯 이 노인이 개구진 미소를 지어 보이며 말했다.

"자! 내가 요령을 가르쳐 주지. 조오기 난로 옆 책상에 내 가방 보이나?"

"네."

"아침에 자네랑 내가 가져온 무가지랑 일간지 그 안에 다 넣어두었거든? 그것 좀 가져다주겠나?"

이 노인의 가죽 브리프 케이스 안을 가득 메운 종이 뭉치들의 양은 만만치가 않았다.

"되도록 시시껄렁한 내용을 담고 있는 활자들이 좋아. 그런데 이거 자네랑 둘이 볼 거 생각해서 많이 들고 왔더니 내려놓을 곳도 만만치가 않네. 오늘 퇴근하면 탁자 하나 더 사서 여기에 놔둬야겠어."

구시렁거리며 이 노인이 종이 뭉치들을 바닥에 내려놓았다.

"시작은 무가지가 좋아. 허접스러운 투고문이랑 사설들이 많아서 아무런 생각 없이 볼 수 있거든? 어떻게 하는 거냐면 일단 한 3줄 읽고……"

이 노인은 시선을 무가지로 잠깐 떨구었다.

"……그리고 시계 한번 바라보고! 한 5초 지났지? 혹시라도 그사이에 3시 되었으면 내가 조금 서둘러서 뛰어가 손잡이 당기면 되는 거 아니겠어?"

이 노인의 웃음에 세일은 고개를 끄덕여 화답해주었다.

"요렇게 감질나게 찔끔찔끔 읽다 보면 하루가 심심하지를 않아요. 아 박 형이랑 일할 때는 이 짓 하지 마. 진짜로 귓방망이 날아갈 수도 있으니깐."

이 노인은 또다시 웃음을 터트렸다.

세일은 긴장이 한결 풀렸다. 이 노인은 같이 있는 사람을 편하게 하는 재주가 있는 사람이었다.

“저 어르…… 영감님 그런데 제가 소변이 좀 급해서요. 화장실 좀 잠깐 다녀와도 되겠습니까?”

“화장실? 저기 요강 있잖아? 자네 요강 써봤나?”

장난기 어린 노인의 질문에 세일은 대답할 말을 잃었다.

“농담이야! 농담. 우리 건물 화장실 없는 건 대충 짐작했지? 어차피 지금은 둘이 일하고 있으니깐 나가서 벌판에 잠깐 싸고 와. 나간 김에 어머니한테 출근 잘했다고 전화도 드리고 오고. 첫 출근 날인데 걱정하고 계시지 않겠어?”

노인의 다정한 말에 세일은 괜스레 가슴 한편이 뭉클해졌다. 세일은 사무실 문을 열고 나가 노인이 차를 세워둔 곳의 반대 방향으로 걸어갔다. 허허벌판이라 도무지 적당한 장소를 찾을 수가 없었다.

‘어차피 주변에 보는 사람 아무도 없는데.’

몇 번을 두리번거리다 이내 포기하고 세일은 탁 트인 개활지에서 볼일을 보았다. 저 멀리 사무실을 둘러싸듯 배치된 군부대들의 초소에 자꾸만 시선이 갔다. 급작스레 내려간 체온에 저절로 몸서리가 쳐졌다.

‘손 씻을 만한 시설도 없는 거잖아. 물티슈 잔뜩 가져다 놔

야겠다.'

세일은 패딩 안주머니에서 물티슈를 꺼내 들고 손을 닦은 후 어머니에게 전화를 걸었다.

"어 세일아. 지각 안 했고?"

"네, 엄마. 안 늦고 잘 왔어요."

"그래, 잘했다. 회사는 어때? 다닐 만해?"

"이제 몇 시간 일했다고요. 아직 그런 거 잘 모르지. 그런데 같이 일하시는 분이 너무 잘 대해주시고 해서 열심히 다니려고요. 아 엄마. 저 잠깐 나온 거라 바로 들어가 볼게요. 기다리고 계실 거예요."

"그래그래. 눈 밖에 나지 않게 성실히 하고."

"네. 끊어요."

서둘러 사무실로 돌아가니 노인은 벽면의 시계와 무가지에 열중하고 있었다.

"죄송합니다. 너무……."

"뭐얼, 괜찮아. 첫날이라고 긴장하지 말고 편하게 있으라고."

좀처럼 무가지에서 시선을 떼지 못하는 노인을 대신해 세일은 벽면의 시계를 뚫어지게 바라보았다. 노인의 말처럼 시계의 시침은 전혀 움직일 기미가 보이지 않았다. 고정된 물건을 집중해서 바라보니 시간의 흐름이 좀처럼 느껴지지 않았다.

'도대체 몇 분이 지난 거지? 아니. 몇 초밖에 안 지났으려나?'

"아! 다 봤다. 자네 있으니 참 이런 건 좋네. 옛날에 우리 좋았던 때는 여러 명이 근무해서 편했거든."

노인이 좀 전까지 보던 무가지를 세일에게 건네었다.

"자네도 봐봐. 어두운 데서 글 읽었더니 눈이 힘들어서 나도 시계 보며 눈 좀 쉬어줘야겠어."

세일은 이런 찌라시를 이전까지 읽어본 적이 없었다.

"아. 뭐 재미난 기사라도 있나요?"

"이게 《현상과 해석》이라고 별 말도 안 되는 이야기들 모아놓는 찌라신데. 비정기적으로 나오는 게 아쉽긴 해도 이렇게 재미난 게 없어!"

"어떤 이야기들 나오는데요?"

"뭐, 행정 수도 이전 반대의 배후에 미국이 있다느니. 아 자넨 어려서 그런 거 잘 모르겠구먼."

세일은 건성으로 찌라시를 펴보았다. 잠깐 '개인택시 기사. 내연녀 일가족 살해 후 자살 사건의 비밀은?'이라는 소제목이 눈을 사로잡았지만 다시 고개를 들어 벽면의 시계로 시선을 돌렸다. 이 노인은 그런 세일을 대견한 표정으로 바라보았다. 세일은 한동안 열중하여 시계를 지켜보았다. 어두컴컴한 사무실에서 처음부터 벽에 고정된 장식인 양 움직이지 않는 시침을 바라보고 있자니 눈이 침침해 왔다. 숨 막히는 정적 속에서 이 노인이 무가지를 뒤척이는 소리만 들려왔다.

'그런데 종일 이걸 보는 게 가능은 한 거야?'

문뜩 박 노인이 시계를 보며 뜨개질을 하던 모습이 떠올랐다.

'나도 그런 거라도 해야 하나……. 신입 때부터 딴짓하려 하면 오히려 나쁜 인상 주겠지?'

"쉬엄쉬엄해."

이 노인이 세일의 어깨를 툭툭 치며 말했다.

"아…… 괜찮습니다. 어르…… 영감님, 편하게 보고 계십시오. 제가 지켜보겠습니다."

벽면의 시계에서 시선을 떼지 않고 대답하는 세일의 눈앞에 스포츠 신문이 불쑥 들어온다.

"어차피 지금 OJT 기간이고 원래 우리 여럿이 근무할 때는 번갈아 가면서 보곤 했으니 자네도 좀 쉬라고."

노인의 말에 문뜩 의문이 생겨났다.

"저…… 영감님들 세 분 말고 다른 분들은 회사를 그만두신 건가요?"

"……뭐 이런저런 사정들이 생겨서. 휴직 중인 사람도 있고. 아! 자네 회사에 뭐 궁금한 거 있으면 편하게 물어봐. 우리가 이런 거 체계가 좀 안 잡혀 있어서."

당장 세일의 머릿속을 가득 메우고 있는 의문은 화장실과 점심이었다.

'혼자 일할 때는 진짜 요강 써야 하는 건가? 큰 거라도 마려우면 어떡하지?'

"뭐 궁금한 거 없어?"

"아, 화장실이요. 나중에 혼자 근무할 때는 어떻게……."

이 노인이 세일의 등 뒤에서 요란한 웃음을 터트렸다.

"요강 있잖아? 저거 나름 편하다고? 큰 거는…… 그게 오래 근무하다 보면 요령이 생긴단 말이지? 사람 몸이란 게 신기해서 습관 따라 생리 활동도 맞춰지더라고. 난 출근하기 전에 한 번 다녀오고 아침도 가볍게만 먹어."

"아, 그럼 식사는요?"

"아 맞다. 그거 이야기해 주는 걸 깜박했네. 여기 배달도 안 되거든? 나는 나이 드니 그게 편해서 그냥 8시간 참고 저녁을 거하게 먹는데, 자넨 힘들 수도 있을 테니 도시락을 싸 오든 사 오든 하라고. 저기 반대 벽에 아이스박스 있는 거 봤지? 거기에 물이랑 도시락 넣어두면 돼."

'도시락 뭘 사와야 제일 장에 부담이 안 갈려나?'

세일의 시시하지만 중요한 걱정은 아랑곳하지 않고 이 노인은 설명을 이어나갔다.

“그리고 저기 아이스박스 옆에 있는 서랍장 보면 누가 사둔 전투식량도 한가득 있어. 배고프면 한번 먹어보든가. 저거 나 처음 입사했을 때부터 본 거 같지만 말이지?”

이 노인은 또다시 웃음을 터트렸다.

“저기 손잡이 달린 벽에 있는 문은 뭔가요?”

“지하실로 통하는 문인데. 우린 지하실 들어가면 안 돼. 나중에 만나게 되겠지만, 시설물 보수하는 김 씨라고 있거든? 지하실은 김 씨가 관리하니깐 자넨 신경 꺼.”

“시설물이요? 여기 전기 기구들 동작 안 한다고…….”

“저 시계가 말이지. 저래 보여도 동작은 하긴 한다더라고. 김 형 말에 의하면 가끔 12시도 넘어가고 할 때도 있대. 난 한 번도 못 봤지만. 무슨 원리인지는 모르겠지만 지하실에 저 시계랑 연결된 기계장치가 있다나 봐.”

‘전기가 작동 안 하는데 어떻게 동작한다는 거지?’

왜인지 세일의 머릿속에 거대한 태엽장치가 떠올랐다. 불현듯 떠오른 심상은 자연스럽게 질문으로 이어졌다.

“시간은 어떻게 아나요? 몇 시나 되었는지.”

“여기에서 몇 시가 되었는지 아는 게 왜 필요해? 다음 교대자 오면 퇴근하면 되는 건데. 박 형은 무슨 기계식 자동 시계다 뭐다 차고 다니는데…… 난 대체 그 비싸고 무겁기만 한 거 왜 필요하다는 건지 이해를 못 하겠어."

"아. 이 안에서도 동작하는 시계가 있긴 있나 봐요?"

"가스등도 잘 되잖아?"

세일은 고개를 끄덕였다.

'이상하긴 하지만 그런 게 중요한 것도 아니고'

"그리고 옷 편하게 입고와. 봐서 알겠지만, 겨울에는 춥고 여름에는 끔찍이 더워. 혼자 일할 때 빨가벗고 춤을 춘들 아무도 뭐라 할 수 있는 사람 없으니깐 신경 쓰지 말고 추울 땐 두툼하게, 더울 땐 최대한 가볍게 입고 와."

세일이 입고 있던 싸구려 양복을 유심히 바라보던 이 노인이 말했다.

"네. 그런데 여름에는 진짜 더울 거 같은데. 에어컨도 당연히 안 나올 테고."

"자네 얼음집이라고 들어봤나? 예전에는 많았는데 요샌 다 망하고 과천 시내에 딱 하나 있어. 우리가 얼음 사 오는데 연락처 줄 테니까, 날 더워지면 출근할 때 거기서 한 포대씩 사 들고 차에 실어 오라고. 대야에 얼음 넣고 발 담그고 있으면 나름 견딜만해."

노인의 말에 또다시 출근에 대한 걱정이 되살아났다.

'차를 사긴 사야겠지. 그러고 보니 여기 월급이 얼마인지도 모르잖아?'

"그런 거 말고 자네 진짜 궁금한 거 따로 없어? 월급이 얼마인지? 월급날이 언제인지? 그런 거 안 궁금해?"

민감한 질문을 품고 있기도, 물어보기도 난감해하는 세일의 속마음을 읽기라도 한 듯 이 노인이 세일을 바라보며 말했다.

"아, 그래서…… 제 초봉이 얼마인가요?"

기다렸다는 듯 바로 질문을 던져놓고 괜히 민망해하는 세일에게 이 노인이 짓궂은 표정을 지어 보였다.

"우리 채용 공고에 '업계 최고 대우'라고 쓰여 있는 거 못 봤어?"

"네. 봤습니다."

"그 말대로 업계 최고 대우를 해주니 기대하라고! 사실 우리 월급 정산해 주는 건 다른 곳에서 해서 세일 군 첫 월급이 얼마인지 나도 정확히 말해주긴 힘들긴 해. 그래도 섭섭하지 않게는 나올 거 같은데? 나도 첫 월급 받고 친구들한테 얼마나 자랑하고 다녔다고오오."

'그때가 도대체 언제란 말씀이신지…… 그래도 어지간한 대기업들 초봉 정도는 되니깐 저렇게 말씀하시는 거 아닐까?'

세일은 큰 기대 없이 웃음으로 대답했다. 어머니의 병원비 지원과 병실 건만으로도 이미 분에 넘치는 대접을 받고 있다는 생각이 들었다.

“또 뭐 궁금한 거 없어? 앞으로 평생 일할 직장인데 뭐든 물어보라고?”

“저 혹시 휴가 같은 건…….”

노인의 얼굴에 씁쓸한 표정이 떠올랐다.

“그게, 우리 상황이 이 모양이라서 한 명이 쉬면 남은 두 명이 2교대를 해야 하거든?”

“아, 제가 쓸데없는 질문을……”

“아냐 아냐. 원래 우리도 좀 좋았던 시절에 여럿이 근무할 때는 휴가도 자주 가고 그랬어. 밥도 편하게 먹고 화장실도 근처 군부대 가서 편하게 볼일 보고.”

순간 ‘사람이 잘 안 뽑히나 봐요?’란 질문이 입 끝에서 맴돌았지만, 세일은 애써 눌러 참았다. 이제 막 출근한 시점의 신입이 던지기에는 너무 부적절한 질문이 아닌가?

“휴가도 휴가지만 자네 주말엔 쉬고 싶지?”

“아. 아닙니다. 어르…… 영감님들도 쉬지 못하고 계시는데요.”

“우린 자네가 빨리 일 배우는 대로 4조 3교대로 돌릴 거야. 그럼 한 순배 근무하고 나면 이틀씩 쉴 수 있거든. 그리고 사람도 계속 열심히 뽑고 있고. 그런데 그게 영 쉽지가 않더라고.”

이 노인이 가져온 무가지와 일간지 지면에 사무실의 구인 광고가 빠지지 않고 실려 있었다는 게 떠올랐다. 세일은 이 사무실이 점점 더 마음에 들었다. 어두침침하고 외딴곳이지만 묘하게 안정감을 주는 공간이기도 했다. 이 노인의 자상한 마음 씀씀이도 고마웠다. 이 단순하고 지루한 일을 하루에 여덟 시간씩 평생토록 반복해야 한다는 생각을 하면 암담하기도 하였지만, 구인공고의 말처럼 정년이 보장된다면, 어머니의 병실비를 이들이 계속 지원해 주기만 한다면 못 참을 것도 없으리란 생각도 들었다.

"제가 열심히 배워서 영감님들 어서 편하게 해드리겠습니다."

"그래그래. 그래도 일 배우는 단계인데 자네까지 우리처럼 일할 필요는 없지. 휴가는 못 보내줘도 업무 배우는 기간 동안 자네라도 주말에 좀 쉬고 해야 하지 않겠어? 그래야 나중에 우리도 자네 부려 먹으면서 편히 휴가도 가고 하지이이—."

눈을 굴리며 익살스럽게 이야기하는 이 노인의 태도에 또다시 웃음이 터져 나왔다.

"자네 주말 쉬는 건 내일 박 형이라 내가 한번 이야기해볼게."

"네. 감사합니다."

이 노인과의 대화는 그 뒤로도 길게 이어졌다. 직장에 대한 궁금증이 어느 정도 해소되었기에 둘의 대화는 주로 일간지에서 읽은 가십들에 대한 것이었다. 하도 오랫동안 떠들어 목이 갈라져 쉰 목소리가 나올 지경이었지만 도무지 얼마만큼의 시간이 지나갔는지 가늠이 되지 않았다. 어느새 이 노인과 함께 일간지와 무가지를 읽으며 시계를 보던 세일은 더 이상 볼 게 없어 광고 전단까지 읽기 시작했다. 세일이 퇴근하면 꼭 뜨개질 하는 법을 알아봐야겠다고 생각하기 시작했을 무렵 기척도 없이 입구의 철문이 열렸다. 오후의 해가 입구에서 인상을 찌푸리며 세일을 바라보는 김 노인의 그림자를 사무실에 길게 드리웠다.

"안녕하십니까. 어르…… 아니 영감님. 오늘부터 출근 시작했습니다!"

신경질적인 인상의 김 노인은 세일의 말에 대꾸하지 않고 벽면의 시계로 다가왔다.

"그럼 김 형 수고하라고. 세일 군, 우리는 어서 퇴근하자고! 언능언능 집에 가서 신나게 놀고, 밥도 먹고, 쉬어야지!"

김 노인은 이 노인을 무시하며 세일에게 자그마한 상자를 건네었다.

"이거 받게."

"네? 이게 뭔가요?"

대꾸 없이 우악스럽게 세일에게 상자를 건네어 준 후 김 노인은 이 노인이 앉았던 의자에 주저앉아 벽면의 시계를 바라보았다.

"아. 그거 세일 군 입사 선물이야. 우리가 주는 건 아니고."

어리둥절해하는 세일의 어깨를 밀며 이 노인이 말했다. 밝은 곳에서 드러난 상자의 정체는 최신형 핸드폰이었다.

"왜 이런 걸 저한테?"

"뭐 업계 관행 같은 거로 생각하면 돼. 우리—사실은 박 형이지만—한테 잘 보이고 싶어 하는 사람들이 좀 있거든. 당분간 이런 거 몇 개 더 받을 거야."

핸드폰 상자에는 세일의 귀에도 낯익은 이름의 명함과 손글씨로 적은 메시지가 남겨 있었다.

신입사원 이세일 님 사무실에 첫 출근 하신 걸 축하드립니다.

여전히 어안이 벙벙한 채로 세일이 차에 올라타자 이 노인은 빠르게 차를 몰아갔다.

"자네 무슨 공무원도 아니고 하니 찝찝해하지 말고 그냥 받아."

정부청사역까지의 퇴근길은 이제 더욱 짧게만 느껴졌다.

"그럼 내일 또 보자고, 잘 쉬고!"

이 노인은 쾌활하게 인사를 건네며 떠나갔다. 아침부터 지금까지 한 끼도 먹지 못했다는 걸 떠올리자 갑작스럽게 허기가 밀려왔다. 세일은 편의점으로 달려가 라면과 김밥을 사서 입식 탁자에 늘어놓았다. 편의점에서 익숙한 방식으로 대충 끼니를 때우는 세일의 눈에 정부청사역 입구에서 이 노인이 떠난 자리를 흘긋거리는 남자의 모습이 눈에 띄었다. 복장은 다르지만 어제 삼성 병원에서 만난 항공 점퍼 남자가 분명해 보였다.

4

다음 날 아침 6시에 정부청사역 1번 출구 앞 무가지들을 챙기며 세일은 주위를 두리번거렸다.

'분명 날 따라다니고 있는 거 같았는데.'

세일의 기대와 달리 항공 점퍼 남자의 모습은 보이지 않았다.

'사무실과 무슨 상관있는 거 아닌가?'

이 노인의 벤츠가 내는 요란한 엔진 소리에 세일의 상념은 깨어졌다. 조수석 쪽 창문이 내려오는 걸 보고 세일은 손에 챙겨 든 무가지 뭉치를 흔들었다.

"역시 똘똘한데? 제일 중요한 것도 하루 만에 배웠으니 이제 혼자 근무 서도 되겠어?"

노인의 농담에 세일은 웃음으로 화답했다.

'그런데 사실이잖아? 사실 그 정도 일이라면 초등학생도 쉽게 할 수 있겠다. 어차피 배운 거 써먹을 일도 없을 거라 하셨고.'

"어제는 잘 쉬었어? 첫 출근이라 되게 피곤했지?"

3시에 퇴근해 집에 들어가니 아직 5시도 채 안 된 시간이었다. 그동안 몇 건의 아르바이트를 병행하던 세일로써는 남아도는 여유 시간을 어찌 보내야 할지 갈피를 못 잡을 지경이었다.

"일단 주중에 바짝 열심히 일 배워보자고. 어제 말했듯이 내가 박 형한테 이야기해서 세일 군 일 배울 동안은 주말에 쉬게 해줄 테니."

"네. 열심히 배우겠습니다."

무엇을 어떻게 더 열심히 할 수 있을지 알 수 없었지만, 세일은 의욕을 담아 대답했다. 사무실 문을 열고 들어서자마자 이 노인은 박 노인에게 세일의 근무에 관해 이야기했다. 단호하게 거절당할 거라는 세일의 예상과 달리 박 노인은 순순히 휴식을 허락했다.

"요새는 주5일 근무라고 했나?"

"아, 아닙니다. 저 어머니 병실 찾아가고 개인 용무 처리할 시간만 하루 정도 주셔도 충분합니다."

"어차피 3시면 끝나는 직장인데 평일에 충분히 할 수 있는 일들을 왜 핑계로 삼나! 요새 규칙이 그렇다면 그걸 따라야지! 자네는 일 배울 때까지 토, 일요일 쉬도록 하게."

"감사합니다."

딱딱한 말투로 선언하듯 내뱉는 박 노인의 말에 고마움을 느끼며 세일은 고개를 끄덕였다.

"그래, 그래 젊은이들은 좀 여유도 가지고 해야지."

이 노인이 옆에서 흐뭇한 미소를 지으며 말했다. 막 퇴근하려는 박 노인은 무언가 떠올랐는지 난로 옆 책상에서 의자를 빼고 다시 주저앉았다.

"자네 집이 인천 쪽이라 했지?"

"네."

"출근하는 데 몇 시간 걸리나?"

"정부청사역까지만 2시간 정도 걸립니다."

박 노인은 혀를 내 찼다.

"차도 없다 했지?"

"네."

"근무 안정성을 위해서라도 과천에 아파트 장만해서 이사오도록 하게. 차도 당장 한 대 사고. 언제까지 이 형한테 빌붙어 출퇴근할 수도 없잖은가?"

"아 이제 출근한 지 이틀째 되는 친구한테 뭘 그리 닦달해."

'닦달하시는 것도 그렇지만 세상 물정을 너무 모르시잖아. 이제 갓 회사 입사한 내가 어떻게 아파트를 장만하고 차를 사? 빚 갚는 것도 벅찬데.'

세일은 기묘할 정도로 경제 관념이 없어 보이는 노인들에게 자신의 처지를 확실히 밝혀야겠다는 생각이 들었다.

"저 영감님, 저도 그러고야 싶지만 제가 아직 첫 월급도 못 받았고 갚아야 할 빚도 많아서 이사나 차는 좀 무리일 거 같습니다."

지금처럼 보증금 300에 월세 20만 원의 주거공간을 과천에서 구하기는 불가능에 가깝다는 걸 세일은 잘 알고 있었다. 박 노인은 세일의 말을 귀담아듣지 않고 한동안 생각에 잠겨 있었다.

"그러고 보니 임 교수가 자네 어머니 병실 잘 챙겼다 했지?"

"네."

"이 형, 우리가 지금 국민안전처 소속인가?"

박 노인이 무언가 떠오른 듯 이 노인을 보며 말했다.

"그렇지 아마?"

"이세일 군이 사무실 출근한 거 그쪽에 통보 갔는가?"

"김 형이 어제 오전에 연락해서 처리하겠다고 했는데 이제 하루 지나서 어떨는지 모르겠네?"

"자네 그때 내가 준 명함 잘 가지고 있지?"

박 노인이 고개를 끄덕이고 세일을 보며 말했다.

"네."

"내일 아침 일찍 국민은행 과천지점 가서 월급 통장 만들고 대출받도록 하게. 은행 문 열 때까지 기다렸다가 대출받고 바로 차 한 대 뽑아 오도록 하게. 아파트 구하는 건 당장 힘드니 회사 퇴근 후나 주말에 열심히 집 알아보고."

"저, 영감님 그게……. 자동차를 어떻게 당일에 바로 뽑고. 아니 그보다 저 신용등급이 낮아서 대출도……."

말없이 쏘아만 보는 박 노인의 기세에 질려 세일은 말꼬리를 흐렸다.

"당장 출퇴근만 해결하면 되니 근처 중고차 매장 가서 적당한 거로 당일 출고 받도록 하게. 자네가 가지고 싶은 차는 이 형 따라 벤츠 매장을 가든가 해서 천천히 사도록 하고. 그리고 우리 사무실 봐서 알겠지만, 서류 처리하고 무슨 전산에 등록하고 하려면 일일이 비번인 사람이 직접 찾아다니며 해야 해서 시간이 꽤 걸리네. 내일 아침까지는 자네가 우리 소속으로 등록 안 되었을 가능성이 커 보이니 지점장 불러서 내 명함 보여주게. 자네 어머니 병실 건처럼 대출 건도 잘 진행될 걸세. 혹시라도 딴소리하면 나한테 전화하고."

말을 마친 박 노인은 세일의 답을 기다리지 않고 사무실을 나섰다.

이 노인은 세일을 바라보며 장난스레 눈알을 굴리더니 시계로 시선을 옮겼다.

'아무리 그래도 이건 좀 이상하잖아? 가뜩이나 하는 일도 너무 이상한데 갑자기 대출이니 뭐니……'

끊임없이 내던지는 이 노인의 농담 섞인 말들이 좀처럼 귀에 들어오지를 않았다.

"밑져야 본전이잖아? 가서 대출 안 해준다거나 이자가 너무 비싸면, 안 하면 되는 건데 뭘 그리 신경 써? 그냥 계속 내 차 타고 다녀도 되니 너무 심각하게 받아들이지 말게. 박 형은 자네 생각해서 한 이야기니 그냥 편하게 내일 아침에 은행 들렀다 출근하라고."

세일의 속마음을 읽기라도 한 듯 이 노인이 말을 건네었다.

"아, 네. 알겠습니다."

그날 하루 동안 이 노인은 세일에게 업무와 관련된 내용을 말하지 않았다. 퇴근 시간까지 이 노인이 세일에게 가르쳐준 대부분 내용은 자동차에 관한 것이었다. 다음날 세일은 박 노인이 알려준 은행의 문이 열릴 시간을 기다리고 있다가 가장 먼저 입장하였다. 막상 대출 창구의 직원을 마주대하니 순간 할 말이 떠오르지 않았다.

"고객님 무엇을 도와드릴까요?"

"저 지점장님 좀 뵙고 싶은데요. 월급 통장도 만들어야 하고요……."

"고객님, 계좌 개설하시려면 다른 창구 이용하셔야 하는데요. 저는 대출 업무 담당하고 있고요. 지점장님은 따로 약속 잡고 연락하고 오셨나요?"

"아……. 아니요. 제가 대출도 하려는 건 맞는데요."

창구 직원의 웃음 띤 얼굴에서 노골적인 조롱이 드러났다.

"네, 고객님 신용 대출하실 거죠? 일단 신분증 좀 주시고요. 재직 증명서 같은 관련 서류는 떼어 오셨나요?"

"아 저기 직장을 구하기는 했는데 아직 서류 작업이 다 안 되었다 해서요."

세일은 부끄러움에 귓불부터 이마까지 열이 올라오는 걸 느끼며 시선을 땅으로 떨구었다.

"음. 서류가 미비하시면 대출이 좀 어려우실 수도 있는데. 우리 은행 말고 제2 금융권 쪽 한번 가보시는 게 어떨까요?"

'꼭 이야기된 것처럼 말씀하시더니…….'

밑져야 본전이란 심정으로 세일은 신분증과 박 노인의 명함을 꺼내 창구 직원에게 내밀었다.

"저 이게 제 신분증하고 우리 회사 분 명함인데요! 회사

분이 지점장님이랑 안면 있으시다고……. 일단 이것 좀 지점장님에게 전해주시면 안 될까요?"

창구 직원은 명함을 받아 들고선 앞뒤를 훑어보았다.

"저 고객님, 이건 회사 명함이 아닌 거 같은데요."

세일은 말문이 막혔다. 마침 창구의 뒤를 지나가던 직원이 세일의 상대 직원을 불러내었다. 창구 직원은 세일에게 양해를 구하고 대화가 들리지 않는 칸막이 안쪽으로 들어갔다. 세일을 가리키고, 명함을 보고 고개를 갸웃거리며 한참 이야기를 나누더니 다른 한 명의 직원이 은행 안쪽으로 사라졌다.

"잠시만 좀 기다려 주시겠어요?"

자리로 돌아온 창구 직원이 세일에게 양해를 구하고 다음 손님을 호출했다. 어찌할 바를 모르며 세일은 엉거주춤 의자를 내어주고 창구 옆으로 물러나 서서 기다렸다.

'그냥 갈까……. 영감님들이 괜히 이상한 말 해서 이게 무슨 망신이람?'

막 발걸음을 떼고 돌아가려 할 무렵에 은행 안쪽으로 사라졌던 직원이 세일에게 빠른 걸음으로 다가왔다.

"저 오래 기다리셨죠? 지점장님이 기다리고 계시니 일단 안으로 들어가시죠."

지점장실은 세일과 노인들의 사무실보다 넓었고, 당연하

게도 밝았다. 긴 테이블을 사이에 두고 마주 놓인 소파에 앉아 있던 지점장이 일어나 세일에게 악수를 청했다.

“이세일 씨죠? 반갑습니다. 우리 직원이 이쪽 근무한 지 얼마 안 되어 결례를 범했습니다. 어르신들은 잘 계시죠?”

세일은 얼떨결에 고개를 끄덕이며 지점장이 권유한 소파에 주저앉았다.

“어르신들도 참. 이렇게 귀한 신입사원분이 입사하셨으면 미리 언질을 좀 주시든가 하시지. 월급 통장 만드시는 거랑 대출 건 때문에 저희 찾아오셨다 하셨죠?”

세일은 다시 한번 고개만 끄덕였다.

“보자, 월급 통장은 저희가 바로 준비해 드릴 거고요. 대출 관련 서류는 아직 준비 안 되었다 하셨고. 제2금융권에서 대출을 좀 많이 하셨네요?”

지점장은 언제 건네어 받은 것인지 세일의 신분증 사본과 서류들을 보며 말했다.

“상황을 보아하니 담보대출은 힘드실 거 같고, 신용대출을 하셔야 하는데……“

지점장이 서류에서 눈을 떼고 세일을 바라본다. 괜한 죄책감에 세일의 고개가 아래로 떨어졌다. 세일의 모습을 보며 지점장이 안심하라는 듯한 미소를 지어 보였다.

“자! 제가 세일 씨의 개인 재무 상황에 관해 설명을 좀 드리겠습니다. 박영종 어르신께서도 그걸 바라시고 세일 씨를 제게 보내신 것 같으니 말이죠. 일단 세일 씨 신용등급을 설명해 드리자면 앞으로 어르신들과 같은 일 쭉 하실 테니 당연히 어르신들과 같은 신용등급입니다. 대통령과 고위직 국가 공무원 몇 명과 같은 신용등급이죠. 원체 보수도 높고 신뢰도가 높은 직장이니 당연한 일이라 할 수 있겠지요."

'보수가 높다니? 은행장씩 되는 분이 이런 말 할 정도면 정말 높기는 높나 보네?'

"거기에 직장의 특수성을 감안한 특약이 걸려 있습니다. 아마 이런 이자율과 한도로 상환 기간 없이 대출 가능한 건 대한민국에서 어르신 세 분과 세일 씨밖에 없을 겁니다. 제가 뭐라 할 건 아니지만…… 그래도 충고를 드리자면 세일 씨가 앞으로의 사회생활 기반 마련하는 데 충분하다 싶은 금액 대출해가세요."

세일은 지점장의 말이 바로 이해가 안 되었다.

"제2금융권에서 빌린 이자율이 20%를 넘네요? 일단 바로 대출해 가셔서 당장 그쪽 빚부터 갚으세요. 이런 말 하긴 뭐하지만 세일 씨 대출 조건이면 대출액 그대로 다른 은행에 고스란히 집어넣어도 오히려 이득일 겁니다. 무슨 이야긴지 아시겠죠?"

세일은 지점장이 내민 대출 서류의 금액란을 한참 바라보았다.

'내가 학자금 대출 남은 게 아직 2700만 원 정도고, 차는 중고로 한 1000만 원이면 사겠지? 거기에 보증금 2000만 원 정도면 꽤 괜찮은 월세도 구할 수 있잖아?"

지점장은 독려하는 듯 웃음 섞인 시선으로 세일을 바라보았다.

'이 정도 대출해도 괜찮으려나?'

떨리는 손으로 세일은 대출 서류 금액란에 6000만 원을 적었다. 그런 세일을 바라보며 지점장이 작게 한숨을 내쉬었다. 세일이 퍽이나 한심해 보이는 듯한 표정이었다.

'내가 너무 무리했나? 암만 그래도 신용대출이고 한데.'

지점장이 세일의 손에서 대출 서류를 받아들더니 양복 재킷에서 만년필을 꺼내 들었다.

"자! 세일 씨 이렇게 하죠. 저희 은행 문은 세일 씨와 어르신들에게 언제나 열려 있으니 대출이 추가로 필요하시면 언제든 또 찾아오시면 됩니다. 그런데 업무 특성상 시간 내시기가 쉽지 않잖아요? 기왕 어려운 발걸음하셨는데 귀찮지 않은 금액 대출해 가시죠."

만년필이 서류 위로 미끄러지며 세일이 적어낸 액수의 끝자리에 0을 하나 덧붙인다.

"이러면 되겠죠? 여기랑 여기 사인하시고요. 금액은 월급 통장으로 바로 들어갈 겁니다. 이 정도 금액이면 우리 월급 통장 이자율 때문에 달에 단돈 몇십만 원이라도 추가 수익이 발생하겠네요."

지점장이 세일에게 다시 대출 서류를 내밀었다. 이제껏 머릿속으로 상상조차 해본 적 없는 비현실적인 금액의 무게에 짓눌려 사인하는 손이 덜덜 떨려왔다.

"다 되었네요. 나가시는 길에 아까 창구 직원이 월급 통장 전달해 드릴 거고요. 다음에 또 저희 은행 오실 일 있으면 일반 고객 창구로 가지 마시고 전화 한 통만 주시고 바로 제 사무실로 찾아오시면 됩니다."

지점장실을 나서는 세일에게 아까의 창구 직원이 종종걸음으로 다가왔다.

"죄송합니다. 제가 아직 신입이라 업무 인계를 제대로 받지 못해서요. 다음번에는 이런 불편 없도록 하겠습니다!"

세일은 몇 번이나 고개를 숙이는 창구 직원의 손에서 통장을 받아들고 말없이 허리를 숙여 인사를 한 후 은행 문을 나섰다. 눈앞의 버스 정류장에 있는 로또 판매점의 '1등 당첨점'이라는 문구가 눈에 들어왔다. 단돈 천 원도 아껴야 했던 세일은 이전까지 한 번도 로또를 구입해 본적이 없었다. 조금은 충동적으로 로또를 구입해 지갑에 넣은 후 다시 한번 월급 통장을 꺼내 통장에 찍힌 액수를 보고 또 보았다. 세일이 평생 일을 하며 모은다 한들 가져 볼 수 있을 거라 기대해 본 적이 없었던 자릿수의 금액이었다.

"벤츠를 사라고!"

장난스러운 이 노인의 말이 떠올라 헛웃음이 터져 나왔다.

'일단 대출 상환부터 하고, 중고차매장이 어디 있더라?'

매달 세일을 지독히도 괴롭히던 대출금의 상환은 허무할 정도로 간단하게 해결되었다. 대출 은행과 간단한 통화를 하고 계좌 이체로 일시 상환을 하고 나니 허탈감이 밀려온다. 최소한 몇 년은 더 걸릴 거라 생각했던 일이었다. 왜인지 어렸을 때 부모님과 찾아갔던 음식점에서 줄을 서지 않고 먼저 입장하던 사람들의 모습이 떠올랐다. 무가지에서 광고를 보았던 중고차 매매 단지로 전철을 타고 가며 세일은 어머니에게 전화를 걸었다.

"어 그래. 세일아."

"엄마. 나 학자금 대출 지금 다 갚았어요."

"진짜? 아니 어떻게?"

"회사가…… 회사 분들이 좀 도와주셔서요. 저 그리고 출퇴근 때문에 차도 한 대 사려고요."

"얘! 너무 잘됐다. 그런데 차까지는 너무 무리하는 거 아니니?"

"어, 무리한 건 아니에요. 엄마 나 바로 출근해야 해서 나중에 다시 전화드릴게요."

"그래. 지각한 건 아니지? 성실히 잘 다니고!"

"어 끊어요."

전화를 끊고 나니 알 수 없는 기분에 사로잡혀 괜히 눈가가 시큰거렸다.

'빨리 사서 출근해야겠다. 아무리 볼일 보고 출근하라 하셨지만, 너무 늦으면 곤란하잖아.'

시간은 벌써 10시가 지나있었다. 세일은 중고차 매매 단지 입구 근처에서 '신속 출고, 들어와서, 보시고, 타고 가세요'라고 쓰여 있는 매장으로 들어갔다.

"어서 오세요. 고객님! 차 보시고 오신 건가요?"

"아뇨, 저 여기 매장에 벤츠는 없나요?"

"네? 아. 저희는 수입차는 취급 안 하는데 수입차 하는 매장 소개해 드릴까요?"

또다시 억제할 수 없는 헛웃음이 터져 나왔다. 세일은 건성으로 매장 안을 몇 번 두리번거렸다. 노인들이 타고 다니는 차들과 비슷한 크기의 자동차가 세일의 눈을 사로잡았다.

"아뇨. 저거 저 큰 차 저걸로 할게요. 대금 치르면 지금 바로 몰고 갈 수 있는 거죠?"

세일은 은색의 거대한 자동차를 가리키며 직원에게 물었다.

"그럼요! 그러려면 일단 성능 검사서하고, 차 상태부터 확인시켜 드릴게요."

"아뇨. 그냥 저걸로 할게요."

"아, 그럼 이 근처에 시승 코스 있는데 저 태우시고 시승 한번 해보시겠어요?"

"필요 없습니다. 가격 알려주시면 바로 계좌 이체로 구매할게요."

처음 보는 유형의 손님을 어떻게 응대해야 할지 모르겠는지 매장 직원은 당황스러운 표정으로 세일을 바라보았다.

"네, 그럼 견적서를…… 제가 개인 렌트랑, 리스랑, 할부 구매까지 해서 좀 뽑아 오겠습니다."

세일은 더 이상 다달이 돈이 오가는 것에 신경을 쓰고 싶지 않았다.

"아뇨. 현금으로 살게요. 그냥 일시금 현금 결제 견적만 주세요. 제가 지금 빨리 좀 차 끌고 가봐야 해서요. 서둘러 주시겠어요?"

매장 직원이 이제야 이해하겠다는 듯 고개를 끄덕였다.

"그럼 바로 보험 가입도 진행해 드릴게요. 어디 알아보시거나 생각해둔 보험사라도 있으세요?"

"그거 인터넷으로 하면 빨리 되나요?"

"인터넷보다는요 저희 매장이랑 연결된 설계사분들 있는데 그분들 통해서 하는 게 아무래도……"

"네, 그럼 그렇게 해주세요. 빨리 좀."

세일의 성급함이 전염된 듯 매장 직원은 더 이상의 질문이나 권유 없이 계좌 번호를 불러 주고 서류를 뽑고 전화를 하는 데 열중했다.

"입금 바로 확인되셨고요. 보험 가입증서는 팩스로 올 거고요. 나머지 필요한 서류는 급하시다 하니 주소 불러 주시면 나중에 등기로 보내드릴게요. 원체 성능에 문제없는 차라서요 간단한 출고 정비랑 세차만 하면……"

매장 벽에 걸린 시계는 어느덧 11시를 가리키고 있었다. 오늘의 근무 시간은 이제 4시간밖에 남아 있지 않았다.

"저. 일단 차 받아 가고 다음에 다시 와서 하면 안 될까요? 서류도 그때 받아 갈게요."

"아. 그럼 차량 등록은……."

"그것도 괜찮으시면 다음에 할게요."

잠시 세일을 바라보던 매장 직원은 말없이 차 열쇠를 건네줬다.

'네비게이션 위치 찍기도 애매하네. 일단 과천청사역까지 가고 거기서부터는 길 아니깐.'

세일은 빠르게 흘러가는 시간에 온통 정신이 팔린 채 급하게 차를 몰아가느라 아까부터 한 대의 검은 세단이 줄곧 뒤쫓아 오는 것을 눈치채지 못했다. 과천청사역에서 아는 길이 나오자 조금 무리다 싶은 속도로 도로를 달려 나가는 세일의 차 뒤에서 검은 세단은 다른 방향으로 떨어져 나갔다. 이 노인의 벤츠 옆에 차를 세우니 12시 30분이 조금 지나 있었다.

"저 왔습니다! 죄송합니다! 너무 늦어서!"

세일은 서두르며 철문을 열어젖히고 헐떡이는 목소리로 인사를 건네었다.

"어이구, 뭘 그리 서둘러 왔어? 어제 박 형이 볼일 다 보고 출근하라고 한 거 들었잖아?"

들여다보던 무가지를 내려놓으며 이 노인이 웃음을 터트렸다.

"그래, 우리 세일 군 은행 갔다가 차는 뽑았어?"

"네. 덕분에."

"뭔 놈의 덕분이야. 그래서, 차는 뭐로 뽑았는데?"

질문을 던지는 이 노인의 눈에는 감출 수 없는 기대감이 가득 차 있었다.

"아…… 저 그게 그냥 국산 차 큰 거로 샀습니다."

세일은 절로 터져 나오는 웃음을 감추지 못하며 대답했다.

"벤츠 사라니깐. 차도 그렇고 뭐든지 한 번에 좋은 걸 사는 게 좋은데."

"열심히 일해서 돈 모아 다음에는 꼭 벤츠로 사겠습니다."

“그래? 그럼 내가 요번 월급날 벤츠 매장에 같이 가줄까?”

세일은 짓궂게 묻는 이 노인에게 자기도 모르게 고개를 끄덕여 대답했다.

입사하고 처음 맞는 토요일이 오자 세일은 아침 일찍 정부청사역 근처 부동산을 찾아갔다. 부동산에서 추천한 어머니의 병원과 사무실의 중간 지점에 있는 오피스텔은 복층 구조의 원룸이었다. 세 가족이 함께 살아왔던 집보다도 더 큰 공간을 혼자 쓴다 생각하니 묘한 죄책감이 밀려왔다.

‘그래도 전세 계약이니 오히려 지금까지 나가는 월세보다 저렴하고 좋잖아?’

세일은 별다른 고민 없이 전세 계약을 하였다. 그날 오후 세일은 어머니의 병실을 찾아갔다. 임지연 교수에게도 감사 인사를 드려야 한다는 생각이 들었지만, 순간 임지연 교수가 던졌던 해괴한 질문들이 다시 떠올라 다음 기회로 미루기로 하였다. 어머니는 조용하고 차분한 말투를 가진 선한 인상의 중년 부인과 같은 병실을 쓰고 있었다. 이전까지 다인 병실에서의 권태와 짜증과 탐욕에 사로잡힌 얼굴의 환자들과는 확연히 구분되는 인상이었다.

“그래 회사 분들은 어떠시니?”

“교대 근무라 아직 한 분이랑밖에 같이 일 안 해봤어요.

그래도 다 잘 챙겨주시려 하고 배려해 주세요."

"그래. 그분들 눈 밖에 나지 않게 성실하게 다니고."

"네. 그럴게요."

"보호자분, 말씀 중에 죄송한데 잠깐 어머니 수액 교체 좀 할게요."

병실 입구에서 세일과 어머니의 대화를 듣고 있던 간호사가 말을 자르며 병상으로 다가왔다.

"환자분. 어디 불편한 데는 없으시죠?"

냉정하고 사무적인 말투였지만 왜인지 청량감이 느껴지는 시원시원한 목소리였다.

"간호사님이 잘 돌봐 주셔서 다 괜찮은 거 같네요."

어머니의 말에 간호사의 입꼬리가 살짝 올라간 것처럼 보였다. 묘하게 시선을 잡아끄는 웃음이었다. 세일의 눈은 무의식적으로 간호사의 명찰로 향했다. 간호사는 퍼뜩 정신을 차리고 시선을 돌리며 괜한 헛기침을 하는 세일을 조금은 비웃는 듯한 표정으로 보았다.

"그럼 두 분 말씀 계속 나누세요."

날렵한 손놀림으로 병실의 칸막이 커튼을 치고 병실을 떠나는 간호사의 발걸음 소리가 한동안 귀에 맴돌았다.

"그래 일은? 일은 힘들지 않고?"

묘한 표정으로 세일의 눈치를 보던 어머니가 다시 질문을 던졌다.

"아, 일 쉬워요. 그냥……."

세일은 자신이 하는 일을 자세하게 말하면 안 될 것 같다는 생각이 들었다.

"안전 관리 같은 거 하는 거예요. 책상에 앉아서. 늘 정시 퇴근하고, 정시 출근해서 시간도 많이 남아요."

"그래 아주 잘 됐다."

"아, 엄마 저 집도 구했어요. 이 근처에 오피스텔 전세로."

"그때 말한 그걸로? 회사 분들이 대출 도와주셨다고?"

"네."

"세상에 이게 다 웬일이니. 일이 이렇게 잘 풀릴 거라고 누가 알았겠니? 꼭 꿈꾸는 거 같다 얘."

세일의 머릿속에서 누군가 '꿈꾸는 자의 꿈의 파생물'이라는 문장을 속삭였다. 뜻 모를 문장이 불러온 섬뜩함은 어머니의 웃음소리와 거기에 뒤따라오는 행복감에 밀려 이내 사라졌다.

5

"그러고 보니 우리 세일 군 월급 통장도 만들었지?"

"네."

"통장 사본 한 부 만들어서 박 형한테 전해줘. 그리고 우리 25일에 월급 나온다고 이야기했었지?"

"아니오, 아직 월급 관련된 이야기는 제대로 못 들었습니다."

"아, 그래. 일단 25일에 명세서 확인해 보면 자네 초봉 얼마인지 계산되겠지? 아 맞다! 우리 초반 3개월은 수습 기간이라고 이야기했던가?"

"아니요. 처음 듣습니다."

"너무 실망하지는 말고. 말이 좋아 수습이지 세일 군은 우리랑 같이 평생 여기에 다니게 될 거니깐. 그런 거 개의치 말아."

크게 신경 쓰이지는 않았다. 이미 여태껏 받은 것만으로도 분에 넘치는 대접이라는 생각이 들었다.

'이제 월급이 얼마이든 상관없어. 평생직장도 보장된다고 하고 일이 지루한 거 말고는 시간도 여유 있는 편이고. 진짜 성실하게 열심히 다닐 거야!'

열심히 일하는 것과 대충 일하는 것의 차이가 없는 일과가 문제라면 문제였다. 그렇게 여태껏 겪어 보지 못했던 지루한 하루들을 무수히 견뎌내고 나니 어느새 월급날이 다가왔다. 공교롭게도 첫 월급날은 금요일이었다. 퇴근 시간이 다가오자 오후 근무로 일정을 조정한 박 노인이 세일을 불러 세웠다.

"다음 주부터는 한동안 나와 같이 오후 근무하면서 일을 배우도록 하게."

입사 첫날 몇 분 만에 해야 할 중요한 일을 모두 배운 세일로서는, 도대체 무슨 일을 더 배워야 한다는 것인지 이해가 가지 않았다.

'오후 근무 적응도 시킬 겸 해서 그러시는 거겠지.'

세일이 고개를 끄덕이자 박 노인은 들고 온 가방을 열고 몇 개의 서류와 카드, 명함 뭉치를 꺼내었다.

"이건 자네 명함일세. 딱히 쓸 일은 없을 테지만 취직을 했으면 명함은 만들고 봐야지."

세일은 은행에서 박 노인의 명함이 불러일으켰던 마법을 떠올렸다. 명함은 노인들의 것과 같은 모양으로 단출한 검정 바탕에 세일의 이름과 핸드폰 번호만 양각되어 있었다.

"명함 멋있지? 그거 디자인 내가 직접 고른 거야!"

시계를 보고 있던 이 노인이 세일을 바라보며 으스대듯 말했다.

"그리고 이건 자네 첫 달 월급 명세서네. 박 형이 이미 이야기했겠지만, 수습 기간은 온전한 월급이 안 들어온다는 건 감안하도록 하게. 우리도 영 마음에는 안 들지만 돈 내주는 부서가 원체 완강해서 어쩔 수 없으니 당분간만 이해해주게."

월급 명세서에는 온갖 알 수 없는 공제 내역과 세액과 급여 내용과 성과급 등의 액수가 어지럽게 적혀 있었다. 명세서의 아래에 적힌 최종 수령액을 보며 세일은 순간 금액에 0이 하나 더 찍혀 있는 게 아닌가? 하는 의심이 들었다.

'이게 말이 되는 월급이야? 연봉이라고 해도 믿기 어려울 거 같은데.'

명세서의 적힌 숫자는 단위가 10분의 1로 줄어든다고 해도 세일이 기대했던 금액을 한참 넘어서는 액수였다.

'귀하의 노고에 감사합니다.'라는 문구와 '국민안전처'라는 서류 발행 부서와 월급 액수를 다시 보니 순간 현실감이 아득히 멀어졌다. 몇 번이고 명세서를 보고 또 보는 세일을 바라보며 이 노인은 짓궂으면서도 흐뭇한 미소를 지어 보였다.

"그리고 이건 자네 법인 카드일세. 사실 자네가 직접 신청해서 만들어야 하는 게 원칙이긴 하지만 일의 특성상 마땅찮은 측면도 있고 해서 내가 대신 신청했네."

법인 카드는 명함과 비슷한 모양의 단조로운 검은색 카드였다.

"그걸로 사무실 비품, 이를테면 생수라든가 의자, 가스등 같은 것 사도록 하게. 여긴 배달이 되지 않는 지역이니 주문하지 말고 직접 사서 차에 싣고 오도록 하고."

"일하면서 먹을 것도 그걸로 사와! 한창 배고플 때잖아?

한도도 없고 여기까지 와서 따로 집행내용 정산하라고 따질 사람도 없으니 맘대로 쓰라고."

이 노인의 말이 거슬리는지 박 노인은 세일을 엄한 표정으로 노려보며 말했다.

"업무 관련된 것만 사도록 하게."

세일은 고개를 끄덕이고 카드를 받았다.

"그럼 다음 주 월요일부터는 오후 근무 시간에 맞추어 출근하도록 하고. 주말 잘 보내게."

박 노인이 의자를 당겨 자리에 앉아 시계를 보며 말했다. 차를 세워둔 곳으로 같이 걸어가는 이 노인의 얼굴에서는 웃음기가 가시지 않았다.

"어때, 벤츠 살 걸 그랬다는 후회 안 들어?"

세일은 여전히 얼떨떨한 기분으로 고개를 끄덕였다.

"그래. 월급날인데 무슨 특별한 약속 있어? 약속 없으면 나랑 벤츠 매장 한번 가볼까?"

억제할 수도 없는 웃음이 터져 나왔다.

"아, 오늘 친구들이랑 저녁 약속 있어서요. 벤츠 매장은 다음 월급날에……."

"그래? 선약이 있다니 뭐. 재미나게 놀고 너무 들떠서 월요일 출근하는 데 지장 없도록 하라고."

아쉬움 가득한 이 노인의 얼굴을 바라보며 세일은 인사

를 건네었다. 금요일 오후였지만 퇴근 시간까지 한참 남아서인지 도로는 한산하기만 했다. 친구들과의 약속 장소인 사당역에 도착하고도 채 4시가 되지 않은 시간이었다.

'뭐 하고 있어야지? 애들 퇴근하려면 2시간도 넘게 남아 있지 않나?'

멍하니 역 근처를 서성이는 세일의 눈에 복권 판매점이 들어왔다.

'로또 1등 나온 집!'이라고 내건 간판을 보니 문뜩 몇 주 전에 로또를 산 게 떠올랐다. 세일은 지갑 속에 넣어둔 로또를 꺼내 핸드폰으로 해당 회차 당첨 금액을 검색해보았다. '1등 당첨 게임 수 17, 당첨금액 7억'이라는 숫자에 왜인지 헛웃음이 나왔다. 세일은 당첨 번호를 확인하지 않고 로또를 찢어 쓰레기통에 버렸다. 하릴없이 약속 장소 주변을 배회하며 세일은 통장에 찍힌 금액을 보고 또 보았다.

'뭔가 착오가 있었던 게 아닐까?'

통장 내역만을 보았다면 합리적인 의심이었을 것이다. 하지만 월급 명세서에 찍힌 액수까지 오차가 있었을 거라는 생각이 들지 않았다.

'한 달 전까지만 해도 빚에 허덕이는 신용 불량자였는데…….'

그토록 짧은 기간에 어지간한 사회 초년생들이 수년에서

수십 년에 걸쳐 쌓아 올려야 하는 부를 축적했다는 게 믿기지 않았다. 과도한 보수와 복리후생에 비해 터무니없이 하찮고 시시한 업무를 떠올리니 죄책감마저 들었다. 지치고 찌든 표정의 친구들이 모두 모인 건 세일이 약속 장소에 도착하고도 4시간이 더 지난 후였다. 명목상으로는 세일의 입사를 축하하기 위한 자리였다. 몇 잔의 술과 몇 마디의 자조적인 농담이 곧 술자리를 직장생활에 대한 푸념의 장으로 만들었다.

"진짜 좆 같은 게 뭔지 알아? 난 담배도 안 피우잖아? 자기들은 하루에 몇 번씩 담배 태우러 나가서 시시덕거리고 오면서 온종일 화장실 딱 2번 가면서 일한 내가 조금만 일찍 가도 불성실하다고 지랄 지랄들이야. 같이 담배 피우러 가는 새끼들은 사회생활 잘하는 거고, 염병."

"그 정도면 낫지. 니네 우리 돌아이 사장 이야기 들었지? 요번에 우수 중소기업에 뽑혔다고 매경에서 인터뷰 했잖아? 전 직원들 자전거 한 대씩 주고 자전거 타면서 친목 도모하고 어쩌고. 그거 우리 월급에서 까서 지 친구가 하는 자전거 회사 거 강제로 사게 한 거야. 그리고 자전거도 꼭 주말에 전 직원 다 불러내서 타게 한다. 누가 감기 걸려서 안 왔다고 소새끼 개새끼 하면서 욕하는데 아주…… 그래놓고 인터뷰할 때는 무슨 직원들을 위해서 자기 삶 다 버린 인간처럼 포장하더라."

"그래도 너희들은 돈이라도 받잖냐. 야근하는 것도 위에 눈치 보여서 하는 거고. 난 진짜 점심 먹을 시간도 없이 바쁘다. 집에 10시 이전에 들어가는 게 소원이라고. 그러면서 받는 돈은 씨발 진짜…… 내가 그냥 알바를 두 탕 뛰는 게 낫지. 그렇게 죽어라 일해봐야 모이는 돈은 한 푼도 없고. 내가 뭐 때문에 이렇게 괴롭게 사는 것인지 이해를 못 하겠다."

친구들의 신세 한탄을 듣고 있으니 작은 죄책감이 밀려 들어왔다. 그보다 더 크게 느껴지는 감정은 우월감이다. 세일은 20여 년 동안의 인생에서 남들보다 더 나은 처지에 서서 우월감을 느껴본 적이 한 번도 없었다.

"세일이 너 취직한 데는 어떤데?"

"어 그냥…… 안전관리직 비슷한 거야."

세일은 앞으로 남들에게 직장을 설명할 필요가 있을 때는 '안전 관리직'이라고 하기로 마음을 먹었다.

"연봉은? 좀 주냐? 작은 회사라고 하지 않았어?"

"뭐…… 나쁘지 않게 주는 거 같다."

"주면 주는 거지 주는 거 같다는 뭐야? 새끼 되게 거만하게 말하네."

"아니, 오늘 처음 받는 거라 내역을 정확히 몰라서. 그런데 괜찮아."

"그럼 오늘 네가 쏴라! 너 취직 했다 해서 우리가 나눠 사 줄까 했는데 말하는 거 보니 새끼 괜찮은 데 갔나 보네."

"그래. 너희들한테 학생 때부터 신세 진 것도 많고 하니 오늘은 내가 다 낼게. 먹고 싶은 거 다 먹고, 가고 싶은 데 다 가자."

고개를 끄덕이는 세일을 보며 친구들은 의아한 표정을 지었다. 금요일 저녁에 시작된 술자리는 토요일 아침까지 길게 이어졌다. 끝도 없이 들이붓는 술이 아닌 자기보다 못한 처지의 친구들을 보며 채워지는 저열한 만족감이 세일을 취하게 만들었다. 친구들과 헤어져 택시를 타고 집으로 돌아와 침대에 몸을 누이니 기다리고나 있었던 듯 잠이, 꿈이 세일에게 찾아왔다. 꿈에서 세일은 원숭이들의 법칙이 지배하는 원숭이 나라의 왕이었다.

'그리고 곧 꿈꾸는 자가 꿈에서 깨어나면 원숭이들의 나라도 끝이 나겠지.'

머릿속을 맴도는 문구를 되뇌며 잠결에도 세일은 숙취 때문일 거라 생각했다. 임지연 교수가 꿈의 내용을 들었더라면 세일과는 다른 해석을 내놓았을 것이다.

6

"거인의 몸 위에 개미 떼들이 왕국을 세운 꿈 이야기를 해줬던가?"

"내 꿈에서는 원숭이들의 나라던데?"

"누구든 자기만의 꿈은 하나씩 가지는 법이잖아? 원숭이 나라가 마음에 들면 원숭이 나라라고 하지 뭐. 아무튼 거인의 몸 위에 나라를 세운 원숭이 이야기를 해줄게. 처음에는 거기엔 아무것도 없었어. "

"아무것도 없었다니?"

"말 그대로 아무것도 없었다고. 문명도, 도시도, 왕국도, 종교도, 국가도."

"나라를 세웠다며?"

"한 원숭이가 거인에게서 불을 훔쳤거든. 불이 있으면 따듯하잖아? 불의 찬탈자 주변으로 원숭이들이 모여들었어. 더는 어두운 밤도, 포식자들도 두려워할 필요가 없어진 거지."

"비슷한 이야기 들었던 거 같아."

"수가 많아지니 자연히 집단이 형성되고 마을이 생겨나고 곧 도시로, 왕국으로 커졌어."

"불의 찬탈자가 왕이 되었겠네?"

'원숭이 나라의 왕은 나다.'

"아니. 불의 찬탈자는 더 교묘한 원숭이였어. 더는 두려워 할 게 없어진 원숭이들이 유일하게 무서워한 건 자신들의 삶이 터전인 거인이었거든. 불의 찬탈자는 원숭이들의 머리에서 거인을 지워 버렸지. 거인은 없다! 불의 찬탈자도 없다! 마법 같은 건 없다!"

"자기 존재도 지웠다고?"

"그래. 두려움을 정복했다 착각하게 되면 말이지. 문명이 생겨나. 이성의 불이 밤을, 두려움을, 마법을 그림자 속에 가두어 버리거든. 그리고 모두가 타오르는 불을 바라보지. 더는 그림자를 보지 않게 되는 거야."

'거인은 없다. 찬탈자도 없다.'

"그것도 들어본 이야기 같아. 인간이 문명을 만들고, 왕국을 만들고……"

"그리고 말하는 거지. 인간은 원숭이가 아니다."

끝도 없이 이어지는 꿈의 대화 속에서도 월요일이 시작되었다는 게 느껴진다.

'출근. 오늘부터 오후 근무니깐 조금 여유 부려도 되겠지.'

"그를 화나게 만들면 안 될 텐데?"

'누구 말하는 거지? 박 영감님?'

자연스럽게 박 노인이 뜨개질하는 모습이 떠올랐다.

'나도 뜨개질 같은 거 해야 하나? 영감님은 신문 가져가서 보면 싫어하시겠지? 화내시겠지?'

"그 보다 일어나야 할 텐데? 해가 떠올랐다고."

'3시 근무니깐. 2시에만 일어나도 여유 있어. 그래도 1시에는 일어나야겠지.'

"일어나요! 이세일 씨!"

세일은 물속에서 머리채를 잡고 끄집어 올려진 듯 급작스레 잠에서 깨어났다. 지금 있는 곳이 어디인지, 무엇을 해야 하는지가 좀처럼 떠오르지 않았다.

"이세일 씨! 일어나!"

누군가 오피스텔의 문을 걷어차며 소리를 지르고 있었다.

'몇 시?'

3시 20분이었다. 머리를 세게 두들겨 맞은 듯 충격이 밀려왔다. 잠깐의 마비 상태가 풀리자 온몸의 피가 빨리 돌며 머리가 맑아졌다.

'늦었어! 씻고 어쩌고 할 시간 없어!'

"이세일 씨!"

요란하게 문을 두들기는 소리를 무시하며 세일은 급하게 옷을 챙겨 입었다. 여전히 부스스한 얼굴을 손으로 문지르며 차 열쇠와 핸드폰을 집어 들었다. 이 노인의 부재중 전화가 4통이 와 있었다.

'영감님 화나셨을 텐데. 지금이라도 전화해야 해.'

현관으로 달려가며 전화를 걸어 보았지만 전화기가 꺼져 있다는 응답만이 돌아왔다.

"이세일 씨!"

급작스러운 두려움이 몰려들었다. 지각했다는 사실이 두려운지, 곧 마주 대해야 할 이 노인과 박 노인의 분노가 두려운지, 현관문 앞에서 자신의 이름을 부르는 정체불명의 남자가 두려운지 분간을 할 수가 없었다.

'도대체 누구지? 어떻게 내 이름을?'

세일은 잠깐의 망설임 끝에 현관문을 열어젖혔다. 현관문 앞에서 세일을 기다리고 있는 건 삼성 병원에서 마주쳤던 항공 점퍼의 남자였다.

"노친네들 화났을 거 같은데? 서둘러야 하는 거 아닌가?"

질문을 던지려는 세일을 제지하며 항공 점퍼의 남자가 말했다.

"엘리베이터 붙잡아 두고 있으니 어서 주차장으로 달려가서 출근하라고."

호기심과 두려움을 억누르며 세일은 현관문을 닫고 엘리베이터로 달려갔다. 또 다른 남자가 무료한 표정으로 엘리베이터 버튼을 누르고 있다가 세일이 도착하니 몸을 비켜주었다. 지하 주차장으로 내려가는 엘리베이터 안에서도 좀처럼 의문이 가시지 않았다.

'중요한 게 그게 아니지. 일단 출근부터 해야지.'

세일은 차를 세워둔 곳으로 달려가 몸을 구겨 넣듯 운전석에 올라타 시동을 걸고 주차장을 빠져나갔다. 이 시간에는 교통량이 많지 않은 과천 시내였지만 유별날 정도로 도로는 한산했다. 조급한 마음을 알기라도 한 듯 세일이 마주치는 모든 교차로마다 신호가 기다리기라도 한 것처럼 파란불로 바뀌었다. 사이드미러에 아까부터 계속 세일을 뒤따라오는 검은 세단이 보였다. 집요하게 뒤를 따르던 검은 세단은 그린벨트 지역으로 빠지는 마지막 교차로에서 방향을 바꾸어 사라졌다. 세일은 검은 세단의 운전사가 항공 점퍼의 남자라는 걸 보지 않고도 알 수 있었다. 항공 점퍼의 남자가 사라지자 세일은 차가 다니지 않아 얼어 있는 개활지 옆 도로를 무모한 속도로 내달렸다. 가속 페달에 힘을 줄 때마다 타이어가 기묘한 신음을 흘리며 차가 옆 차선으로 조금씩 미끄러졌다.

'고물차 같으니라고!'

벤츠를 사라는 이 노인의 말이 계속 머릿속에 맴돌았다.

'이 영감님은 퇴근하셨겠지. 화나서 내 전화도 안 받으시는 걸 거야.'

홀로 박 노인을 대면할 생각을 하니 명치 아래가 쿡쿡 쑤

셔왔다. 두려움은 곧 더 큰 죄책감에 사로잡혀 잊힌다.

'내가 미쳤지. 어쩌자고 늦잠을.'

내용을 정리하기 힘든 기묘한 꿈을 꾸었던 것 같다. 꿈속의 인물이 세일의 기상을 방해하기라도 한 듯 현실과 완전히 단절돼 있던 감각의 여운이 아직도 남아 있었다. 세일은 다시 한번 머리를 세차게 좌우로 내저었다.

'가서 제대로 사과하자. 두 번 다신 이런 일 없을 거라고.'

사무실 옆 공터에는 박 노인 차 옆에 이 노인의 벤츠가 아직도 세워져 있었다. 굳게 닫힌 철문을 마주 대하자 죄책감에 눌려있던 두려움이 되살아났다. 크게 심호흡하며 세일은 철문을 열어젖혔다. 사무실 안 어둠 속에서 누군가의 실루엣이 세일에게 빠른 걸음으로 다가왔다.

"죄송합니다. 늦었습니다."

고개를 떨구며 말하는 세일의 왼쪽 뺨에 요란한 소리와 함께 둔중한 통증이 가해졌다. 어찌나 세차게 맞았는지 휘청거리는 몸을 간신히 가누며 세일은 자세를 바로 했다.

"죄송합니다. 두 번 다시……"

말을 내뱉는 세일의 입에서 피비린내가 같이 뱉어져 나왔다. 세일은 말없이 찢어진 입 안에서 흘러내리는 피를 목구멍으로 삼켰다.

"내가! 우리가! 어려운 일을 시켰나?"

"아닙니다. 죄송합니다."

"무슨 일 있으면! 그냥 전화 한 통 해주면 되는 거! 편하게 적응할 수 있도록 온갖 편의 다 봐주었고!"

좀처럼 말을 제대로 이어가지 못하는 이 노인의 말 한마디 한마디가 비수처럼 세일의 가슴에 틀어박혔다.

"죄송합니다. 드릴 말씀이 없습니다. 다시는 이런 일 없도록 하겠습니다."

입을 여니 또다시 입 안으로 피가 흘러나왔다. 세일은 이를 맞붙이고 볼을 오므려 피를 머금었다.

"……그냥 성실하게."

한참을 말을 잊지 못하고 가만히 서 있기만 한 이 노인의 눈가는 축축이 젖어있었다. 천장에 달린 흐릿한 가스등의 조명을 바라보며 숨을 고르는 이 노인의 어깨가 작게 떨렸다. 그런 이 노인을 바라보고 있으니 세일의 가슴속에서 묵직한 게 차오르며 눈가가 달아올랐다. 분노나 수치심 때문은 아니었다.

"……."

"이 형. 세일 군도 그만하면 알아들었을 테니 인제 그만 퇴근해요. 근무 시간도 한참 지났는데 가족들이 걱정할 것 아니오."

또다시 사과의 말을 내뱉으려는 세일의 말을 끊고 여전히 의자에 앉아 시계에서 시선을 떼지 않는 자세로 박 노인이 말했다. 이 노인은 무언가 말을 하려다 깊은 한숨을 내뱉고 옷가지를 챙겨 사무실을 나섰다. 좀 전까지와는 달리 축 늘어진 이 노인의 모습에 세일은 더 이상 사과의 말도 떠오르지 않았다. 세일은 눈도 마주치지 않고 사무실을 나서는 이 노인에게 허리를 숙여 인사를 하고 박 노인의 옆으로 걸어갔다.

"죄송합니다. 다시는……"

"앉아서 자네가 해야 할 일을 하도록 하게."

세일의 사과 따위는 흥미가 없는 듯 박 노인은 시계만을 바라보았다.

"네, 알겠습니다."

더 이상의 사과 없이 세일은 박 노인의 말을 따랐다. 의자에 앉아 자세를 바로 하고 시계를 보고 있으니 이제껏 느껴보지 못한 통증이 밀려왔다. 왼쪽 송곳니 아랫입술도 터졌는지 불쾌한 이물감이 느껴졌다. 온갖 감정이 요동치며 빠르게 뛰는 맥박 때문인지 길게 찢어진 안쪽 왼뺨의 상처에서는 쉬지 않고 피가 흘러내렸다.

'이거 꿰매야 하는 거 아닌가?'

세일은 혀를 놀려 찢어진 입 안의 상처를 눌러보다 흠칫 놀라 시계에 집중했다.

'뭐 하는 거야? 어처구니없는 짓 저질러 놓고 이거 조금 아프다고 딴 생각이나 하고 진짜……'

세일은 다시 한번 이를 꽉 깨물고 입 안의 피를 빨아 먹으며 시계를 바라보았다. 박 노인이 말없이 의자에서 몸을 일으키더니 맞은편의 벽으로 걸어갔다. 무의식적으로 박 노인을 쫓아가려 하는 시선을 억누르며 세일은 시계에 집중했다. 뒤편에서 아이스박스의 뚜껑이 열리는 듯한 마찰음이 들리더니 무언가를 뒤적이는 소리가 났다. 소리를 무시하고 세일은 시계만을 바라보았다.

"이거 사놓은 지 좀 된 얼음이지만 큰 문제는 없을 테니 입 안 상처 주위에 머금고 있게."

세일은 얼떨결에 박 노인이 내민 얼음 봉지를 받아 들었다.

"그리고 입술 터진 데는 이걸로 얼음 감싸서 찜질하도록 하게."

박 노인은 고급스러운 문양이 새겨진 부드러운 재질의 손수건을 재킷 윗주머니에서 꺼내어 건넸다. 감사나 사과의 말을 해야 한다는 생각이 들었지만, 박 노인이 원하는 건 그게 아닐 거란 생각이 들었다.

"네. 알겠습니다."

박 노인은 손수건과 얼음 봉지를 받아들면서도 시계에서 시선을 떼지 않는 세일을 잠시 바라보다 의자에 앉았다.

얼음을 머금자 상처에서 흘러나오던 피가 굳으며 한층 더 역한 기운이 느껴졌다. 터지고 부풀어 오른 왼쪽 아랫입술은 점점 더 크게 부어올랐다. 입 안의 한기와 고통과 이물감과 역함을 참으며 세일은 시계에만 집중했다. 세일의 시야를 가득 메운 움직이는 않는 시계의 바늘을 보고 있자니 시간마저 멈춘 것만 같았다. 오직 들려오는 건 박 노인이 손목에 찬 기계식 시계 소리가 내는 소리뿐이었다. 심장 고동을 연상케 하는 규칙적인 맥동이 내는 저음과 경쾌하게 움직이는 초침이 어우러져 내는 소리가 음악처럼 세일의 귀를 사로잡았다. 무의식중에 세일의 심장박동도 박 노인의 시계 박자를 따라갔다. 모든 고통과 감정을 머릿속에서 지워내자 마음이 한결 차분해졌다.

'초침 소리를 60번 들으면 1분이 지난 거고, 3600번이면 한 시간이 지나간 거고……'

또다시 상념 속으로 빠져드는 자신에게 조금은 화가 났다. 손바닥으로 입술의 터진 상처를 강하게 누르자 고통이 되살아났다.

'난 원숭이 왕국의 왕이다. 마법과 거인들로부터 문명을 지키는 파수꾼이다.'

알 수 없는 깨달음이 밀려왔다. 머리가 아닌 심장으로부터 혈관을 따라 온몸으로 퍼져 가는 지식이었다.

"이제 퇴근하도록 하세."

조금은 넋이 나간 듯한 표정의 김 노인이 말없이 철문을 열고 들어오자 박 노인이 세일에게 말을 건네었다.

"네? 아 저 지각도 했으니 오늘은……."

"자네가 오늘 해야 할 일은 끝났네. 그리고 병원 가서 입 안의 상처를 치료받는 게 좋을 테니 오늘은 이만 들어가도록 하게."

의아한 표정으로 둘의 대화를 듣고 있던 김 노인에게 인사를 건네고 세일은 박 노인을 따라 사무실을 나섰다. 개활지의 밤하늘에는 쏟아져 내릴 듯 촘촘하게 별이 박혀있었다. 마치 무수히 많은 별이 사무실을 지켜보고 있는 것만 같았다.

'감시하는 거겠지.'

"왜 늦었나?"

차에 올라타려다 말고 박 노인이 세일에게 질문을 건네었다.

"……."

변명을 대야 할지, 다시 한번 사과를 해야 할지 망설여졌다.

"이상한 꿈을 꾸었고 늦잠을 잤습니다. 두 번 다시 이런……"

"나도 두 번은 없을 거라 생각하네. 꿈에서는 어떻게 깨어났나?"

박 노인의 질문에 낮에 있었던 해괴한 일들이 떠올랐다.

"그게…… 모르는 사람이 저를 깨워 줬습니다."

세일의 대답을 곱씹는 듯 박 노인은 눈살을 찌푸렸다.

"그래. 그럼 내일 또 보세."

잠깐 생각에 잠겨있던 박 노인이 인사를 건네고 차를 몰아 떠나갔다. 갑작스럽게 커지는 항공 점퍼 남자의 존재감을 애써 마음속에서 몰아내고 세일도 차에 올라탔다.

'삼성 병원 응급실 있었지. 한번 봐달라고 하자…….'

익숙한 길을 따라 차를 몰고 가며 세일은 계속 백미러를 기웃거렸다. 언제라도 낮에 보았던 검은 세단의 모습이 뒤에 나타날 거 같았지만, 도로는 텅 비어 있었다. 주차장에 차를 세우고 병원 응급실 앞에 서니 왠인지 발걸음이 떨어지지를 않았다.

'혹시라도 엄마가 내 모습 보기라도 하면…….'

면회 시간은 이미 한참 전에 끝나 있었다.

'그때 그 간호사가 내 모습 보고 엄마한테 말할 수도 있는 거잖아?'

스스로 생각해도 어처구니없는 발상이었다.

어머니의 병실에서 보았던 간호사의 모습을 떠오르니 괜히 헛웃음이 나왔다. 발걸음을 돌려 주차장으로 향하는 세일의 눈에 장애인 주차장 자리에 보란 듯이 세워진 검은 세단이 들어왔다. 분노인지 두려움인지 호기심인지 알 수 없는 감정에 심장이 다시 빠르게 뛰기 시작하며 입 안에 피비린내가 진해졌다.

'뭐야? 또 따라온 거야? 어디 있지?'

주차장을 두리번거려 봐도 항공 점퍼 남자의 모습은 눈에 띄지 않았다. 응급실과 주차장 사이의 어두컴컴한 공간에서 인기척이 들려왔다. 세일은 충동적으로 빠른 발걸음으로 달려갔다.

"아 씨, 깜짝이야! 심장 떨어질 뻔했네!"

며칠 전 어머니의 병실에서 보았던 간호사가 담배를 입에 문 채 놀란 표정으로 세일을 바라보고 있었다.

"뭐예요! 놀랐잖아요!"

"아 죄송합니다. 저 아는 분인 줄 알고……."

"어? 이세일 씨 아니에요?"

"네. 그런데 제 이름은 어떻게?"

기다란 검정 롱패딩을 입고 머리를 풀고 있는 간호사의 얼굴에 빈정거리는 듯한 웃음이 걸렸다.

"어머님이 하도 아들 자랑을 많이 하셔서요."

괜한 부끄러움에 세일의 얼굴이 달아올랐다.

"면회 시간도 끝났는데 어쩐 일이세요?"

"아……."

간호사는 적당한 대답을 찾지 못해 우물거리는 세일의 얼굴을 유심히 바라보았다.

"누구한테 맞았어요? 얼굴이 말이 아니네? 응급실 가봐야 하는 거 아니에요?"

"실수로 조금 다쳤습니다."

'분명 어머니도 알게 되겠네.'

속으로 한숨을 내쉬는 세일을 바라보며 간호사는 눈을 길게 찢으며 웃었다.

"누구한테 맞은 거구만. 좋은 회사 다닌다더니 거기도 여기나 별 차이도 없나 봐요?"

"네? 병원에서도 때리고 그러나요?"

"실수로 다쳤다더니 본인 입으로 맞은 거 인정했네요?"

담배 연기를 내뿜고 유쾌한 웃음을 터트리는 간호사를 보고 있으니 마음이 한결 가벼워졌다.

"저 어머니한테는……."

"말 안 할게요. 뭐 환자분이나 보호자 분이랑 개인적인 이야기 하고 그러는 거 질색이니. 그나저나 저기 친구분 기다리고 있네요."

"네?"

"맨날 병원에 이세일 씨랑 같이 오는 분 아니에요? 암튼

전 퇴근이라 이만."

간호사가 담배꽁초를 발로 눌러 끄며 턱짓으로 가리키는 곳을 바라보니 항공 점퍼의 남자가 세일을 바라보고 있었다. 세일의 시선을 의식한 듯 항공 점퍼의 남자가 손을 들어 보였다. 간호사는 자리에 못 박힌 듯 멈추어 서 있는 세일과 항공 점퍼의 남자를 번갈아 바라보다 어깨를 으쓱하고 자리를 떠나갔다. 간호사의 모습이 사라질 때까지 한참을 기다리던 항공 점퍼의 남자가 세일에게 걸어왔다.

"제대로 맞으셨네? 노친네들 금방 죽을 것 같이 생겼던데. 보기보다 힘들이 좋나 봐요?"

"누구? 아니 뭐 하는 사람입니까? 도대체 왜 저 쫓아다니는……"

"그 많은 질문에 둘러싸여 살면서 이세일 씨가 궁금한 게 고작 그건가요? 그것보다 지금 다니는 직장이 뭐 하는 덴지, 뭐 하는 직장인데 그리 많은 돈을 주는지, 뭐 그런 거 궁금해야 하는 거 아닌가?"

웃음기를 띠고 느물거리며 말을 걸어오는 항공 점퍼 남자의 모습이 거슬렸다.

"그쪽 분이 제 직장이 뭐 하는 덴지 어떻게 안단 말입니까? 제가 물어보면 대답해주실 수 있나요?"

"아니. 사실 나도, 우리도 모르지. 그래서 이세일 씨 도움이 좀 필요한데."

"뭐 하시는 분인지도 모르겠고 수상하기 짝이 없는 분을 제가 왜 도와야 한단 말입니까?"

남자의 얼굴에서 웃음기가 사라졌다.

"진짜 수상한 건 이세일 씨 직장이지. 도대체 무슨 일을 하는 곳인지도 모르겠는데 국민안전처 예산의 상당액을 받아 가시는 것도 수상하고. 어느새인가 1급 비밀 취급 인가를 획득한 이세일 씨도 수상하고. 정상적인 절차로 신상 한 번 보려 하면 열람 허가가 떨어지지 않는 이세일 씨네 노친네들도 수상하고."

남자의 손이 항공 점퍼 안주머니로 들어갔다. 세일은 온몸을 긴장하며 남자를 주시했다. 그런 세일의 모습을 보며 코웃음을 치던 남자가 꺼내든 건 지갑이었다.

"반면에 나는 수상할 거라곤 없는 사람이지. 국가의 녹을 받고 음지에서 일하지만, 양지를 지향한다—. 요새 애들은 그 모토는 못 들어봤으려나? 그게 원래는 깡패 새끼들이 쓰던 말이라 하더라고."

남자가 지갑에서 하얀색 명함을 꺼내 들어 세일에게 건네었다. 세일과 노인들의 명함과 비슷하게 이름과 핸드폰 번호만 적혀있는 명함이었다.

"나나 세일 씨 같이 국가의 녹을 받는 사람들은 말이지,

모든 게 투명해야 하는 것 아니겠어요? 명분이 있어야 하고, 과정도 절차를 따라야 하고, 일을 마치면 보고도 뒤따라와야 하고. 그런데 나는 명함 한 장 안 줘요?"

남자의 말을 곱씹고 이해하는 것만도 벅찼기에 세일은 반응 없이 말없이 남자의 얼굴을 바라보기만 했다.

"뭐 이세일 씨에 대해서는 알 거 모를 거 다 아는 처지니 딱히 필요 없긴 하지."

"왜 국정원에서 나를 감시한단 말입니까. 제가 뭘 잘못……"

"감시가 아니라 경호라고 생각 들지 않아요? 직접 모닝콜해서 출근길 에스코트까지 해주는데?"

남자의 말에 출근길 도로 풍경이 떠올랐다.

'이상할 정도로 길이 잘 뚫린다 했더니.'

"심지어 이세일 씨랑 노인네들 에스코트 업무는 중정 시절부터 이어져 내려오던 거란 말이지? 우리가 말이죠. 구리고 수상한 일을 원래 많이 하는 곳이긴 한데, 그린벨트랑 군부대에 꼭꼭 숨어서 뭘 하는지도 모르는 사무실 직원들 보모 노릇은 그중에서도 제일 수상하더란 말이죠?"

'그러고 보니 군부대가 꼭 사무실 둘러싼 듯 배치되어 있긴 했지.'

"숨어 있다는 이야기가 나와서 말인데 세일 씨 사무실이

나 우리 사무실이나 위치는 비슷하잖아? 그런데 구글맵만 봐도 우리 사무실 위성 사진은 딱 뜨는데 거긴 그냥 황무지로 나와. 도대체 얼마나 대단한 비밀이라고? 거기에 사무실 운영에 관련된 예산은 또 국민안전처에서 받아가? 구린내가 팍팍 나지 않아요? 내가 그래도 국가와 국민을 위해 헌신하겠다고 결심한 몸인데 내버려 둘 수가 없더란 말이지. 몇 번이나 캐보겠다고 윗선에 찔러봤지."

남자가 또다시 주머니 속에 손을 집어넣고 뒤적이기 시작했다.

"담배 펴요? 한 대 줄까? 그것보다 이야기 길어질 거 같은데, 커피숍에서 할만한 이야기는 아니고. 어디 저기 도로 턱에라도 좀 쭈그려 앉을래요?"

세일은 대꾸 없이 남자의 손끝을 바라보기만 했다. 몇 번의 시도 끝에 항공 점퍼의 남자가 라이터로 불꽃을 피워 올렸다. 겨울밤의 어둠을 물리치기엔 터무니없이 미약한 불꽃이었다.

"우리 원장님들은 원래 정치적인 양반들이고 그쪽 사정에 민감한 분들이긴 해. 괜히 해오던 거 들쑤셔서 일 벌이는 거 꺼리는 건 이해가 간단 말이지. 그런데 간단한 조사 위해 세일 씨네 사무실 주변만 보고 오겠다 해도 아예 반경 20Km 이내로 들어가지도 말라는 건 무슨 소리냐고? 거기에 그 무섭게 생긴 대단한 노인네, 뭐 하는 사람인데 신상 정보 열람을 대통령 허가 없으면 해볼 수도 없냐고?"

세일의 반응은 신경 쓰지도 않고 남자는 도로 턱에 볼품없이 웅크려 앉아 담뱃재를 털었다.

"야, 그런데 수십 년 동안 인력 변동 없던 사무실에 신입사원이 딱 들어온다네? 이건 기회다 싶었지. 비밀의 철옹성을 엿볼 기회! 어차피 에스코트 지시도 떨어졌겠다, 이참에 제대로 한번 털어보자 했지. 우리 영감님들도 당신네 사무실이 썩 마음에 들었던 건 아니었는지 이세일 씨를 끈으로 한번 제대로 당겨보겠다 하니 별말 없더라고."

"저한테 뭘 원하는 겁니까?"

몇 번의 헛기침을 하던 남자가 걸쭉한 가래침을 도로에 내뱉었다.

"가서 보고, 듣고, 하는 거 전부 다 보고해요. 하는 일이 뭔지, 사무실에 의자는 몇 개가 있는지, 형광등은 몇 개가 있는지까지 노인들 관련된 것도. 특히 그 대단하신 박영종 영감 관련된 거 전부다."

'남들한테 그런 거 말하지 말라고는 안 하셨긴 한데.'

어쩌면 남자의 태도가 거슬렸을지도 모를 일이다. 어쩌면 세일이 생각보다 더 지금의 사무실에 강한 소속감을 느껴서였을지도 모를 일이다. 세일의 마음속에서 강렬한 분노의 불꽃이 피어올랐다.

"제가 왜 그쪽 분 말을 따라야 합니까? 이런 명함은 누구나 다 만들 수 있는 거 아닙니까? 진짜 국정원 직원인지도 모르겠고."

남자가 세일을 바라보며 또다시 코웃음을 쳤다.

"이세일 씨 어머니 병원비는 또 보건복지부 특활비에서 지급되더라고?"

어머니를 거론하는 남자의 말에 복부를 얻어맞은 듯한 기분이 들었다.

"이세일 씨, 세상엔 마법은, 마법 같은 일은 없어. 세일 씨 같이 아르바이트나 전전하다 시시껄렁한 중소기업에나 간신히 들어가서 평생 자기 집 한 번 가져보지 못하고 평범 이하의 인생 살다 죽을 게 뻔한 사람이 갑자기 대한민국 최상위 계층도 기대하기 힘든 수준의 대접과 소득을 국민 세금으로 받는 데는 이유가 있는 거 아니겠어?"

길게 한 모금 들이킨 담배 연기를 내뿜으며 남자가 몸을 일으켰다.

"어디서, 무슨 일을 하는지도 모르는 사람이 분수에 맞지도 않게 국민 세금을 착복하는 건 일종의 사회적 기생 행위라 봐도 되는 거 아냐? 내가 좋은 놈은 아니지만 나 같은 놈 국정원에서 뽑아서 일자리 준 건 다 이유가 있는 거란 말이지? 세일 씨나 세일 씨네 노친네 같은 사회적 기생충들 제대로 한번 치워 보라고."

남은 담뱃재를 털어내고 꽁초를 주머니 속에 집어넣은 남자가 세일에게 손을 내밀었다.

"며칠 생각해 보고 연락 주라고. 전화해도 되고. 너무 꾸물거리지는 말고. 세일 씨 어머니 일 방송 타는 거 보고 싶지 않으면."

허공에 내민 손을 멋쩍게 집어넣으며 남자가 말했다.

"아! 그리고 늦잠 자서 또 지각하지 말라고. 신입사원이 그러면 되나?"

손을 흔들고 멀어지는 남자의 뒷모습을 한참 동안 바라만 보다 세일은 반쯤 홀린 듯한 기분으로 차를 몰고 집으로 돌아왔다. 뜨거운 물에 몸을 씻고 바로 침대에 드러누웠지만 두려움과 의혹이 뒤섞인 감정에 사로잡혀 좀처럼 잠을 이룰 수가 없었다.

'어떡해야 하지?'

남자의 말을 어디까지 믿어야 할지 알 수가 없었다.

'그래도 내 정보 그 정도로 알고 있는 거 보면 어머니 병실 일도…….'

항공 점퍼 남자의 협박을 떠올리니 또다시 분노가 들끓어 올랐다.

‘그만하고 일단은 자자. 이러다 내일도 지각할지도 몰라.’

시계를 보니 새벽 1시였다.

‘출근 시간까지 한참 여유 있긴 한데 어르신들한테 여쭤보고 상의해봐야 하나?’

항공 점퍼 남자가 박 노인을 지칭하던 말이 떠올랐다.

‘박 영감님한테 이런 거 물어볼 엄두는 진짜 나지 않는데. 이 영감님이라면.’

이 노인을 떠올리자 입술과 입 안의 통증이 되살아났다.

‘꿰매기라도 하고 왔어야 하나. 피는 이제 나지 않긴 하는데.’

통증과 고통은 다시 어젯밤에 만난 간호사의 모습으로 세일의 생각을 이끌고 갔다.

‘담배 피우시는구나. 나도 담배 태웠으면 좀 더 길게 이야기라도 나눠 볼 수 있었을 텐데.’

무의식이 이끌고 간 생각의 영역에 흠칫 놀라며 세일은 눈을 감았다.

‘어처구니가 없네. 어찌 되었건 그 남자, 어떡해야 하지?’

항공 점퍼 남자가 세일을 ‘기생충’이라고 지칭하던 게 떠오르니 또다시 분노가 치밀어 올랐다. 세일은 한동안 분노와 의심과 두려움과 설렘과 헛된 망상의 순환을 따라가다 깊은 꿈속으로 빠져들었다. 거인과 마법과 불의 찬탈자에 대한 꿈이었다. 어떠한 기척도 없이 세일은 꿈의 수면 아래에서 현실로 떠올랐다. 처음 세일의 머리를 스친 생각은 또다시 늦잠을 잤을 거라는 생각이었다. 분명히 오후 3시가 지나 있을 거라는 확신을 가지고 바라본 시계의 바늘은 오전 8시를 가리키고 있었다. 잠들기 이전까지의 모든 기억을 잃기라도 한 듯 이곳이 어디인지, 무엇을 해야 하는지 좀처럼 떠오르지 않았다.

'출근! 출근해야지. 또 늦으면……'

출근까지는 아직도 4시간이 넘게 남아 있었다. 급작스럽게 몰려오는 안도감에 세일은 침대에 길게 몸을 누이고 이불을 끌어 올렸다.

'또 이상한 꿈을 꾸었던 것 같은데.'

밤새 세일을 뒤척이게 만들고 등과 맞닿은 침대를 축축이 젖게 만든 꿈이었지만 깨고 보니 머릿속에는 작은 흔적조차 남아 있지 않았다. 불안감에 가슴이 옥죄어왔다. 아직 한참 남은 출근에 대한 불안인지, 국정원 직원을 자처한 항공 점퍼 남자에 대한 불안인지 알 수가 없었다.

'진짜 국정원 직원일까? 아무래도 그렇겠지? 어제 출근길 생각해봐도 그렇고.'

도저히 침대에 누워있을 수가 없어 세일은 억지로 몸을 일으켜 욕실로 향했다. 옷을 벗고 샤워를 하는데 어제 이 노인에게 맞은 자리가 또 욱신거려왔다.

'영감님 나한테 실망 많이 하셨겠지.'

머릿속을 스치는 알 수 없는 영감이 세일을 재촉했다. 샤워를 하고 출근 준비를 마치고 나니 오전 9시였다. 주차장으로 가는 길에 항공 점퍼의 남자를 마주치리라 생각했지만, 그 누구도 눈에 띄지 않았다. 차를 몰고 도로에 나오자 세일은 모든 신경을 사이드미러와 백미러에 집중했다. 뒤따라오는 모든 차량이 수상해 보이는 동시에 평범해 보이기만 했다. 익숙한 개활지에 들어서니 도로에 남아 있는 건 세일의 차량뿐이었다.

'그러고 보니 이 도로에 다른 자동차가 지나가는 걸 본 적이 없어.'

사무실 반경 20Km 이내에 접근할 수 없다는 항공 점퍼 남자의 말이 머리를 스쳐 지나갔다.

'그 사람은 지시를 받았다지만 왜 다른 사람들은 이 길을 지나다니지 않는 거지?'

스스로는 답을 내릴 수 없는 의문이었다. 지금 세일의 질문에 답을 줄 가능성이 가장 큰 건 이 노인이다. 사무실 옆에 세워진 이 노인의 벤츠를 보니 어제의 기억이 되살아났다. 여전히 남아 있는 미안함과 불쾌함이 혼재된 감정을 애써 속으로 밀어 넣고 세일은 사무실 문을 열었다.

"저 왔습니다……."

예상치 못한 세일의 방문에 당황한 듯 이 노인은 한참을 말없이 세일을 바라보았다. 자꾸만 세일의 부어오른 입술로 향하는 이 노인의 시선에서 뚜렷한 미안함이 보였다.

"어, 벌써 교대 시간 되었어? 박 형은 아직?"

"아뇨. 어제 일도 있고 해서 좀 일찍 나왔습니다. 따로 사과도 드려야 할 거 같고 해서요."

좀처럼 세일의 얼굴에서 눈을 떼지 않는 이 노인을 대신하여 세일은 말을 건네면서도 벽에 걸린 시계를 흘끔거렸다.

"……그래, 맞은 데는 좀 괜찮고? 내가 그러면 안 되는 거였는데."

"아뇨. 어제 정말 제가 큰 실수 저질렀습니다. 두 번 다시 그런 일 없을 겁니다!"

이 노인이 의자에서 몸을 일으켜 허리를 숙여 다시 한번 사과하는 세일에게 다가왔다.

"나도 미안해. 어제 퇴근하고도 한동안 마음이 안 좋아서. 그런데……"

세일의 어깨에 손을 얹고 이 노인이 세일의 눈을 똑바로 바라보았다. 이 노인의 눈에 담긴 강렬함이 세일의 눈을 마법처럼 사로잡았다.

"자네, 우리 일이 보기엔 하찮아 보이고 의미 없어 보일 수도 있어. 그런데 자네도 나만큼 오래 근무하다 보면 알게 되겠지만 세상에 우리만큼 중한 일을 하는 사람이 없다 싶을 정도로 중요한 일이기도 하거든?"

이 노인의 눈을 마주 보며 세일은 고개를 끄덕였다.

"자꾸 한 말 또 하는 거 같아 미안해. 자네도 충분히 느꼈을 테니깐."

"네. 말씀하신 거 깊이 새겨두고 유념하도록 하겠습니다."

"그래. 그 맞은 데는……."

"아. 어제 병원 가서 치료받았습니다. 조금 쓰리긴 해도 별거 아닙니다."

이 노인에게 무해한 거짓말을 늘어놓으며 세일은 다시 시계로 시선을 돌렸다.

"그래. 나도 정말 미안하네. 그리고 자네가 오늘 이렇게 찾아와서 다시 사과하고 내가 사과할 기회 줘서, 고마워."

"아닙니다. 제가 어제 까먹은 시간도 있고 하니 당연히 그래야 한다고 생각해서요. 사실 어르…… 영감님한테 좀 여쭤봐야 할 일도 있고 해서요."

"응? 뭐 물어보게? 차 벤츠로 바꾸려고?"

이 노인의 천연덕스러운 농담에 세일의 입꼬리가 올라갔다.

"사실 어제 병원에서, 아니 여기 근무하기 전부터 이상한 일을 겪어서요."

세일이 항공 점퍼 남자와 있었던 일을 이야기하기 시작하자 이 노인은 벽면의 시계를 바라보며 말없이 귀를 기울였다.

"그래서 그 국정원 직원한테 사무실 일 이야기 했어?"

"아니요. 사무실 관련된 말 한마디도 안 했습니다."

이 노인이 시계에서 잠시 시선을 떼고 무언가를 골똘히 생각했다.

"그래 그런 이야긴 안 하는 게 낫겠지. 사실 무시해도 별일 없을 것 같긴 한데."

"역시 하면 안 되는 거였죠? 딱히 그런 거 관련돼서 지침 받은 게 없어서요."

"아니. 자네도 일해봐서 알겠지만, 우리 일 관련된 거 말고 다른 거에 대한 지침이라 할만한 게 없어요. 이 사무실에는."

"저, 저희 말고 관리자분이라든가 상급자분들한테 여쭤보아야 할까요?"

세일의 말에 이 노인이 너털웃음을 터트렸다.

"그런 게 어디 있어, 여긴 세일 군까지 해서 우리 넷밖에 없어! 우리 말고는 아무도 우리한테 이래라저래라하는 사람 없다고."

"그러면 누구한테 여쭤봐야 할까요? 아무래도 그냥 하는 협박은 아닌 거 같은데. 차라리 경찰이나 변호사를 찾아가 봐야 할까요?"

정작 스스로 말을 꺼내놓고도 그다지 내키지 않는 생각이었다.

"음, 역시 이럴 때는 박 형한테 물어보는 게 제일 낫겠지. 몇 시간만 있음 박 형 올 테니까, 그때 한번 다 같이 상의를 해보자고."

"그럼 박 영감님이 저희 중에서는 제일 상급자이신 건가요?"

"아니 그런 건 아닌데. 제일 오래 근무하긴 했지. 그 양반 내가 여기 처음 들어왔을 때도 이미 근무하고 있었거든."

"뭐 하는 사람인데 신상 정보 열람을 대통령 허가 없으면 해볼 수도 없냐고?"

항공 점퍼 남자가 박 노인에 대해 이야기하던 게 세일의 머리를 스쳐 지나갔다.

"그럼 근무 규칙 같은 건 누가 정한 건가요?"

"글쎄, 그것도 다 박 형한테 듣긴 했는데. 그 전부터 일하는 사람들끼리 서로 말로 전해주긴 했겠지?"

'그 전이라면 언제부터지? 그러고 보니 그 남자가 중정 시절부터 감시하고 있었다고 했지? 그럼 최소 1960년도부터 있었다는 건데.'

"저 영감님은 언제부터 여기서 일 시작하신 건가요?"

"글쎄, 갑자기 그건 왜?"

"아뇨, 혹시 일하시면서 저랑 비슷한 일 겪으셨나 해서."

"난 그런 거 못 겪어봤어. 모르지 내가 또 둔해서 누가 나 따라다녔는데 몰랐을 수도 있겠지만. 내가 처음 들어 왔을 때가 1964년인가 그랬지?"

"그때도 박 영감님은 이미 일하고 계셨던 건가요?"

기억을 되짚는 듯 이 노인이 한참 동안 천장을 바라보았다.

"……그랬지. 신기한 게 박 형은 그때도 이미 지금처럼 꼬부랑 할배처럼 보였단 말이지? 참 어지간히 늙수그레해 보이는 인상이야. 뭐 지금은 제 나이 찾은 셈이니 나름 좋은 건가?'

세일은 이 노인의 농담에 장단을 맞출 수가 없었다.

'그럼 1960년도 이전에도 이 사무실 운영되었단 이야긴데. 도대체 누가? 왜? 만든 걸까?'

세일은 머리를 흔들며 끝도 없이 이어지는 의문의 타래를 끊어내었다.

'그게 중요한 게 아니잖아. 안정적인 일터에 돈도 잘 주는 곳인데.'

문제는 세일의 인생에서 처음으로 얻어본 안정감을 뒤흔드는 항공 점퍼 남자의 존재였다.

'박 영감님 오심 여쭤보자. 이 영감님도 같이 이야기해 주실 거 같으니깐.'

아직도 혼자서 박 노인을 대면하며 질문을 할 엄두는 나지 않았다. 그래도 이 노인과 함께라면 한결 편하게 대할 수 있을 것 같았다.

"저…… 고맙습니다."

"응? 뭐가? 내가 자네 때린 게 고맙다는 건 아닐 거고."

자조적인 웃음을 띠며 말하는 이 노인에게 세일은 미소로 화답했다.

"저 다음 월급 나오면 같이 벤츠 매장 한번 가주세요."

세일의 말에 이 노인은 박장대소를 터트렸다.

"일찍 와 있었군."

갑작스럽게 열린 사무실 문과 박 노인의 등장에 둘은 웃음은 멈추었다. 사무실 옆 공터에 세워진 세일의 자동차를 보고 이미 짐작한 듯 박 노인은 놀라는 기색 없이 세일과 이 노인에게 인사를 건네었다. 탐색하듯 한동안 이 노인과 세일을 바라보던 박 노인은 이 노인이 내어준 의자에 주저앉아 벽면의 시계로 시선을 옮겨갔다.

"그럼 내일 또 보세."

"아니. 박 형. 그전에 우리끼리 이야기 좀 해야 할 거 같은데."

"우리? 세일 군까지 같이?"

"그래. 사실 세일 군 관련된 이야기라."

박 노인은 시계에 시선을 고정한 채로 고개를 끄덕였다.

"박 형한테도 나한테 한 이야기 다시 한번 해줘."

말을 꺼낼 시점을 잡지 못해 머뭇거리는 세일을 보며 이 노인이 말했다. 세일이 다시 한번 그간의 일을 말하는 동안에도 박 노인의 시선은 시계에서 떨어지지 않았다.

'……진짜 듣고 계신 건가?'

"듣고 있으니 계속하게."

눈치를 살피느라 말이 끊기고 늘어지자 바로 박 노인이 세일을 재촉했다. 길게 이어지는 세일의 말이 끝날 때까지 두 노인은 이야기를 듣고만 있었다.

"……그래 박 형 생각은 어때? 그 국정원 직원이라는 사람 진짜겠지? 국정원에서 왜 우리 사무실을 감시하는……"

"이 형 들어오기 전에도 비슷한 일이 있긴 있었지. 그들 딴에는 명분과 실리가 없는 곳에 돈이 나가니 수상하게 생각할 수도 있었겠지."

"저, 영감님 그럼 제가 어떻게 해야 할까요? 그냥 사무실에서 하는 일 이야기해줘도 될까요?"

항공 점퍼 남자가 박 노인에 대한 정보도 요구했다는 이야기는 차마 할 수 없었다. 세일의 질문을 곱씹는 듯 박 노인은 한동안 말없이 턱을 쓰다듬었다. 그 와중에도 박 노인은 시선을 시계에 고정하고 있었다.

"그자가 자네 어머니 병실 건 가지고 협박을 했다 했던가?"

"네."

"일단 아무것도 하지 말고 일에 익숙해지는 데에 전념하게. 당분간은 그쪽에서도 아무런 움직임 보이지 않을 걸세."

"에이, 그러다 진짜 세일 군 어머니한테 무슨 해코지라도 하면……"

"그쪽에서 할 수 있는 것이라야 자네를 귀찮게 하고 신경 쓰이게 하거나, 돈의 흐름을 끊거나, 법적으로 문제 될 소지를 찾아내는 정도일 걸세."

"아니 이 양반아! 사람들이 다 자네같이 무쇠 심장을 가진 것도 아니고! 누가 그런 협박 듣고, 감시까지 당하는 상황에서 일인들 제대로 하겠어? 우리가 뭔가 수를 내봐야지!"

박 노인이 고개를 돌려 세일과 이 노인을 바라보았다.

"세일 군 어머니 건은 임지연 교수한테 내가 개인적으로 부탁한 걸세. 치료비 나오는 출처를 문제 삼는다면 내 개인 비용으로 처리하면 될 걸세."

세일이 막 만류의 말을 꺼내려 할 참에 박 노인이 손을 들어 제지했다.

"자네가 초조한 만큼 상대도 초조할 걸세. 먼저 행동에 나서면 그만큼 잃을 것도 많으니 나를 믿고 당분간 일에만 전념하도록 하게. 늦어도 한 달 안에는 자네 번거롭게 하는 일 다 처리하도록 하겠네."

박 노인의 말에는 거스를 수 없는 힘이 실려 있었다.

"알겠습니다. 그럼 사무실 일 누구한테도 말하면 안 되는 거죠?"

"자네도 그 대답은 이미 알고 있지 않은가?"

한동안 박 노인과 세일을 번갈아 바라보던 이 노인이 답답한지 혀를 차고 물건들을 챙겨 들었다.

"그럼 나는 들어갈게. 세일 군은 박 형이 챙겨준다고 하니 일단."

"네. 알겠습니다. 신경 써주셔서 감사합니다."

이 노인의 떠나간 사무실에는 숨 막히는 정적이 내려와 깔렸다. 또다시 박 노인의 시계가 내는 맥동에 맞추어 세일의 심장이 뛰기 시작했다.

'그런데 뭘 어떻게 하시겠다는 이야기지? 상대는 정부 기관이잖아?'

박 노인이 괜한 소리를 할 사람처럼 보이지는 않았다.

"내 가방에서 뜨개질 도구 좀 가져다주겠나?"

갑작스러운 요청에 놀란 기색을 보이지 않으려 애쓰며 세일은 박 노인의 말을 따랐다. 세일에게서 뜨개질 도구를 건네어 받은 박 노인의 손이 바삐 움직이기 시작했다. 세일은 박 노인의 손이 만들어 내는 마법을 홀린 듯 바라보다 정신을 차리고 벽면의 시계로 시선을 옮겼다. 머릿속을 가득 메운 상념에 좀처럼 시선을 유지하기가 힘들었다.

"저…… 영감님. 그런데 예전에도 이런 일이 있었다고……."

박 노인은 말없이 고개를 끄덕였다.

"그때는 어떻게 하셨나요?"

규칙적인 박자에 맞추어 뜨개질하던 손이 잠시 멈추어 섰다.

"오래전 일이라 정확히는 기억이 안 나네. 하지만 사람들 사이에 이견이 있을 때 이치와 도리로 서로를 설득하는 수밖에 없지 않았겠는가?"

"그럼 이번에도 말로 하실 건가요? 누구한테……"

"신경이 쓰일 수밖에 없다는 건 알지만, 너무 재촉하지는 말게나. 나도 생각을 할 시간이 필요하지 않겠나?"

박 노인이 자신을 바라보고 있지 않은 걸 알면서도 세일은 말없이 고개만 끄덕였다.

'영감님이 실질적으로 이 사무실 관리자이신 거 아닌가? 제일 선임이니 당연히 그렇게 되겠지?'

처음 몇 번이 어렵지 한 번 쏟아져 나온 질문들은 좀처럼 거두어들이기가 힘들었다.

"저 그런데 영감님께서 우리 사무실 관리하시는 건가요? 최선임자셔서?"

박 노인의 손놀림이 또다시 둔해졌다.

"우리는 모두 동등한 입장일세. 내가 가장 오래 일해서 경험이 많은 건 있지만, 자네나 나나 모두 똑같은 일을 하고 똑같은 대우를 받는 이들 아니겠는가?"

"그런데 우리 같은 일 하는 사람이 왜 국정원 감시를 받고, 영감님은 어떻게……"

"우리 같은 일?"

"그게 좀 그렇지 않습니까? 사실 하는 일이라야 누구나 다 할 수 있는 사소한 일이고. 이 일의 의미가 뭔지도 모르겠고."

발작적으로 터져 나온 박 노인의 웃음소리가 밀폐된 사무실을 가득 메웠다. 예상 못 했던 반응보다 박 노인이 웃는 모습을 처음 보았다는 사실이 세일의 마음을 강렬하게 사로잡았다.

"세일 군. 자네와 내가 하는 일은 사소한 일이 아니라네. 아니 세상의 모든 일은 사소한 일이 아니지. 그 모든 사소해 보이는 일들 하나하나가 유기적으로 연결되어 유지되고 있는 게 바로 우리네 문명이라네. 모든 사소한 일들이야말로 꼭 있어야 하는 중한 일들일세."

'불의 찬탈자가 거인으로부터 훔쳐낸 것으로 세운 문명이야.'

도전인지 반발인지 알 수 없는 충동이 세일을 채찍질했다.

"그렇다고 모든 사소한 일들 하는 사람들에게 저희처럼 많은 보수를 주지는 않잖습니까? 입사했다고 대기업 총수가 선물을 보내는 건 또 뭐고, 은행 대출 건은……"

"모든 게 중한 일이지만 아무나 할 수 없는 일들이 있다네. 우리는…… 일종의 파수꾼이자 문명의 반석이지. 자네는 아직 깨닫지 못했지만, 자네가 일하는 8시간 동안은 우리 포함해서 세상 사람 모두가 자네한테 빚을 지고 있다고 봐도 무방하다네. 그런 관점에서 자네가 받는 보수도 자네와 자네가 하는 일의 가치에 맞게 책정된 것이고."

"저 시계를 보는 일이 문명을 떠받드는 일이라고요?"

말없이 세일을 바라보며 고개를 끄덕이는 박 노인의 얼굴에는 감출 수 없는 자부심이 가득했다.

"혹시 무슨 방사능 경보장치 같은 겁니까? 그래서 건강검진도……"

"세일 군. 어떤 일들은 말로는 설명할 수도 없고, 설명해서는 안 되는 것도 있다네. 우리 업의 본질을 내가 자네에게 이야기해준다 한들 자네가 바로 이해할 수는 없을 걸세."

'영감님은 감추고 있는 거야. 거인을, 불의 찬탈자를, 마법을.'

"그러한 것들은 오직 반복되어 쌓이는 경험을 통해서 스스로 답을 내야만 하는 것이네. 나나 이 형이나 김 형이 경험을 통해서 배웠듯이 자네 역시 깨닫게 될 걸세."

'아니. 해답은 꿈꾸는 자에게서 오는 거야. 오직 꿈속의 대화만이 나에게 진실을 말해주고 있어.'

"벽에 걸린 시계만 보다 보면 언제가 제 의문에 해답이 찾아올 거란 말씀이신 건가요?"

"그래."

단호한 대답에 세일의 말문이 막혔다. 박 노인은 알 수 없는 표정으로 그런 세일을 한동안 바라보았다.

"그럼 우리가 해야만 하는 일에 다시 집중하도록 하세."

세일의 대꾸를 기다리지 않고 박 노인은 다시 시계로 시선을 돌리고 뜨개질에 전념했다.

'그래. 시계를 보라시면 시계를 봐야지. 그게 내 일이고, 내 생활을 유지하게 해주는 반석이니.'

정신없이 흘러간 이틀이 지나고 평소의 지루한 일상이 되돌아오자 박 노인과의 근무는 점점 더 커다란 부담이 되어 세일을 짓눌렀다. 박 노인과의 며칠은 이 노인과 보낸 한 달보다 더욱 지루하게 흘러갔다. 짬짬이 일간지를 탐독하고 이 노인의 벤츠 자랑을 들을 수 있었던 8시간은 묵언 수행과도 같은 박 노인과의 8시간과 비교하면 재미난 유흥거리라 볼 수도 있을 것이다.

'일간지 들고 와서 보면 진짜 혼나겠지?'

이 노인의 농담 섞인 경고가 아니더라도 박 노인의 앞에서 그런 행동을 할 엄두는 감히 나지 않았다. 그간의 경험으로 박 노인이 말수가 없고 직설적인 성격일 뿐 앞뒤가 꽉 막힌 사람은 아닐 거란 생각은 들었다. 그렇다 해도 세일에겐 박 노인의 업무에 임하는 진지함을 애써 시험해 볼 정도의 담대함은 없었다. 때때로 호기심을 누르지 못하고 박 노인에게 사무실의 과거나 유래에 관해 물어보면 돌아오는 건 단답형의 대답이나 모호하기 짝이 없는 수수께끼와 같은 대답뿐이었다.

'분명 제일 많이 알고 계시고 답해 줄 수 있는 건 박 영감님이 맞는 거 같은데.'

아직 김 노인과는 근무를 서보진 못했지만, 사무실의 최선임은 박 노인임이 분명해 보였다. 교대 시각에 잠깐씩 마주치며 본 바로는 이 노인이나 김 노인이 박 노인을 대하는 태도에는 묘한 경애와 두려움과 의존이 뒤섞여 있었다. 근무 시간의 지루함과는 별개로 세일의 근무 집중도는 점점 더 높아졌다. 때때로 움직이지 않는 시계의 시침을 바라보다 보면 시간의 흐름이 정지된 듯한 기분이 들며 묘한 평온함이 밀려왔다. 이 노인의 말대로 평생 가야 움직이지 않을 것만 같은 시침이지만 그 부동성이, 한결같음이 세일의 마음을 안정시켜 주었다.

'저 움직이지 않는 바늘이 원숭이 왕국을 지탱해주는 반석이야.'

절대적인 안정 속에서 박 노인의 시계가 내는 맥동과 뜨개질바늘이 맞부딪히며 내는 작은 마찰음들이 더해지면 마법과도 같은 깨달음이 밀려오기도 했다. 모든 평온함 속에서 유일하게 세일을 괴롭히는 것은 항공 점퍼 남자의 존재였다. 세일은 하루에 두어 차례 화장실을 핑계로 사무실을 나와 어머니에게 전화를 걸어 안부를 확인하곤 했다.

"너 그런데 근무 중에 너무 자주 자리 비우고 전화하는 거 아니니?"

어머니는 세일의 걱정을 눈치채지 못했는지 오히려 세일의 불성실한 근무 태도를 염려했다.

'하긴 아직 수습 기간이라 하셨잖아. 정작 그 남자 걱정하다가 내가 직장 잘리기라도 하면 그것도 곤란하겠다. 그냥 주말에 쉴 때 직접 찾아뵙자.'

박 노인과의 첫 주가 다 지나갈 때까지 항공 점퍼의 남자는 모습을 드러내지 않았다. 토요일이 오자 세일은 어머니의 병실을 방문했다.

'여기라면 분명 날 따라오지 않았을까?'

"엄마. 별일 없었어요?"

"너 그 질문만 요번 주에 몇 번을 하니? 자꾸 근무 중에 전화하지 말고 성실히 좀 일해. 내가 신경이 쓰여서 얘."

"어, 알았어요."

월요일에 지각한 게 떠올라 얼굴이 달아올랐다. 세일은 괜히 혀를 굴려 더디게 아물어 가는 입 안 상처를 눌러보았다. 이 노인에게 맞아 부어오른 자리는 겉에서는 더 이상 티가 나지 않아 보였다.

"그리고 주말인데 놀러도 좀 다니고. 너도 이제 번듯한 직장도 구하고 했으니 연애도 하고 해야지."

어머니의 말과 입 안의 통증이 월요일에 보았던 간호사를 떠올리게 했다.

"아 좀…… 그런 말은."

자신의 감정을 속이듯 세일은 괜스레 짜증을 내었다.

"차도 뽑았다면서. 기껏 사무실 어르신들이 주말에는 쉬게 해주시는데 어디 멀리 좀 다니고 해. 다 큰 애가."

문가에서 작은 비웃음이 들려오는 듯했다. 붉어진 얼굴로 간호사의 모습을 기대하며 세일은 고개를 돌려 보았다. 누구의 모습도 보이지 않았다. 병실 문은 굳게 닫혀 있는 채였다.

“알았어요. 그럼 가볼게요. 무슨 일 있으면 전화하고.”

“도대체 병실에만 누워있는 내가 무슨 일이 있겠니? 어서 가서 쉬기나 해.”

채근하는 듯한 어머니의 말투에 괜한 서운함이 밀려왔다. 병실을 나와 복도를 걸어가면서도 세일은 끊임없이 주변을 두리번거렸다. 항공 점퍼 남자의 모습을 기대하는 것인지 담당 간호사의 모습을 기대하는 것인지 알 수가 없었다. 갑작스럽게 떠오른 충동에 휘둘려 세일은 빠르게 계단을 뛰어 내려갔다. 엘리베이터를 이용하지 않고 계단으로만 입원 병동을 내려 나와 뒤를 돌아보았다. 누구의 모습도 보이지 않았다. 한 번 숨을 고르고 세일은 월요일에 항공 점퍼 남자를 대면했던 응급실과 주차장 사이의 공터로 뛰어갔다. 차가운 겨울 공기에 뒤섞인 담배 연기의 향이 점점 더 진해져 갔다. 세일의 뇌리에 상처처럼 새겨진 익숙한 향기가 코끝을 찔러왔다. 기대감인지 두려움인지 알 수 없는 감정에 사로잡혀 세일의 심장이 빠르게 뛰기 시작했다. 숨을 몰아쉬며 공터로 뛰어 들어온 세일에게 몸을 웅크리고 담배를 태우고 있던 사람들의 시선이 집중되었다. 그 속에서 세일은 반가운 얼굴을 발견했다. 그제야 세일을 발견한 듯 간호사의 눈동자가 커졌다. 물고 있던 담배를 내려놓으며 세일을 바라보는 간호사의 눈에 놀라움이 가득했다. 많은 이목이 잠시 세일에게 머물러있다가 무심히 흩어져 허공을 방황했다. 두 눈에 담겨있던 놀라움이 경계로 변해가는 간호사의 시선만이 세일을 응시하고 있었다. 묵례하고 간호사에게 걸어가는 세일의 머릿속에 박 노인의 기계식 시계가 내는 맥동을 수배로 빨리 돌린 듯한 소리가 들려왔다. 말을 내뱉으려 해도 턱에 자물쇠가 채워진 듯 좀처럼 움직이지 않았다. 세일을 바라보는 간호사의 시선에는 경멸이 뒤섞여 들어왔다. 처음으로 단어를 내뱉는 어린아이처럼 힘겹게 세일의 입이 열렸다.

"저기…… 혹시……."

간호사가 남은 담뱃재를 턴 후, 꽁초를 패딩의 주머니 속에 찔러 놓곤 팔짱을 꼈다.

"무슨 일이시죠? 저 찾아오신 건가요?"

노출된 세일의 피부를 사정없이 할퀴는 겨울의 한파보다 더 냉랭한 목소리였다.

"아뇨. 아, 맞긴 한데 그게……"

"환자 보호자랑 개인적인 사담 나눌 생각 없으니 먼저 가보겠습니다."

머릿속을 가득 메운 맥동은 이제 단일한 고주파 음처럼 들려왔다.

"며칠 전에 같이 봤던 제 친구라는 사람이요! 그 사람 혹시 또 보셨나요? 저희 어머니 병실 근처라든가?"

"이세일 씨 친구를 왜 저한테 물어봐요?"

세일을 바라보는 두 눈에 호기심이 떠올랐다. 세일의 머릿속 맥동의 박자는 조금 느려졌다.

"그 사람 제 친구 아닙니다. 저 감시하고 협박하는 사람이 왜 제 친구입니까?"

"감시당하고 협박당하신다고요? 그럼 경찰서 찾아가셔야죠."

"정부기관 사람이라 경찰도 어떻게 하지 못할 겁니다."

간호사의 한쪽 입꼬리가 올라갔다. 노골적인 비웃음이 칼날처럼 세일의 눈과 심장에 들어와 박혔다. 세일의 머릿속에 '근사한 웃음'이라는 생각이 스쳐 지나갔다.

"세일 씨가 뭐 하는 사람인데 정부기관 사람이 감시하고 협박을 해요? 좀 스트레스 많이 받아서 망상 같은……"

"저 병원 올 때마다 그 남자도 같이 봤다고 하셨죠? 저랑 아무 관계도 없는 사람이 왜 저를 따라다니겠습니까?"

치켜 올라간 입꼬리가 내려오며 두 입술이 굳게 맞물려 한일자를 만들었다. 작은 실망감이 세일의 마음을 스쳐 지나갔다.

"그래요? 그것참 안되셨네요. 그런데 제가 뭐 해줄 수도 없고 하니……."

"아니요. 그래서 간호사님에게 부탁드리고 싶은 일이 있는데요."

"사적인……"

"제 어머니. 환자의 안위와도 관계된 일이니 사적인 일은 아니지 않습니까? 제 개인적인 일이면 이런 부탁드리지도 않았을 겁니다."

여전히 굳게 팔짱을 낀 채로 말없이 계속해 보라는 듯 세일을 바라보는 간호사의 모습이 움직이지 않는 시침을 연상케 했다. 세일은 품속에서 지갑을 꺼내 들고 명함을 뒤적거렸다.

"저…… 부담스러우실 테니 그냥 제 명함만 일단 받아두시고. 혹시라도 저 없을 때 그 남자 모습 보시면 저한테 문자만 좀 해주시면 안 되겠습니까?"

간호사의 턱이 살짝 기울어졌다. 그 입가와 눈에 세일이 해석할 수 없는 감정이 맴돌았다.

"뭐, 그럴게요. 어려울 거 없죠."

세일의 머릿속을 가득 채우고 있던 모든 소리가 사라졌다. 무대 위에 홀로 스포트라이트를 받고 서 있는 듯한 고양감이 온몸으로 밀려왔다. 세일의 검은 명함이 거칠게 갈라진 간호사의 길고 하얀 손에 쥐어졌다. 언제인가 은행에서 마법과도 같은 일을 일으켰던 박 노인의 명함과 동일한 명함이었다.

'마법은 있다.'

움직이지 않던 시침이 기울어지기 시작했다.

7

세일은 남은 주말을 소식 없는 핸드폰의 액정을 바라보며 허비했다. 일어나선 안 될 일을 기대하는 자신이 실망스러운 것인지, 일어나선 안 될 일이 일어나지 않은 게 실망스러운 것인지 좀처럼 분간할 수가 없었다. 월요일이 다가오자 잠자리에 들기가 두려워졌다. 또다시 알 수 없는 꿈을 꿀 것이라는, 그 꿈이 세일이 깨어나는 걸 방해하리라는 기묘한 확신이 들었다.

'또 지각할 수는 없지. 아예 밤을 새울까?'

하지만 밤을 새우고 출근하기엔 너무나도 많은 시간이 남아있었다.

'그 항공 점퍼 남자가 여전히 날 감시하고 있다면, 내가 늦잠 자면 또 깨워 주지 않을까?'

스스로 생각하기에도 어처구니없는 발상이었다. 코웃음

을 치며 몸을 누이니 잠이 쏟아져 내려왔다. 뒤따라온 꿈속에서 세일은 어둠 속에 홀로 서 있었다.

춥고, 어두웠다.

세일을 둘러싼 어둠의 장막 너머에서 누군가 다가왔다. 심장이 빠르게 뛰기 시작했다. 꿈을 꾸고 있음을 인지 못 하는 와중에도 침대에 누워 있는 자신의 심장 역시 빠르게 뛰고 있다는 걸 알 수 있었다.

'그녀가 날 찾아오는 거야.'

"무슨 일이시죠? 저 찾아오신 건가요?"

귀에 익은 목소리가 어둠을 뚫고 들려왔다. 낮에 느꼈던 설렘 대신 두려움이 세일의 몸을 가득 메웠다.

'불을 줘. 여긴 너무 어둡고 추워.'

"어려울 거 없죠."

마법의 불이 피어올랐다. 마법의 불로도 물리칠 수 없는 어둠이 포식자들과 밤의 세상을 뒤덮었다. 밤과 어둠과 거인이 꿈에서 깨어났다. 세상이, 거인이 몸을 일으켰다. 거인을 바라보는 세일을 거인이 바라보았다.

'난 원숭이 왕국의 왕이다. 문명의 파수꾼이다. 찬탈자의 불을 지키는 이다.'

"아니요. 세일 씨는 종복이에요."

그녀의 목소리에 세일은 무릎을 꿇었다.

'어머니.'

세일은 마음속에서 우러나온 충성을 다짐했다.

'어둡고 무서워요. 불이 필요해요!'

거인의 손길이 세일을 어루만졌다. 공포에 떠는 종복을 위로하는 연민과 자애의 손길이었다.

"빛과 온기를 조금 더 누리도록 해. 내가 가장 사랑하는 종복에게 내준 것을."

빛이 쏟아져 내려왔다. 커튼을 치지 않은 오피스텔의 창문으로 들이치는 해를 바라보며 세일은 볼에 흐르는 눈물을 닦아냈다.

'또 꿈을 꿨나?'

진저리를 치며 머리맡의 핸드폰을 켜 시계를 확인해 보았다. 오전 9시였다. 시침은 움직이지 않았다. 출근 시간 직전까지도 세일은 습관적으로 핸드폰을 확인했다. 오피스텔의 현관문을 나서 개활지 도로에 접어들기 전까지 어떤 감시의 흔적도 보이지 않았다. 세일은 사무실의 철문 앞에서 마지막으로 한 번 더 핸드폰을 확인하고 전원을 껐다. 반갑게 인사를 건네며 퇴근하는 이 노인에게 몇 마디 대꾸를 하고 의자에 앉으니 저절로 한숨이 새어 나왔다. 세일의 침울함을 눈치채기라도 한 듯 박 노인은 한동안 말없이 세일을 바라보았다.

"주말에 자네 어머니 찾아뵈었나?"

"네. 찾아뵙고 왔습니다."

"별다른 일은 없었고?"

"네. 아직."

열의 없는 세일의 대답에 별말 없이 박 노인은 벽면의 시계로 시선을 옮겼다. 곧 사무실 안은 익숙한 박 노인의 손목시계 소리로 가득 찼다.

"저 영감님."

뜨개질바늘을 잡고 기계적으로 움직이던 박 노인의 손이 멈추어 섰다.

"그 시계 말입니다. 여기선 전기로 움직이는 건 다 동작 안 한다고 이 영감님이 그러셨는데……."

"이건 전기가 아니라 태엽 장치로 작동하는 시계일세. 보겠나?"

대답을 기다리지 않고 박 노인은 시계를 풀러 세일에게 건네었다. 예상 못 한 박 노인의 반응이 당황스러웠다. 시계는 세일의 기대보다 훨씬 더 묵직했다. 물 흐르듯 유려하게 움직이는 시계의 초침이 세일의 눈길을 사로잡았다.

"그 옆의 용두를 매일 일정한 시간에 일정한 양만큼 감아주면 태엽이 풀리며 동작하는 방식이라네."

묻지도 않은 것을 설명하는 박 노인의 말투에는 감출 수 없는 자부심이 묻어 나왔다.

"아, 그럼 번거롭지 않나요?"

"감내할 가치가 있는 수고로움이지. 이곳에서 시간을 확인할 수 있는 유일한 수단이기도 하고."

우연히도 마음속에 품고만 있던 질문을 던지기에 적절한 상황이 만들어지자 세일은 머뭇거리지 않았다.

"그런데 우리 사무실에선 왜 전기 장치가 동작하지 않는 것인가요?"

시계를 돌려주며 던진 세일의 질문을 한참 동안 곱씹는 듯 박 노인은 한동안 말이 없었다.

"이곳에선, 자연법칙이 조금 다르게 작용한다네."

'자연의 법칙이 아니야. 불의 찬탈자의 마법이 허용되지 않는 거야.'

더 캐물어 봐야 이전의 뜬구름 잡는 대화의 재탕이 될 뿐이란 생각이 들었다.

"저기, 저번에 우리 하는 일에 대해 말씀해 주신 거요."

단호하게 자를 것이란 예상과 달리 박 노인은 말없이 세일의 질문을 듣고만 있었다.

"일의 의미야 그렇다 쳐도 우리 사무실같이 보수도 좋고 근무 환경도 나쁘지 않은 곳이라면 지원자도 많을 거 아닙니까?"

말을 하다 보니 자연스레 처음 면접 때 보았던 산더미처럼 쌓여 있던 이력서 다발이 떠올랐다.

"무슨 말을 하고 싶은 건가?"

"그게, 왜 하필 저를 채용하신 건가요? 사실 하는 일이 어려운 것도 아니고…… 그리고 인력 더 채용하려면 손쉽게 구할 수 있어야."

"아니. 우리 셋과 자네 말고는 그 누구도 이 일을 할 수가 없네."

계속 대답할지 고민을 하는 듯 박 노인은 한동안 침묵을 지켰다.

"여기는 우리 넷 말고는 아무에게도 허락되지 않은 장소일세."

세일의 머릿속에 코피를 흘리던 택시 기사의 모습과 사무실 반경 20km에 접근하지 말라는 경고를 받았다던 항공점퍼 남자의 말이 스치고 지나갔다. 그 대답을 마지막으로 박 노인의 입은 다시 굳게 닫혔다. 박 노인의 시계 초침이 움직이는 소리에 맞추어 시간은 더디게 흘러갔다. 가끔 화장실을 핑계로 사무실을 벗어나 핸드폰의 전원을 켜 어떤 소식도 없음을 확인하는 걸 제외하고는 움직이지 않는 시계의 시침만큼 한결같은 나날들이 지나갔다. 또다시 주말이 다가오자 세일은 고민에 빠졌다.

'병원 가면 또 엄마가 뭐라고 한소리 할 거 같은데. 그때의 흡연 구역에 가보면 그 간호사 또 만날 수 있지 않을까?'

망상이 불러온 설렘은 연락도 받지 않은 상태에서 또다시 대면하게 된다면 좋을 게 없을 거란 전망에 억눌려 사그라들었다. 세일은 주말을 오피스텔에서 기계식 손목시계에 대해 알아보며 허비했다. 어떠한 꿈도, 소식도 없는 주말이 지나가고 또다시 박 노인과의 한 주가 시작되었다. 짬짬이 핸드폰을 확인하는 시간을 제외하곤 세일은 움직이지 않는 시침에 시선을 고정하는 데 열중했다. 시계 자랑을 들은 이후로 조금은 박 노인이 친근하게 느껴졌다. 때때로 둘은 기계식 손목시계에 대한 이야기를 나누기도 했다. 박 노인의 손목시계는 세일의 중고차를 훌쩍 뛰어넘는 가격이었다.

'그 정도면 다음 월급날에 하나 사볼 만할 거 같은데.'

얼마 전까지만 해도 몇 년 치의 생활비였을 가격의 물건을 별 고민 없이 사려 하는 스스로가 조금은 생경하게 느껴졌다.

'나 말고는 아무도 할 수 없는 일을 하는 거라 하셨잖아? 훔친 것도 아니고 내가 번 돈 정당하게 쓰는 건데 뭐.'

*찬탈자*란 단어가 세일의 머릿속을 잠시 스쳐 지나갔다.

'그러고 보니 다음 월급날 이 영감님이랑 벤츠 매장 가기로 했지. 박 영감님도 그렇고 이 영감님도 그렇고 자기가 좋

아하는 물건 자랑하시는 건……'

세일의 제안에 진심으로 좋아하던 이 노인의 모습이 떠올라 괜스레 웃음이 나왔다. 그러자 의아한 모습으로 자신을 보는 박 노인의 시선이 느껴졌다. 세일은 괜히 헛기침해 보았지만, 한 번 터진 웃음은 좀처럼 사그라지지 않았다.

"죄송합니다. 저 잠깐 화장실 좀."

말없이 고개를 끄덕이는 박 노인을 남겨두고 세일은 사무실을 나섰다. 어떠한 기대 없이 습관처럼 몸에 밴 동작으로 핸드폰을 켜보니 모르는 전화번호로부터의 문자가 도착해 있었다.

[친구가 병원에 찾아왔네요. 진짜 국정원 직원?]

떨리는 손으로 세일은 통화 버튼을 눌렀다. 한참 동안 이어지는 통화 대기음을 듣다가 귀에 익은 목소리가 들려오자 두려움과 희열이 동시에 세일의 마음을 두드렸다.

"일하는 중이라 길게 통화 못 해요. 별다른 거 없이 이것저것 물어보기……"

"저 혹시 제 어머니한테……"

수화기 너머로 들어본 적 없는 이의 목소리가 섞여 들려왔다.

"죄송해요. 이만 끊을게요."

다급한 목소리와 함께 통화는 끊어졌다. 세일은 길게 이

어지는 통화 끊김 음을 한동안 듣고 있다 최근 통화 번호를 저장했다. 연락처의 명칭을 무어라 해야 할지 좀처럼 떠오르지 않아 머뭇거리다 '간호사'라고 이름을 입력해 넣었다. 곧바로 어머니에게 전화를 걸어 보았지만 통화대기음만 길게 이어졌다. 한참의 기다림 끝에 '연결이 되지 않는다'는 기계음이 들려왔다. 몇 번을 시도해 보아도 어머니는 전화를 받지 않았다.

'전화를 왜 안 받으시지?'

초조함은 망상의 늪으로 세일을 이끌었다. 세일은 연락처의 *간호사* 번호를 띄우고 한참을 전화를 걸어볼까 고민했다.

'그분도 별일 아니라는 말투였잖아.'

퍼뜩 너무 많은 시간을 허비했다는 걸 깨닫고 세일은 어머니에게 문자를 남기고 사무실로 들어갔다. 책망인지 호기심인지 알 길이 없는 박 노인의 따가운 시선이 잠시 세일에게 머물렀다. 좀처럼 벽면의 시계에 집중할 수가 없었다.

'거인이 어머니를 발견한 거야.'

온갖 불길한 상상들이 나래를 펼치며 세일의 머릿속을 어지럽혔다. 무의미한 행동인지 알면서도 자꾸만 주머니 속에 꺼진 핸드폰을 만지작거렸다.

'거인은 없다. 마법은 없다. 난 파수꾼이다. 내가……'

"무슨 일 있나? 아까 나갔다 온 이후로 영 집중을 못 하고 있군."

갑작스러운 박 노인의 목소리가 세일의 머릿속 주문을 깨트렸다. 질문을 이해 못 한 듯 멍하게 박 노인을 바라보다 세일은 퍼뜩 정신을 차렸다.

"그게, 저 그때 말씀드렸던 국정원 직원이라는 사람이 어머니가 입원한 병원에 찾아왔다고……"

"그걸 누구한테 들었나?"

"어머니 병실 담당하는 분에게 개인적으로 부탁을 드려놨거든요. 좀 전에 잠깐 통화하고 왔습니다."

박 노인은 뜨개질 도구를 내려놓고 잠시 말없이 벽면의 시계만 바라보았다.

"별다른 일은 없다 하고?"

"그게, 그 사람이 이것저것 질문만 했다 들었는데, 길게 통화는 못 해봤습니다. 그런데 어머니가 계속 전화를 받지 않으셔서."

박 노인의 시선이 시계에서 떨어져 잠시 세일에게 머물렀다 다시 손목에 찬 기계식 시계로 향했다.

"자네 어머니 병실 면회 시간이 몇 시까지인가?"

"아, 오후 8시까지입니다."

"아직 시간 좀 남아있군. 자넨 오늘 먼저 들어가서 어머니 병실에 들러 보게."

"……그래도 어떻게……"

"일에 집중할 수 없는 상황에서 쓸데없이 시간 허비만 할 필요 없네."

박 노인은 말은 항상 그의 생각을 정확히 드러낸다. 세일은 길게 고민하지 않았다.

"감사합니다. 그럼 오늘 먼저 좀 들어가 보겠습니다."

"그래."

맞은편 탁자 위에 놓았던 짐을 챙기는 세일의 눈에 꼿꼿한 자세로 의자에 앉아 벽면의 시계를 바라보는 박 노인의 뒷모습이 들어와 박혔다.

"저…… 죄송합니다. 매번……."

"자네 잘못으로 벌어지지 않은 일에 사과할 필요는 없네."

뒤도 돌아보지 않고 말하는 박 노인에게 세일은 고개를 끄덕이기만 했다.

"그리고…… 곧 해결될 테니 자네는 너무 신경 쓰지 말도록 하게."

"네. 그럼 먼저 들어가겠습니다."

반사적으로 튀어나오려는 질문을 집어삼키며 세일은 사무실을 나섰다. 차를 몰아 병원까지 가는 동안 몇 번을 더 전화를 걸었지만, 여전히 어머니는 전화를 받지 않았다. 증폭되는 불안감을 집어삼키며 자꾸만 힘주어 가속 페달을 밟으려 하는 다리를 세일은 애써 억제했다. 병원 주차장은 지하층까지 가득 차 있었다. 곳곳에 주차된 검은색 세단을 볼 때마다 흠칫 놀라다 세일은 구석진 자리에 차를 세우고 비상계단을 달려 올라갔다.

'거인은 없다. 마법은……'

머릿속에 뜻 모를 문장들이 맴돌았다. 나쁜 일을 막아주는 주문이라도 되는 양 어머니의 병실까지 달려가는 동안 세일은 머릿속으로 거듭 뜻 모를 문장을 되뇌었다. 세일은 턱밑까지 차오르는 숨을 고를 새도 없이 병실의 문을 열고 들어갔다. 병실은 텅 비어 있었다. 가슴속에서 묵직한 게 치밀어 오르고 눈가에 눈물이 차올랐다.

'꿈꾸는 자는 종복들의 행복을……'

누군가 세일의 어깨를 두드렸다. 급작스러운 공포가 등줄기를 타고 온몸으로 퍼져나갔다.

'거인이다. 돌아보면 안 돼.'

흘러내리는 눈물을 닦을 생각도 못 하고 세일은 천천히 공포에 굳은 몸을 돌렸다. 간호사가 기묘한 표정으로 세일을 바라보고 있었다.

"어머니께선 지하 매점에 면회 오신 그…… 친구분이랑 같이 계세요."

말없이 고개를 끄덕이고 병실을 나서는데 간호사가 손가

락으로 세일의 눈을 가리켰다. 세일은 다시 한번 고개를 끄덕여 보이곤 옷소매로 눈물을 훔치며 엘리베이터로 향했다. 엘리베이터는 땅속까지 파고들 기세로 천천히 지하로 내려갔다. 퇴근 시간이 지나서인지 매점은 면회객들과 환자로 가득 차 있었다. 두리번거리는 세일에게 어머니와 마주 앉은 항공 점퍼의 남자가 반갑게 손을 들어 올렸다. 온몸을 잠식한 공포의 감정은 분노로 바뀌었다. 굳게 다문 입안에서 맞닿은 어금니가 부딪히며 불쾌한 화음을 세일의 귀가에 들려준다. 힘주어 쥔 주먹의 손가락들이 아프도록 손바닥을 파고들어 왔다.

"어머! 너 어쩐 일이니? 요새 11시까지 근무라고 하지 않았어?"

"어, 볼일이 좀 있어서…… 어르신들이 먼저 들어가라고……."

"무슨 볼일? 얘 그런데 넌 직장 분한테 인사도……."

항공 점퍼 남자는 세일의 시선을 마주 바라보며 미소를 지었다.

"어머니. 우리 회사가 참 좋은 회사긴 해요. 아직 신입사원인데도 우리 세일 씨 편의도 잘 봐주고 말이에요."

느물거리는 항공 점퍼 남자의 목소리가 세일의 피를 들끓게 했다.

"엄마. 먼저 올라가요. 저 이분이랑 따로 할 이야기 좀 있어서."

"어? 그럴까? 그럼 저는 먼저 올라가 볼게요. 참 고맙게 병문안도 다 오셔서 회사 이야기도 해주시고. 우리 세일이 좀 앞으로도 잘 챙겨 주세요."

"네네. 그래야죠. 제가 우리 세일 씨를 얼마나 아끼는데요."

어머니가 몸을 일으키자 그제야 생각났다는 듯 남자가 요란스럽게 과자와 음료수들이 놓인 탁자를 내려쳤다. 깜짝 놀라 몸을 휘청이는 어머니에게 반사적으로 달려가려는 세일이 보라는 듯 남자가 주머니에서 무언가를 꺼내 들었다.

"아 맞다! 아까부터 이거 드린다고 한 걸 깜빡했네요! 아까 복도에 보니 이거 떨어져 있더라고요. 이거 어머니 핸드폰 맞죠?"

"어휴! 놀래라. 그렇네요. 아니 내가 이걸 언제 거기다 흘렸지?"

세일은 미심쩍은 표정으로 휴대폰을 받아들고 엘리베이터로 걸어가는 어머니를 한참 동안 바라보았다.

"그래. 우리 세일 씨 아주 팔자가 늘어지셨나 봐? 며칠 생각해 보라고 했더니 3주가 다 되도록 연락이 없어?"

"……당신한테 할 이야기 없으니깐 자꾸……"

"할 이야기가 없으면 만들어서라도 하시든가? 존만한 새끼가 좋게 좋게 이야기해 줬더니 국정원이 우습게 보여?"

목소리를 낮추어 험악하게 을러대지만, 남자의 얼굴에는 여전히 웃음기가 가득했다.

"어이. 이세일 씨. 지방 똥통 대학교 나온 새끼가 운 좋아서 기생충 짓 실컷 할 수 있는 직장 취직해서 국민 세금 신나게 써재꼈으면 국가에 어느 정도는 보답은 해야 할 거 아냐? 뭘 믿고 우리 윗선에 협박을 해?"

'난 파수꾼이다.'

"어지간히 했어야지. 여기저기 요란하게 들쑤셔 놓아서 우리 쪽 영감님뿐만 아니라 너희 사무실 관련된 기관들 다 뒤집어졌다고!"

"나는……"

"너 하나뿐 아니라 너네 잘난 사무실 영감들이랑 가족들, 관련된 사람 아주 싹 다 털 거니깐 제대로 각오하고 있으라고. 하는 일 없이 돈만 받아 처먹는 버러지 같은 새끼들이."

'우리는 문명의 반석이다.'

"지금 당장이라도 털어놓으면 이세일 씨랑 이세일 씨 어머니 사정은 좀 참작할 여지 있으니깐……"

"……당신이나 나나 똑같이 불에 의지하는 원숭이야."

"뭐?"

"……버러지 아니라고."

코웃음을 친 남자가 의자를 요란하게 끌며 몸을 일으켜 세웠다.

"우리 이세일 씨 회사 망하면 그 스펙 가지고 어디 또 취직하기도 힘들겠네. 아, 그런 데 그 싸가지 없어 보이는 간호사는 어떻게 꼬드긴 거야?"

세일의 머릿속에 불이 타올랐다.

"아주 병원 입구부터 흘끔거리고 보더니 내가 세일 씨 어머니 병실 들어가자마자 바로 전화 걸더라고? 역시 돈 많은 남자 싫다 할 사람 없는 건가?"

세일의 분노에 거인이 동조한다.

'마법은 있다. 거인은 있다. 그도 꿈을 꿀 것이다. 바라볼 수 없는 것을 바라보게 될 것이고, 두려움을 느낄 거다. 비탄에 찬 비명을 지르게 되겠지. 그 비명이 꿈꾸는 자의 자장가가 될 것이다.'

항공 점퍼 남자가 매점을 떠날 때까지 세일은 한참 동안 그 뒷모습을 바라만 보고 있었다. 한 번 피어오른 머릿속의 불은 좀처럼 사그라지지 않았다. 어머니를 만나 봐야 한단 생각이 잠시 스쳐 지나갔지만, 도저히 그럴 기분이 아니었다. 급한 일이 생겼다는 문자만을 보내놓고 주차장으로 걸어가는 내내 항공 점퍼 남자의 협박들이 머릿속을 맴돌았다.

'내가 딱히 잘못한 것도 없잖아. 도대체 왜?'

생각하면 할수록 항공 점퍼 남자가 세일을 대하는 태도는 석연치 않은 구석이 있었다. 어찌 보면 다분히 개인적인 것처럼도 보였다.

'질투를 하는 거야. 꿈꾸는 자에게 허락받지 못해서.'

세일은 반쯤 홀린 듯이 자동차를 세워둔 지하층의 외진 구석으로 걸어갔다. 차에 올라타고 나서도 좀처럼 무얼 어떻게 해야 할지 떠오르지 않았다.

'어떻게 해야 하지? 지금이라도 연락해서 말하겠다고 해야 하나.'

퍼뜩 박 노인이 말한 게 머릿속을 스치고 지나갔다.

'영감님이 다 해결될 거라고 하셨잖아. 일단 믿고 기다려야 하나.'

박 노인이 괜한 소리를 하지는 않았을 것이다. 좀처럼 집중하지 못한 상태에서도 몸이 익숙한 길을 따라 세일의 오피스텔로 차를 몰아갔다. 집에 도착해 시계를 보니 어느새 밤 11시가 지나있었다.

'영감님 퇴근하고 계시겠지? 지금이라도 전화드려서 말씀드려야 하나?'

정작 박 노인에게 전화를 걸 용기는 나지 않았다.

'내일 출근해서 말씀드려보자. 생각이 있으시니까 그런

말씀 하셨겠지.'

갑작스러운 휴대폰의 진동 소리에 세일은 몸서리를 쳤다.

'분명 항공 점퍼 남자일 거야. 내 핸드폰 번호 어찌 알았지?'

휴대폰을 켜보니 박 노인으로부터 문자가 도착해 있었다.

[내일 아침 7시 자네 오피스텔로 가겠네. 나와 같이 서울 좀 다녀오세.]

'이게 말씀하셨던 건가? 어떻게 아시고.'

섬뜩한 기운이 등줄기로 타고 흘러내렸다.

'찬탈자의 마법이다.'

[네. 시간 맞춰서 밑에 내려가 있겠습니다.]

문자를 보내놓고 한참을 휴대폰을 붙들고 있었지만, 박 노인으로부터 추가적인 연락이 올 기미는 보이지 않았다. 두들겨 맞기라도 한 듯 온몸이 다 아파왔다. 더는 항공 점퍼 남자에 관한 생각도, 박 노인에 관한 생각도 하기가 싫었다. 대충 입고 있는 옷을 벗어 던지고 침대에 몸을 누이니 축복과도 같은 잠이 세일을 어루만졌다. 꿈꾸는 자의 시간이었다.

"왜 여태까지 기다리라고 하신 거지?"

"오늘 초승달이 뜨거든. 마법의 달이야."

"뭘 하시려고 그러는 거지?"

"불을 들어 그림자를 드리우려 하는 거야. 그림자 속에 가두어둔 마법을, 두려움을, 밤을 풀어놓으려 하는 거지."

"마법 같은 건 없어. 거인도……"

"원숭이들의 문명이, 나라가, 도시가 곧 그의 마법이야."

"박 영감님이……"

미리 맞추어둔 휴대폰의 알람이 꿈의 대화에서 세일을 현실로 끌어올렸다. 마법에 사로잡히기라도 한 듯 아무런 생각 없이 몸이 움직였다. 샤워를 하고 나오니 6시 40분이었다. 세일은 옷을 챙겨 입고 오피스텔 입구의 도로변으로 내려갔다. 저 멀리 처음 보는 작고 낮은 차가 요란한 엔진 소리를 내며 다가왔다.

'처음 보는 차인데.'

세일은 자동차의 창문이 내리고 박 노인의 모습이 나올 때까지 한참을 미심쩍은 눈초리로 바라보았다.

"일찍 나왔군. 타게나. 내 차로 종로에 좀 다녀오세."

몸을 구겨 넣듯 세일이 조수석에 올라타자 박 노인의 차는 도로를 쥐어뜯을 듯한 기세로 튀어 나갔다.

'수동 차 운전하시네?'

'감내할 가치가 있는 수고로움'이라는 박 노인의 말이 머릿속을 스치고 지나갔다.

"어머니는 별일 없으신가?"

"네. 사실 그 남자가 또 병원 찾아와서 어머니한테……."

"대충 사정은 들어서 알고 있네. 지금 그걸 담판 지으러 가는 거니 오늘 이후론 그런 일 없을 걸세."

'누구한테 들으신 거지? 담판은 누구랑?'

"저 어디로 가는 건가요?"

"정부 서울 청사로 갈 걸세."

"거기서 뭘……?"

"가보면 알게 될 걸세."

언제나처럼 더 이상의 대화를 원치 않는 듯한 박 노인의 태도가 세일의 입을 가로막았다.

'국정원이랑 관련된 건데, 서초동 쪽으로 가야 하는 거 아닌가?'

아직 이른 시간임에도 도로는 출근 차량으로 가득했다. 괜한 초조감이 세일을 사로잡았다.

"차가 너무 막히는데요? 이러다 늦는 건……"

"우릴 기다릴 걸세."

세일의 초조함은 아랑곳하지 않고 박 노인의 오른손이 느긋하게 기어봉 위에서 움직였다. 금속 재질의 기어봉이 왜인지 사무실 벽에 걸린 손잡이를 연상케 했다. 시선을 의식한 듯 박 노인이 세일을 마주 보았다.

"자넨 수동 차량 몰아 본 적 있나?"

"아…… 면허 딸 때 잠깐 운전해 봤습니다."

말없이 고개를 끄덕이고 박 노인이 다시 운전에 집중했다. 서울역을 지나쳐 저 멀리 경복궁이 눈에 들어오자 조금은 안심이 되었다. 시계를 보니 8시 15분이었다.

"저…… 거기 가면 제가 따로 해야 할 일이 있을까요?"

"내가 이야기할 걸세. 자네는 와서 지켜만 보고 있게."

'그럼 굳이 나를 데리고 오실 필요도 없으셨잖아.'

박 노인의 차가 정부 서울 청사의 정문으로 접근하자 경찰들이 굳게 닫힌 철문을 열어 주었다. 어떤 머뭇거림도 없이 박 노인은 지정번호가 쓰인 주차 공간에 차를 세웠다. 세일과 박 노인이 차에서 내리자 저 멀리서 양복을 입은 사람들이 다가왔다.

"어르신, 다들 기다리고 있습니다. 올라가시면 바로……."

박 노인이 고개를 끄덕이다 세일을 가리켰다.

"장관. 우리 사무실 신입사원인 이세일 군이요."

"아, 네 말씀 많이 들었습니다."

'어디 장관이지? 국민안전처?'

세일은 머뭇거리며 자기 이름을 말하고 장관이라 불린 사람이 내민 손을 어정쩡하게 붙들고 악수를 하였다.

"난 회의 장소를 통보받지 못했으니. 장관이 안내하시오."

"네. 평소랑 달리 19층 대회의실에서 비공개로 진행할 겁니다. 일단 가시죠."

'무슨 회의?'

주변의 시선들에 위축되어 움츠러든 세일과 달리 박 노인은 자연스럽게 장관의 뒤를 따라갔다. 엘리베이터로 이동하는 동안 몇몇 경찰복을 입은 사람들과 양복 입은 사람들이 더 합류했다.

"국정원장은 도착해 있소?"

"네. 한참 전에……."

그래야 마땅하다는 듯한 표정으로 박 노인이 고개만 끄덕였다. 19층에 도착하자 모두가 엘리베이터에서 내려 말없이 복도를 걸어갔다. 딱딱한 바닥을 짓밟는 구두 소리만이 복도를 가득 채웠다. 알 수 없는 긴장감에 뱀들 무리에 낀 개구리처럼 몸이 위축되고 뒤틀렸다. 대회의실이라고 쓰여있는 방 앞에 도착하자 장관과 박 노인과 세일만을 남겨두고 모두가 뒤로 물러섰다. 장관이 문을 열자 박 노인이 회의실 안으로 걸어 들어갔다. 어찌할 줄 모르는 세일의 어깨를 장관이 툭툭 치고서는 안으로 들어가라는 제스처를 취했다. 커다란 원형 탁자가 놓여있는 방 안의 벽면에는 태극기와 '대한민국 정부'라는 깃발이 세워져 있었다. 그사이에 앉아 있는 TV에서 수없이 자주 보던 사람들의 시선이 일제히 세일과 박 노인에게 날아와 꽂혔다. 비현실적인 긴장감이 세일의 심장을 움켜잡았다. 침 삼키는 소리가 천둥소리처럼 요란하게 들려왔다. 장관이 비어있는 의자를 잡아 빼자 세일과 박 노인은 자리에 앉았다. 모두가 자리에 앉자 몇 년 전에 세일이 한 표를 행사했던 남자의 입이 열렸다.

"그럼 과천 사무실 박영종 어르신의 요청으로 비공개 국무회의를 시작하겠습니다. 오늘의 안건은 국정원 2차장 소속의 국내수사팀장과 사무실 간의 불미스러운 일."

천천히 박 노인의 손이 치켜 올라가자 남자의 입이 닫혔다.

"'국정원과 우리 사무실 간'의 일이요."

박 노인의 말에 남자가 고개를 끄덕였다. 회의실에 앉은 많은 이들의 얼굴에 박 노인을 향한 노골적인 적개심이 드리워졌다.

"길게 이야기를 할 필요는 없을 것 같소. 더 이상 국정원에서 우리 사무실을, 우리 신입사원 이세일 씨를 조사하는 일이 없으면 간단하게 해결될 일이요."

"이것 보세요. 박영종 씨. 당신 사무실이 뭘 하는 곳인지 정확히는 모르겠지만 아무튼 당신네는 당신네 일을 하는 거 아닙니까? 그럼 우리가 우리 일 하는 거에 간섭하지는 말아야지?"

날카롭게 눈이 찢어진 흰머리의 남자가 박 노인을 보며 을러대었다.

"원장. 당신은 우리가 무슨 일을 하는지 정확히 알고 있지 않소?"

"그런 어린애 동화 같은 소리를, 누가 진지하게……."

흰머리의 남자가 코웃음을 치자 박 노인이 몸을 일으켰다. 갑자기 회의실 안의 모든 전등이 차례로 꺼지고 당황한 듯 웅성거리는 소리가 회의실을 가득 메웠다. 커튼이 처진 창가에서 가늘게 새어 들어오는 햇빛이 박 노인의 그림자를 길게 드리웠다. 박 노인이 드리운 그림자가 점점 더 크게 자라나더니 회의실을 가득 집어삼켰다. 누군가 "전기가 나갔나? 왜 비상 발전기가 작동을 안 하는 거지?"라고 말했다.

세일은 그 질문의 답을 이미 알고 있었다. 천천히 박 노인의 입이 열리기 시작했다. 무방비하게 포식자의 입을 바라만 보고 있는 피식자처럼 회의실 내 모두의 시선이 박 노인에게 향했다.

"우리네 일과 당신네 일이라 말하였소? 원장. 당신네 직원이 우리를 버러지들, 사회적 기생충들이라 지칭하더군."

세일이 누구에게도 말한 적 없었던 말과 단어였다.

'그는 모든 걸 바라보고, 모든 걸 듣고, 무엇이든 이야기한다.'

"……그건."

말없이 고개를 저으며 박 노인의 오른손이 올라갔다. 모두가 바로 그 뜻을 이해했다. 더 이상 회의실 안 그 누구도 말을 할 수 없었다.

"원장과 그 직원은 아마 유복한 가정에서 태어났을 것이오. 남에게 떳떳이 말하기 힘든 작은 사고 몇 번이야 쳤겠지만, 기본적으로는 성실한 학창 시절을 보냈을 테고 누구에게라도 자랑하고 싶은 좋은 대학교를 나왔을 게 분명할 테고."

박 노인의 목소리는 크지 않지만 육중한 무게를 가지고 있다.

"지금 내가 이루어 놓은 것들, 나의 삶, 나의 지위, 그 모든 게 나에게 주어진 것이라고, 내가 이루어 낸 것이라고 착각하고 살고 있겠지. 오가며 당신들에게 머리를 숙이는 이들 모두를 당신들보다 못한 존재라고, 주어진 것도 없고 이루어 낸 것도 없는 버러지들이라고 생각하면서."

흰머리의 남자가 반항기 어린 시선으로 박 노인을 마주 바라본다.

"그 버러지들이 밑에서 지탱해 유지되는 문명이 사라진다면 어떤 일이 벌어질지 생각해 본 적이 있소? 한평생 스스로 음식을 구하고 차려 먹어본 적도 없는 당신은, 당신이 무시하는 버러지들의 도움 없이는 굶어 죽게 될 것이요. 스스로 운전을 해본 적도 없으니 어딘가를 나다니지도 못할 테고. 스스로 불을 피워본 적도 없으니 지금처럼 전기가 허락되지 않는 상황이 오면 눈과 귀를 막고 무력하게 어둠이 물러나기만을 기다려야 할 것이오."

'허락되지 않는…… 이라고 하셨어.'

기묘한 감각이 온몸을 훑고 지나간다. 피부의 잔털 하나하나가 곤두선다.

"당신네 일이라는 건 우리의 일이 제대로 수행되지 않는다면 성립될 수가 없소. 당신이 비웃는 그 어린애 동화 같은 일들을 해내기 위해 얼마나 많은 이들이 희생되었는지 아시오? 그 어린애 동화 위에 당신들의 삶이, 직장이, 문명이 의지하고 기대고 있다는 것을 알고 있소?"

처음부터 꺼진 적이 없었다는 듯 어느 순간 회의실의 모든 전등불이 들어와 있었다. 회의실 중앙에 앉아 있던 남자가 긴 한숨을 내쉬었다.

"어르신. 이러면 어떻겠습니까? 국정원도 나름의 명분과 원칙에 따라 수사를 진행한 것이니 형식적으로라도 잠깐의 협조를……"

"각하. 가르침을 주고 길을 보여주는 것은 나의 역할이오. 당신들의 역할은 듣고 뒤따르는 것이지."

천 조각이 말문을 틀어막기라도 한 듯 회의실 중앙에 남자는 입을 다물고 넥타이만을 어루만졌다.

"여기 있는 당신들 모두에게 말하겠소. 과천은 나의, 우리의 도시요. 당신들이 볼 수 없는 것을 보고 싶다 한들 내가, 우리가 허락할 수가 없소."

"지금 이 자리에서 우리를 협박하는 거요!"

흰머리의 남자 옆에 앉은키가 크고 깡마른 남자가 소리를 쳤다. 세일의 머릿속에 얼마 전 TV에서 군납 비리에 대한 대국민 사과를 하는 모습을 지켜봤던 기억이 떠올랐다.

"협박? 협박이란 건 당신들이 하지 않을 일을 하도록 위협하는 것이지. 이건 통보요, 장관. 당신들은 모두 내 말을 따를 수밖에 없을 것이고 따르게 될 것이오."

박 노인이 잠시 눈을 감고 숨을 고르자 회의실에 있는 모든 사람의 호흡이 박 노인의 호흡을 따라갔다. 세일의 귀에 박 노인의 기계식 손목시계가 내는 기묘한 맥동이 들려왔다.

"그래…… 원한다면 협박이라고 하지. 당신들 모두가 한 번은 접해봤을 비밀들. 당신들에게 고개를 숙이는 또 다른 버러지들이 잘 정리해서 종이에 인쇄된 채로 책상 위에 올려둔 걸 보고 어린애 동화 같은 이야기라고 생각했겠지. 마법 같은 건 세상에 존재하지 않는다고 생각했을 거요. 잘 새겨들으시오, 장관. 당신이 내 말을 따르지 않는다면 그 어린

아이 동화 속 마법이 당신이 알고 있다 믿고 있는 모든 현실을, 삶을 뒤흔들어 놓을 것이오."

"……당신의 말 두려워할 사람, 여기에 아무도 없으……."

박 노인이 코웃음을 쳤다.

"두려워해야 마땅할 것을 두려워하지 않는 것만큼 어리석은 행동은 없지. 장관 당신은 평생 잠을 자지 않을 자신이 있소? 남은 일생 꿈을 꾸지 않을 것 같소?"

"……나는……."

"내 말을 따르건 따르지 않건 그건 당신들이 알아서 할 일이오. 한 가지 분명한 것은 이야기해 줄 수 있겠군. 만약 또 다시 나의, 우리 일에 당신들이 관여하려 한다면 여기 있는 분들 모두가 겪게 될 일에 대한 것이오. 당신들은 꿈을, 어둠을, 그림자를 두려워해 본 적이 없겠지? 한평생 후회해 본 적도 없을 테고. 내가 여기에서 실망한 채로 돌아가게 된다면 당신들 여생의 남은 나날의 매분, 매초는 '왜 그때 과천 사무실 박이라는 자의 말을 듣지 않았을까?'를 꿈속에서도 후회하며 어둠과 그림자를 두려워하며 보내는 순간이 될 것이오."

이제껏 들어본 적이 없는 박 노인의 일장 연설이 거대한 돌덩어리처럼 세일의 가슴을 짓눌렀다. 회의실에 앉은 다른 모든 이들의 심정도 비슷한 모양인지 모두가 말없이 박 노인의 다음 말을 기다리고만 있었다. 그런 모두에게 박 노인이 시선이 차례대로 내리꽂혔다.

"좋소. 다들 말귀를 알아들으신 것 같군. 당신네의 문명과 국가와 도시를 지탱해 주기 위한 8시간을 보내기 위해 나와 이세일 군은 이만 물러나도록 하겠소."

박 노인은 누구의 대답도 기다리지 않고 앉아 있던 의자를 탁자 밑으로 밀어 넣었다. 어찌해야 할 바를 몰라 하던 세일이 엉겁결에 박 노인의 뒤를 따라 일어섰다. 회의실을 떠나가는 박 노인을 제지하는 사람은 아무도 없었다. 모두가 제각각의 생각을 품고 말없이 탁자만을 바라보고 있었다. 흰머리의 남자만이 고개를 들고 세일을 바라보았다.

'마법은 있다.'

그 눈을 마주 바라보며 세일은 고개를 끄덕여 인사한 후 박 노인의 뒤를 따라 회의실을 나섰다. 올 때와는 달리 복도에서든 엘리베이터에서든 세일과 박 노인을 뒤따라오는 사람은 아무도 없었다. 세일과 박 노인만이 올라탄 엘리베이터에는 숨 막히는 정적이 감돌고 있었다.

'진짜…… 이래도 되는 건가.'

좀 전에 마주쳤던 얼굴들과 일어났던 일, 그리고 박 노인의 연설이 좀처럼 현실감 있게 와닿지 않았다.

"아직 10시도 안 되었군. 자네 오피스텔에 다시 태워다 줄 테니 이따 출근 시간에 다시 보세."

평소처럼 건조한 박 노인의 말투가 낯설게 느껴졌다. 말없이 고개만 끄덕이는 세일을 박 노인이 유심히 바라보았다. 1층에서 차가 세워져 있는 주차장까지도 세일과 박 노인을 제지하는 사람은 아무도 없었다. 다시 한번 박 노인 차의 조수석에 몸을 구겨 넣자 기묘한 안도감이 들며 절로 한숨이 새어 나왔다. 박 노인은 말없이 차를 출발시켰다. 출근길의 정체가 거짓말처럼 여겨질 정도로 도로는 한산하기만 하였다. 박 노인의 차가 내는 요란한 엔진 소리가 세일의 등 뒤를 부추기듯 떠밀었다.

"저…… 영감님, 이걸로 다 끝난 걸까요?"

박 노인이 질문을 재보기라도 하는 듯 눈을 가늘게 뜨고 세일을 바라다보았다.

"거기, 회의실에서 있었던 일. 영감님이 하신 게……"

"그자들은 더 이상 자네와 우리에게 관여하지 않을 걸세."

언제나처럼 단호한 박 노인의 태도에도 세일의 호기심은 좀처럼 가라앉지 않았다.

"그거. 무슨 마법 같은 게……."

"말하지 않았나? 이치와 도리로 설득하겠다고. 사람의 말로 뜻을 전하였으니 원숭이가 아닌 이상 말귀를 알아먹겠지."

박 노인의 태도에는 미묘한 웃음기가 묻어 나왔다.

"그런데 과천이 영감님의, 우리의 도시라고 하신 건……."

"대체로 도시는 사람들이 오가고 모이며 자연히 생성되는 법이지. 하지만 어떤 도시는 필요에 의해 만들어지기도 한다네."

기묘한 기시감이 들었다.

'언제인가 비슷한 이야기를 들어본 것 같은데.'

"과천이 우리 사무실과 연관되어서 만들어진 도시란 말씀이신가요?"

박 노인은 입을 다물고 고개만 끄덕였다. 그간의 경험으로 더 이상의 대답을 기대하기는 힘드리란 걸 알 수 있었다. 박 노인은 조금 빠르다 싶은 속도로 자동차를 몰아갔다. 창밖으로 섬뜩할 정도로 푸른 겨울 하늘 아래 풍경들이 스쳐 지나갔다. 사당역을 지나 남태령 고개를 넘으니 익숙한 과천의 모습이 눈앞에 펼쳐졌다.

'우리들의, 나의 도시다.'

8

종로에서의 *회의* 이후 출, 퇴근 시간마다 세일은 백미러를 살피는 데에 온 신경을 집중시켰다. 박 노인의 설득이 먹힌 것인지 그 존재가 사라지기라도 한 듯 좀처럼 항공 점퍼 남자의 모습이 눈에 띄지 않았다.

'전화라도 걸어서 확인해 봐야 하나?'

괜히 긁어 부스럼을 만들 필요는 없어 보였다. 세일의 삶에서 사라진 것처럼 보이는 건 항공 점퍼 남자의 모습뿐만은 아니었다. 박 노인이 정부 서울 청사 대회의실에 길게 그림자를 드리운 이후로 그 위세에 질리기라도 한 듯 잠이 들면 늘상 찾아와 비밀을 속삭여 주던 꿈까지 자취를 감추었다. 내심 박 노인이 말한 내용의 해답을 꿈속에서 들을 수 있을 거라 기대하고 있던 세일로써는 안타까운 일이었다. 두 번째 월급날이 다가오도록 항공 점퍼 남자로부터의 연락이 없자 박 노인의 설득이 확실히 통했을 거란 확신이 들었다.

"그래, 세일 군 월급도 들어왔으니 나랑 벤츠 보러 가야지?"

근무 교대 시간에 짐을 챙기다 말고 농을 걸어오는 이 노인의 말에 어느덧 이곳에서 일한 지도 2개월이나 지났다는 게 떠올랐다.

"아, 그게……."

문득 이 노인이라면 세일의 의문에 순순히 답을 해줄 수도 있을 거란 생각이 들었다.

'이제 차 한 대 더 사는 게 크게 부담이 되는 벌이도 아니잖아?'

"저 그럼 언제쯤이 좋으세요?"

"어? 진짜 사게? 그럼 요번 주 토요일 날 내 단골 매장 갈까? 거기 딜러한테 전화해 두면 나와서 미리 기다리고 있을 거야."

"네. 그럼 제가 3시까지 사무실로 올까요?"

"그러지 말고 3시 반까지 거기 매장으로 와. 벤츠를 사는데 그 고물차는 계속 가지고 있을 필요 없잖아? 바로 거기서 타던 거 처분하고 벤츠 끌고 가라고."

"……네, 알겠습니다. 그때 뵐게요."

쓴웃음을 지으며 세일은 사무실을 나서는 이 노인에게 인사를 건네었다.

'그러고 보니 다음 달부터는 어떻게 근무해야 하지? 지금처럼 계속 박 영감님이랑 오후 근무하는 건가?'

딱히 던지는 걸 꺼릴 필요가 없는 질문이었다.

"저 영감님 요번 주 지나면 제 수습 기간 마지막 달 시작인데 계속 지금이랑 같은 시간에 나오면 될까요?"

뜨개바늘을 붙들고 있는 박 노인의 손길이 잠시 느려졌다. 그간의 관찰로 박 노인이 세일의 질문을 깊게 생각한다는 걸 바로 알 수 있었다.

"오전과 오후 근무를 한 달씩 서봤으니 다음 달부터는 야간 근무를 서는 게 이치에는 맞겠지."

무언가를 고민하는 듯, 머뭇거리는 듯 한동안 박 노인의 말이 이어지지 않았다. 한참이 지나고서야 결심이 선 듯 박 노인의 뜨개바늘이 다시 바쁘게 움직이기 시작했다.

"다음 주 월요일부터는 밤 11시에 출근해서 김 형과 야간 근무를 서도록 하게. 그리고 자네 수습 기간이 끝나는 시점에 맞추어서 우리 4명 근무 일정도 다시 재조정하도록 하겠네."

'한 달만 더 있으면 나도 정식 교대근무를 서겠구나.'

박 노인의 선언에 조금은 마음이 무거워졌다. 5일 일하고 이틀 쉬는 것은 지금과 똑같으나 남들 쉬는 휴일과 무관하게 사무실에서 미리 계획해둔 휴무일에만 쉴 수 있는 방식이었다.

'아쉬울 것 없어. 정식으로 사무실 일원이 되는 거고. 근무가 힘든 것도 아니니.'

정부 서울 청사에서 박 노인을 바라보던 얼굴들이 떠올랐다.

'사소한 일을 하는 것도 아니고, 보수가 나쁜 것도 아니다. 앞으로 내가 할 일이고, 평생 내가 지켜야 할 것들이다.'

알 수 없는 결의가 세일의 마음속에서 맺어졌다. 세일의 마음을 읽기라도 한 듯 박 노인이 작게 미소를 지어 보였다.

"왜? 이제 곧 주말에 못 쉬게 되는 게 아쉽나?"

"아닙니다. 그런 거보다 조금 벅차서요."

박 노인은 더 이상 캐묻는 일 없이 시계에 집중했다. 세일 역시 박 노인을 따라서 시계를 바라보았다.

토요일이 오자 세일은 이 노인과 약속한 매장으로 향했다. 주말 오후라 그런지 이 노인이 보내준 주소의 매장은 한산하기만 했다.

'영감님 늦으시나? 사무실에서 퇴근하고 바로 오시면 지금쯤 도착하실 시간인데.'

생전 처음 들어가 보는 화려한 자동차 매장의 위용에 위축되어 어찌해야 할지가 좀처럼 떠오르지 않았다. 그런 세일을 매장 한가운데 내버려 둔 채 물건을 평가하듯 위아래로 훑어보기만 하는 매장 직원들의 모습이 왜인지 낯익었다. 매장 주차장에 세워둔 세일의 중고차로 이미 평가가 끝난 듯 냉랭하기 짝이 없는 태도들이었다. 세일에게는 그리 낯설지 않은 경험이고 감정이었다.

'영감님 오실 때까지 매장 밖에 나가 있을까? 뭘 어떻게 해야 할지를 모르겠는데.'

문득 은행에서 겪었던 일이 떠올랐다. 박 노인의 검은 명함이 만들어 낸 마법. TV에서만 보았을 뿐 평생 실제로 만나볼 일이 없을 거라 생각한 사람들을 향해 윽박지르던 박 노인의 모습이 떠올랐다. 재킷 안주머니에 손을 찔러넣어 지갑 속에 넣어둔 자신의 명함을 끄집어내 손에 쥐니 묘한 안정감이 들었다. 마법의 부적이나 되는 양 명함을 꼭 쥔 채로 세일을 투명 인간 대접하는 매장 직원 중 한 명의 눈을 똑바로 바라보았다. 매장 직원의 눈에 고민의 빛이 스쳐 지나갔다. 그 눈을 마주 바라보며 세일은 매장 직원에게 다가갔다.

"저 무슨 일로 오시 건가요?"

"자동차 매장에 자동차 사러 왔습니다."

"아…… 네. 혹시 생각해둔 차종이라도 있으신가요?"

말을 하는 직원의 얼굴에 노골적인 비웃음의 표정이 맴돌고 있었다.

"아니요. 봐둔 차 없습니다."

"그럼 한번 둘러보시고."

매장 입구에 비친 햇빛이 세일의 그림자를 은근히 세일에게서 몸을 빼려 하는 직원에게 길게 드리웠다.

"아니요. 제게 차에 관해 설명해주는 게 그쪽 분의 일이니 마땅히 해야 할 일을 이제 해보시지요."

직원은 세일의 말이 좀처럼 이해가 되지 않는다는 듯 입을 다물고 멍하니 세일을 바라만 보았다.

"세일 군! 내가 좀 늦었지? 어, 오늘 오 팀장 출근 안 했어? 내가 분명 온다고 말해놨는데?"

이 노인의 등장에 매장 직원들의 움직임이 분주해졌다. 누군가는 탁자에서 의자를 잡아 빼고 누군가는 다과를 준비하기 시작했다.

"아, 어르신 오셨습니까! 오 팀장 지금 본사랑 화상 회의 중이라 잠깐 자리 비웠습니다. 바로 데려오겠습니다."

세일의 그림자에 사로잡힌 직원은 인제야 상황이 파악되었는지 이 노인에게 허리를 숙여 인사를 하고 매장 안쪽 문으로 사라졌다. 세일의 입 안에 씁쓸한 맛이 감돌았다. 이 노인이 어리둥절한 표정으로 한참 세일의 눈치를 살폈다.

"왜? 무슨 일 있었어? 아니 일단 좀 앉지. 저기— 나는 차가운 거 말고 녹차로 좀 가져다줘—."

이 노인이 세일을 이끌고 탁자 앞에 마주 앉자 바로 탁자 위에 녹차가 올려졌다.

"아니 내가 세일 군 올 거라고 말해 놨는데, 이게 잘 전달이 되지 않았나 보네."

변명하듯 말하는 이 노인을 바라보며 세일은 그저 미소만 지었다.

'영감님께서 오시지 않았어도……'

"어르신 오셨습니까! 이쪽 분이 말씀하셨던 이세일 님인가 보군요. 말씀 많이 들었습니다! 이렇게 귀한 걸음 해주셨는데, 제가 영접하는 데 실수를 했습니다!"

오 팀장이라 불린 사내가 과장되게 세일에게 허리를 숙여 보였다.

"주말이라 저희 매장 베테랑들이 다 비번이라 수습사원들만 있어서요. 참 죄송하게 되었습니다. 저 괜찮으시다면 명함 한 장 주시겠습니까?"

세일은 손에 쥔 구겨진 명함을 내밀었다. 오 팀장이 양손으로 세일의 명함을 받아들고 조심스럽게 펴서 명함 지갑에 집어넣었다.

'그러고 보니 남한테 명함 줘본 게 이번이 두 번째인가?'

세일의 머릿속에 간호사의 모습이 스쳐 지나갔다. 오 팀장이 품에서 자신의 명함을 꺼내 양손으로 세일에게 건네었다. 세일은 건성으로 명함을 받아들고 바지 주머니 속에 구겨 넣었다. 둘의 눈치를 번갈아 살피던 이 노인이 너털웃음을 띠며 몸을 일으켰다.

"자자. 차 사는 데 뭐 쓸데없는 이야기 하고 할 필요가 없지. 오 팀장 내 말대로 오늘 시승 차 다 준비해 놨지?"

"네. 어르신 말씀대로 다 준비해 놨습니다. 우리 이세일 님 마음에 드는 차가 부디 그중에 있어야 할 텐데요."

"그럼 제일 큰놈부터 시작해 보자고. 우리 세일 군한테 키 주고."

"네. 실컷 시승해 보시고요. 오늘 제가 계속 매장 지키고 있을 테니 다른 차 시승 원하시면 언제라도 오셔서 키 받아 가시면 됩니다."

"그래그래. 세일 군 가보자고."

세일이 오 팀장으로부터 차 열쇠를 받아들자 이 노인이 익숙한 듯 매장 뒷문으로 나갔다. 이 노인을 뒤따라 매장을 나서는 세일의 눈에 화난 표정으로 남아 있는 매장 직원들을 불러 모으는 오 팀장의 모습이 보였다. 오 팀장이 내어준 차는 이 노인의 것보다 훨씬 더 거대했다. 세일은 별다른 열의 없이 차를 몰아 나갔다. 차 안은 숨 막힐 정도로 조용했다. 세일과 이 노인의 숨소리 말고는 어떤 소리도 들려오지 않았다.

'그러고 보니 박 영감님 차는 엔진 소리도 엄청 요란했지. 그 차 타면 왜인지 엄청 긴장되었는데.'

주말이라 막히는 도로 때문인지, 아까의 일 때문인지 좀처럼 집중이 되지 않았다.

"어때? 차 괜찮은 거 같아?"

"아, 조용하네요."

"그래! 벤츠가 또 그게 좋거든. 이거는 말이지 시속 100킬로로 달리든 200킬로로 달리든 긴장이 전혀 안 돼요—. 그만큼 신뢰감이 있단 말이지."

"아 네, 제가 차를 잘 몰라서요."

심드렁한 세일의 태도가 마음에 걸리는지 이 노인은 조수석에서 세일의 눈치를 연신 살폈다.

“주말이란 그런가 되게 막히네. 과천은 이게 문제야. 뭔 놈의 교통 정체가 이렇게.”

“아, 그러고 보니 영감님 사무실에서 일한 지 40년도 넘었다고 하셨죠?”

“응? 그렇지. 거진 50년? 뭐 그쯤 된 거 같은데.”

“그럼 처음 사무실에 오셨을 때도 과천에서 일하셨던 건가요?”

“그랬지. 그때는 여기가 시도 아니었거든. 무슨 읍이었나? 군이었나. 거기에 온통 다 그린벨트에 묶여 있어 허허벌판이 따로 없었어.”

‘과천 전체가 그 누구에게도 허락되지 않은 땅이었던 거야.’

머릿속에 얼마 전 정부 서울 청사에서 박 노인이 말했던 단어들이 무심히 스쳐 지나갔다.

“그때 우리 사무실은 진짜 완전히 외떨어진 허허벌판에 있었겠네요?”

세일의 말에 이 노인이 너털웃음을 터트렸다.

“지금이라고 뭐가 달라? 하긴 이젠 저 멀리 군부대들도 들어서고. 그래도 출퇴근은 과천시에서 할 수 있게 되었으니 한결 나아지긴 한 거지."

"그때는 군부대들도 없었나요?"

"나 처음 왔을 땐 없었지. 바로 군부대들 들어서고……. 보자, 정부청사가 세워지고 정부 기관들이 들어오면서 갑자기 도시 같은 모양새를 갖춘 게 1980년도 초던가 그랬지?"

'사무실을 위해 군부대랑 정부 기관들이 들어선 거야.'

세일의 질문에 말없이 고개를 끄덕이던 박 노인의 모습이 떠올랐다.

"그런데 도시라는 게 자연스럽게 사람들이 모여들고 해서 생겨나는 거잖아요? 말씀하시는 거 들어보니 과천은 정부에서 아무도 살지 못하게 하다가 갑자기 사람들을 끌어모아 만든 도시처럼 들리네요?"

세일의 질문을 곱씹는 듯 이 노인의 한동안 말이 없었다.

"뭐 요새 신도시라는 게 다 그렇게 만들어진 거 아니겠어? 그런데 내가 생각해도 그런 식으로 만들어진 도시 중 최초는 과천이었던 거 같긴 한데."

교통 정체는 좀처럼 풀릴 기미가 보이지 않았다. 도로 이곳저곳을 기웃거리던 이 노인이 작게 한숨을 내쉬었다.

"이러다가 차 안에서 수다만 떨다 날 새겠네. 우리 세일 군 타봐야 할 차가 한가득인데. 아! 그래. 차라리 우리 사무실 길 쪽으로 가자고. 거기가 차들 한 대도 다니지 않고 길도 꼬불꼬불해서 제법 운전하는 재미가 있으니 차라리 거기서 시승을 하자고!"

이 노인의 독촉에 세일은 차를 돌렸다. 반듯반듯하게 세워진 아파트촌을 지나 익숙한 길로 접어들자 거짓말처럼 도로에서 차가 사라졌다.

"그런데 왜 이 길로 다니는 차들은 한 대도 없는 걸까요?"

"아 도심에서 도심으로 의미 없이 한 바퀴 돌리는 길로 어떤 바보가 들어오겠어? 길가에 있는 거라곤 우리 사무실밖에 없는 길인데! 저기, 속도 좀 이제 내봐. 밟아 보라고. 그렇게 살살 몰 거면 좋은 차가 무슨 소용이 있겠어?"

세일은 이 노인의 독촉에 가속 페달에 힘을 실어 보았다. 낮게 으르렁대는 듯한 엔진음이 세일의 귀를 자극했다.

"어때? 잘 달리지? 더 밟아도 돼! 여기 과속 카메라도 없고 경찰도 없는 거 잘 알잖아?"

'우리 말고 누구에게도 허락되지 않은 곳이니깐.'

쉴 새 없이 올라가는 속도계의 바늘을 보다 보니 처음 면접 보러 오던 날 택시 기사가 말하던 내용이 떠올랐다.

"그런데 들은 이야기이긴 한데요. 과천 그린벨트 지하에 전술핵이 묻혀 있다고……."

올라가는 속도계에 맞추어 저절로 세일의 목소리도 커졌다. 고함치는 듯 묻는 세일의 질문에 이 노인이 너털웃음을 터트렸다.

"그거《현상과 해석》보면 맨날 나오는 이야기야. 그거 말고 VX 탄이 묻혀 있다는 이야기도 있어. 무슨 화학병기를 시험해봤다느니, 핵실험을 했다느니, 맨날 그런 이야기들 쓰여 있거든."

세일에겐 가볍게 웃어넘길 수 없는 이야기였다.

"저…… 영감님은 어떻게 생각하세요? 우리 사무실에서 하는 일 보면 어쩌면 연관이 있을지도……."

"왜? 걱정되어서? 우리 건강검진도 분기에 한 번씩 하는데 그런 거로 문제 겪은 사람들 아무도 없어!"

반쯤 농담 섞인 대답을 내뱉은 후 신경이 쓰이는지 이 노인은 잠시 말을 멈추었다.

"옛날에 처음 사무실에 왔을 때, 그때는 우리가 국토교통부 소속이었거든. 아무튼, 박 형은 사무실에 거의 안 붙어 있긴 했어. 사람들 이야기로는 군부대 사람들을 만나고 다닌다, 정부 사람들을 만나고 다닌다, 말이 돌긴 했었는데……."

이 노인의 입이 또다시 닫혔다. 아무리 가속 페달을 밟아도 좀처럼 속도에 대한 체감이 느껴지지 않았다.

"이런 이야기는 옛날에 있었던 김 씨가 많이 알고 있었는데…… 아! 자네 김 씨는 아직 만나보지 못했지?"

"그 시설물 관리하신다는 분 말이죠?"

"그래. 김 씨가 옛날엔 우리랑 같이 일했거든. 몸을 좀 많이 다쳐서 관리 쪽 일로 넘어가긴 했지만."

'무슨 일이 있었던 걸까?'

"아무튼! 그런 것들은 나보다 박 형이 더 많이 알 테니 박 형한테 물어보고 오늘은 차 모는 데 집중하자고! 아직도 몰아봐야 할 차가 한가득이니!"

그날 오후 내내 세일은 이 노인과 함께 크고 작고, 빠르고 느리고, 높고 낮고, 조용하고 시끄러운 차들을 번갈아 몰아보았다. 어떤 차에게서도 박 노인과 함께 타보았던 작고 시끄럽고 불안한 차만큼의 감흥을 받지 못했다. 그 과정에서 오 팀장은 가면이라도 뒤집어쓴 듯, 웃음 띤 표정을 완벽히 유지하며 둘을 응대해 주었다. 이 노인의 열의에 부응해주기 위해 세일은 개중 가장 크고 시끄러운 차를 골랐다. 어떤 마법을 부린 것인지 오 팀장은 순식간에 차량 등록을 마치고 세일의 중고차 키를 건네받고 새 차의 키를 내주었다.

"이세일 님이 타시던 차는 제가 최대한 좋은 가격으로 처분해서 계좌로 바로 대금 입금해 드리겠습니다. 오늘 선택하신 차는 제가 사전 구입해 두었던 차라 바로 타고 가시면 되고요. 보험이랑 제반 절차도 제가 알아서 다 처리하겠습니다. 아! 킬로 수 한번 확인해 보시고요. 실제로 운용은 안

했던 차량이라 항구에서 이곳까지 운송해온 47Km 기록밖에 없지요?"

오 팀장의 말뜻을 이해 못 해 그저 고개만 끄덕이는 세일을 이 노인은 자랑스러운 표정으로 바라보았다.

"어때? 오 팀장 일 처리 잘하지? 오 팀장도 우리 세일 군한테 잘하라고. 앞으로 자주 보게 될 테니까."

"그럼요. 언제라도 불편한 거 있으시거나 물어볼 거 있으시면 연락해주세요."

건성으로 고개를 끄덕이고 세일은 새로 산 차로 발걸음을 옮겼다.

"저 영감님 오늘 감사했습니다. 제가 저녁이라도……"

"저녁은 나도 가족들이랑 먹어야지. 자네 수습 기간 끝나면 휴무 맞춰서 술이나 한잔하자고—."

"네. 알겠습니다."

"난 오 팀장이랑 할 이야기 있어서 좀 있다 갈 거니깐 먼저 가보라고."

얼떨떨한 기분으로 매장을 나와 차 위에 올라타 떠날 때까지 오 팀장은 완벽한 표정을 유지하며 세일을 배웅했다. 새 차를 몰고 도로에 올라서니 허기가 밀려왔다. 습관적으로 근처 편의점을 두리번거리며 찾다 괜스레 웃음이 터져 나왔다. 시계를 보니 저녁 7시 30분이었다.

'병원 들러 어머니 뵙고 매점에서 대충 때워야겠다.'

면회 마감 시간이 다 되어서인지 병원 주차장은 지상층도 여유로웠다. 입원 병동 근처에 차를 세우고 병실로 올라서는데 얼마 전 어머니가 핀잔을 주던 게 떠올랐다.

'토요일 이 시간에 가면 또 연애하라 어쩌라 뭐라 하시겠지.'

세일은 발걸음을 돌려세웠다. 의식도 못 하는 사이에 세일의 두 다리가 몸을 흡연 구역으로 이끌었다. 스스로가 기대를 하고 있었음을 깨닫지도 못한 채 세일의 기대는 충족되었다. 담뱃재를 털며 눈을 가늘게 뜨고 세일을 바라보는 간호사에게 꾸벅 인사를 하고 나니 마지막으로 마주쳤을 때가 생각나 괜한 멋쩍음이 밀려왔다.

"담배 안 피우시는 분 아니었어요?"

"안 핍니다. 저…… 그때 감사 인사는 드려야 할 거 같아서요. 혹시 여기 계시나 해서……."

세일을 바라보며 간호사가 입가를 삐죽였다.

"제 전화번호 아시잖아요? 제가 전화드렸을 때 저장 안 해 두시고 바로 지우셨나 봐요?"

세일은 이죽거리는 간호사의 입매를 홀린 듯 바라보았다.

"아니요. 저장해 놨습니다. 아니, 신경 쓰이시면 지금 바로 보이는 데서 지우겠습니다. 전화하면 안 좋아하실 거 같아서요."

"저 찾아서 병원 배회하고 다니시는 게 더 신경 쓰이고 싶은데요?"

말의 내용과는 달리 웃음기가 사라지지 않는 간호사의 얼굴이 세일에게 안도감을 불어넣어 주었다.

"아, 역시 그랬겠죠? 다음에는 꼭 전화로 연락드리도록 하겠습니다."

"무슨 다음이요? 세일 씨 또 겁먹어서 울 일 있으면 저한테 전화하려고요?"

세일의 얼굴이 벌겋게 달아올랐다. 말문이 틀어막힌 세일을 말없이 바라보던 간호사의 표정이 한결 화사해졌다.

"전화번호 안 지우셔도 돼요. 어머니 때문에라도 제 번호 알고 계심 좋죠, 뭐. 쓸데없는 걸로 전화하실 분도 아닐 거 같고."

"저 식사 하셨나요?"

기습적인 세일의 질문에 당황한 듯 바로 대답이 돌아오지 않았다.

"네— 11시부터 근무라서요. 이미 밥 먹고 담배 한 대 태우고 수다 좀 떨다가 일하러 갈 거예요."

'나랑 같은 야간 조 근무 하시는구나. 일정도 비슷하게 돌아가지 않을까?"

"저 전화를 드리고 싶은데 쓸 데 있는 일을 만들면 어떨까요? 저도 야간 조 근무라서요. 다음 주에 점심이나 저녁 식사 약속을 잡으면……."

간호사가 알 수 없는 표정으로 세일의 얼굴을 한참 동안 바라보았다.

"그때 그 국정원 직원이랑 일은 잘 해결되었어요?"

"네. 그게……."

"바보네. 저녁 식사하면서 대답해주겠다고 하면 될걸. 다음 주 화요일에 저녁 사주면서 대답해주세요."

심장으로부터 퍼져나오는 떨림이 세일의 온몸을 사로잡았다.

"저기요!"

꾸벅 인사를 하고 세일을 지나쳐 가는 간호사를 홀린 듯 바라보다 고함치듯 불렀다. 간호사가 의아한 표정으로 몸을 돌려 세일을 바라보았다.

"저기 간호사님 성함을 아직 몰라서요. 연락처에 간호사라고만 적어두기도 그래서……."

간호사가 웃는지 찡그리는지 분간하기 힘든 표정을 지으며 세일에게 다가왔다. 떨림은 걷잡을 수 없이 커졌다. 간호사가 롱패딩의 지퍼를 내리고 유니폼 상의에 붙은 명찰을 떼었다. 명찰을 쥔 하얀 손이 세일의 눈앞으로 다가오고 "이젠 알았죠?"란 말이 귓가에 들려왔다. 흡연 구역을 벗어나는 간호사의 뒷모습이 세일의 눈에 날아와 문신처럼 새겨졌다.

9

꿈도, 대화도, 해답도 없는 밤을 지나 일요일이 찾아오고 별다른 것 없는 낮이 지나가자 다시 밤이 찾아왔다. 앞으로의 밤 근무에 대한 부담 때문인지, 어제의 일에 대한 흥분 때문인지 무엇을 해야 할지 갈피를 잡을 수가 없었다.

'월요일부터 야간 근무니 밤을 새우고 아침에 잠을 자는 게 나으려나?'

시계를 보니 오후 9시였다. 불현듯 화요일의 약속이 떠올랐다.

'7시 퇴근하니깐. 집에 와서 씻고 바로 자면 4시쯤 깨겠구나. 차를 가져가야겠지? 어디를 가야 하지?'

끝없이 뻗어나가던 상상의 나래는 현실의 벽에 막혀 사그라들었다.

'구체적인 계획도 안 잡았잖아? 지금이라도 전화 걸어서 제대로 정해야 하나?'

저녁 9시 30분이 넘는 시간에 연락받는 걸 기꺼워할 성격으로는 보이지 않았다.

'전화보다는 문자가 좋겠지? 내일 출근하기 전 저녁 시간

쯤에 문자 보내놔야겠다.'

10시가 되니 그간 몸에 밴 습관이 세일을 자꾸 침대로 내몰았다.

'견딜 수 있는 데까지 견뎌 보고 내일 아침에 자야지. 이대로라면 근무 중에 계속 졸 거 아니야.'

생각해보니 김 노인과는 면접 때부터 근무 교대시간에 오가며 잠깐씩 인사만 나누어 봤다는 게 떠올랐다.

'김 영감님. 그냥 봐도 만만한 분은 아니신 거처럼 보였는데.'

박 노인은 위압적인 분위기와 딱딱한 태도와는 달리 합리적이고 세일의 말에도 귀를 기울여 주는 사람이었다. 반면 김 노인의 태도에선 조금은 세일을 마땅치 않게 생각하는 게 보였다. 지금의 세일에겐 오히려 김 노인이 박 노인보다 훨씬 더 대하기 어려운 사람이었다.

'가서 같이 근무하면서 이야기 나눠보고 하면 또 금방 친해지겠지. 이 영감님이나 박 영감님도 그랬잖아?'

시계를 보니 11시가 넘어있었다. 천천히 물에 가라앉는 사람처럼 수면의 늪에 이끌려 들어가다 퍼뜩 놀라 배경음으로 틀어놓은 TV의 볼륨을 조금 더 키웠다.

'그런데 호칭을 영감님이라 해도 되는 건가? 박 영감님이나 이 영감님보다는 한참 어려 보이시던데.'

오가며 본 바로 추측해 보아도 김 노인은 많아야 50대 중반을 넘기지 않아 보이는 외모였다.

'사실 영감님이라 부르라고 한 건 본인들이셨는데, 김 영감님도 그걸 좋아하시려나? 그런데 두 분은 영감님이라 부르면서 혼자만 다른 호칭으로 부른 것도 좀 이상하지 않나? 영감님이라고 안 부르면 뭐라고 불러 드려야 하지? 직급이 따로 있는 것도 아니잖아? 이 영감님 농담대로 김 형이라고 그럴까?'

세일은 스스로 생각해도 어이없는 발상에 피식 웃음을 터트리다 그 소리에 놀라 선잠에서 깨었다. 12시 30분이었다.

'몇 분이나 잔 거지? 그냥 지금이라도 자는 게 나으려나? 그럼 아침에 깰 것 아냐? 근무 시간에 분명히 졸 거란 말이지.'

TV에서는 군납 비리에 연루된 국방부 장관의 거취에 대한 뉴스가 흘러나왔다.

'그때 그 국정원 직원이라는 사람은 어떻게 되었을까? 박 영감님이 회의실에서 사람들 흘려 놓은 다음에 무슨 일이 일어난 거지? 진짜 그 뒤로 한 번도 못 봤지?'

잠을 깨기 위해 계속 방 안을 서성였더니 다리가 뻐근해오기 시작했다. 침대 끝에 엉덩이만을 걸터앉아 멍하니 TV를 바라보는 세일의 귀에 뉴스 진행자의 말이, 단어가, 의미

없이 스쳐 지나갔다.

'그 남자가 병원 가서 선영 씨한테 뭘 물어본 거지? 뭐라고 말을 건 걸까?'

항공 점퍼의 남자가 간호사에게 말을 거는 장면을 머릿속에 떠올리자 분노가 치밀어 올랐다.

'그 뒤로 우리 사무실 캐고 다닌 거에 대해서 징계를 받았을까? 벌을 받았을까?'

한편으로는 항공 점퍼의 남자 역시 자신이 해야 할 일을 한 것뿐이라는 생각도 들었다.

"옛날에 신앙이 깊은 사람이 있었어. 세상을 지켜보다 보니 모든 게 너무 부당하고 말이 안 된다 생각한 거야."

알 수 없는 반가움이 밀려왔다.

"그래서?"

"자신의 신에게 기도를 올렸어. 신이시여! 거듭 질문하오니 대답해주소서! 왜 무고한 이들은 고통받다 죽어가고 악인들은 살아서 권세를 누리는 겁니까? 지상 어디에 당신의 정의가 있습니까? 어디에 악인들을 위한 징벌이 있습니까?"

"신은 원래 대답해주지 않잖아?"

"질문에는 늘 대답이 있어. 들어봐. 신이 대답하길 나는 이미 대답을 했노라. 이미 징벌을 내렸노라. 무고한 이의 고통과 죽음이 정의이고, 죄인의 권세와 삶이 나의 징벌이노라."

'그 남자도 벌을 받겠지.'

"그래. 그게 대답이야."

입을 굳게 다문 채로 비명을 지르고 있다고 생각하며 세일은 급작스럽게 몸을 일으켰다. 반사적으로 시계를 찾고 보니 새벽 3시를 가리키고 있었다.

'손잡이를 당겨야 할 시간이다.'

멍한 와중에도 세일은 사방을 두리번거리며 '벽면의 손잡이'를 찾았다. 세일의 전세방 어디에도 벽면의 손잡이 같은 건 놓여 있지 않았다. 온몸이 땀에 흠뻑 젖어있었다. 억제할 수도 없이 턱이 떨리며 이빨이 딱딱 맞부딪히기 시작했다. 밤새 틀어놓은 히터가 뜨겁게 달구어 놓은 공기도 세일의 오한을 가라앉히지 못했다.

'다시 자야 하는데.'

잠이 들면 또다시 꿈이 찾아올 것이다. 세일은 히터 온도를 좀 더 올리고 이불을 턱 밑까지 끌어 올렸다. 머릿속에서는 계속 항공 점퍼 남자에 대한 생각이 맴돌았다.

'박 영감님이 회의실에서 사람들 협박할 때 뭐라 하셨더라.'

어둠이 두렵지는 않았다. 어둠을 뒤따라오는 꿈도 두렵지 않았다.

'그 남자도 남은 인생을 후회하며 보내게 될까?'

또다시 꿈 없는 잠이 세일을 덮쳤다. 다시 정신을 차려보니 낮 10시가 조금 넘은 시간이었다. 밤새 흠뻑 젖은 옷들을 벗고, 샤워를 하고, 점심을 챙겨 먹고, 정오의 햇살을 맞으니 한결 기분이 개운해졌다. 오후 3시가 조금 넘은 시간에 세일은 이제는 '이선영'이라고 연락처에 적힌 번호로 문자를 보냈다. 인터넷을 통해 미리 알아둔 음식점과 약속장소와 시간을 보내며 의사를 물어보았지만 좀처럼 문자의 답이 돌아올 기미가 보이지 않았다. 절대 움직이지 않는 물건을 하염없이 바라보는 데에는 이제 이골이 나 있었다. 세일은 오후 7시까지 답 없는 핸드폰을 바라만 보고 있었다.

'갑작스러운 상황이었잖아. 지나가는 말처럼 던졌고, 지금쯤 후회하고 있어서 그런 걸 거야.'

실망감과 동시에 묘한 안도감이 밀려왔다. 아직 완전한 밤이 찾아오려면 조금 이른 시간이었다. 입맛이 좀처럼 돌지 않아 침대에 드러누워 멍하니 티브이만을 바라보고 있다 비명 같은 핸드폰의 진동에 퍼뜩 정신이 들었다.

[거기 좋죠. 가게 앞에서 5시에 봐요.]

간단한 두 문장을 이루는 모든 단어 하나하나를 세일은 입 안에서 길게 음미했다. 시간은 밤 9시를 향해 가고 있었다. 출근까지는 아직도 여유가 있는 시간이었다.

'그러고 보니 차 사고 제대로 몰아 보지도 않았잖아? 조금 돌아다니다 바로 출근할까?'

선영의 답변이 불어 넣은 흥취가 세일을 주차장으로 내몰았다. 세일은 어떤 의도도 목적도 없이 익숙한 개활지 도로로 차를 내몰았다. 기이할 정도의 정적이 가득 찬 세일의 차 안에 달빛이 새어 들어왔다. 사무실과 반대편의 황무지에 달빛에 몸을 드러내고 있는 검은색 세단 한 대가 눈에 띄었다. 알 수 없는 확신에 차 세일은 도로를 벗어나 세단 쪽으로 차를 몰아갔다. 누군가 세일의 머릿속에 심어놓은 의문들이 걷잡을 수 없이 가지를 뻗어나갔다.

'그 남자가 날 기다리고 있는 거다. 도대체 무슨 짓 하려고? 박 영감님이 말한 것도 소용없는 건가?'

어쩌면 회의실에서 보았던 흰색 머리 남자가 항공 점퍼에게 박 노인의 지시를 따르라 했음에도, 항공 점퍼가 반감을 드러내고 제멋대로 행동을 하는 것일지도 모를 일이었다.

'그래서 와서는 안 될 곳에 들어온 거야. 보아서는 안 될 것을 보았겠지.'

어쩌면 검은 세단에서 분노에 가득 찬 항공 점퍼 남자가 세일을 기다리고 있을 것이다.

'난 두렵지 않다. 나의 도시고, 나의 밤이다. 두려워해야 할 건 그 남자다.'

회의실에서 박 노인이 모두에게 했던 말이 세일의 머릿속에 맴돌았다.

'두려워해야 마땅할 것을 두려워하지 않는 것만큼 어리석은 행동은 없지.'

벤츠의 전조등 불빛을 정면으로 비추어보아도 검은 세단에서는 어떤 반응이 보이지 않았다. 시동을 끄고 차에서 내려서니 전조등 불빛도 함께 사라졌다. 오직 밤하늘에 뜬 달만이 세일과 벤츠, 그리고 검은 세단을 비추어주고 있었다. 세일은 검은 세단의 운전석 쪽으로 걸어갔다. 선팅이 진하게 되어 있어 차 안이 보이지 않았다. 손을 들어 유리창을 두드려 보려다 피식 웃음을 짓고 운전석 문을 잡아당겼다. 차 안에 가득 차 있던 부패한 공기가 청량한 겨울밤의 공기에 섞여 흘러나왔다. 차 안은 텅 비어있었다. 남아있는 건 조수석에 벗어 놓은 항공 점퍼뿐이었다.

'이게 벌이고, 대답이다.'

한결 가벼워진 마음으로 운전석의 문을 닫고 세일은 벤츠에 올라탔다.

'경찰에 신고해야 하나?'

고민은 그리 길게 이어지지 않았다.

'여기는 우리 말고는 아무에게도 허락되지 않는 곳이다.'

세일은 시동을 걸고 다시 사무실 방향의 도로로 차를 몰아갔다. 꿈꾸는 자들의 밤이 찾아왔다. 사무실 옆에는 박 노인의 차만이 세워져 있었다. 시계를 들여다보니 아직 11시가 되기엔 조금 이른 시간이었다.

"왔는가."

철문을 열고 들어가니 박 노인이 인사를 건네었다.

"네. 조금 일찍 왔습니다."

박 노인이 손목에 찬 시계를 한 번 바라보고 말없이 고개를 끄덕였다.

"김 형도 곧 올 걸세."

"네. 영감님 저 왔으니 이제 들어가셔도……."

세일의 제안은 재고의 가치도 없다는 듯 박 노인으로부터의 대꾸는 없었다. 딴에는 친근함을 표현한다고 건네어 본 말이었기에 괜한 민망함이 밀려왔다. 체감상 꽤 긴 시간이 지나고 나서야 김 노인은 출근했다. 주차장에 세워진 차로 이미 짐작했는지 김 노인은 인사를 건네는 세일을 보고도 별달리 놀라는 기색을 보이지 않았다. 박 노인이 인사를 건네고 퇴근하자 사무실엔 정적만이 가득했다. 세일은 심드렁한 태도로 의자에 주저앉는 김 노인을 잠시 바라보다 시계로 시선을 돌렸다.

'뭐 딱히 하실 말 없는 건가?'

어떠한 말도 기척도 들려오지 않았다.

'박 영감님보다 더 과묵한 분인가 보네. 내가 마음에 안 들어서 그러시는 건가?'

박 노인과의 근무 때도 몇 시간씩 말없이 앉아 시계를 지켜보기만 하는 일은 비일비재했다. 하지만 박 노인과 보내는 침묵의 한때는 신뢰와 책임감이 충만한 시간이었다. 반면 처음 겪는 김 노인과의 침묵은 참기 힘들 정도로 낯설고 불편하기만 했다.

'묵묵히 시계만 보자…… 필요한 거 있으시면 말 거시겠지.'

정적을 깨고 사무실에서 들어보리라 세일이 기대해 본 적이 없었던 코 고는 소리가 들려왔다. 당황하여 고개를 돌려 바라보니 김 노인은 의자를 끝까지 눕히고 몸을 파묻듯이 앉아 눈을 감고 있었다.

'뭐야? 진짜 자는 거야? 아니 그것보다 시계 안 봐도 되는 거야?'

예상하지 못했던 김 노인의 행동에 사로잡혀 무엇을 해야 할지 알 수가 없었다.

'깨워야 하는 건가?'

순간 김 노인에게 정신이 팔려 시계에서 한동안 시선을 떼 놓았다는 사실이 떠올라 세일은 다시 자세를 바로 했다.

'어디 아프신 건가? 나도 있고 하니 그러신 거겠지?'

등 뒤에서 들려오는 저음의 코 고는 소리에 세일은 좀처럼 시계에 집중할 수가 없었다.

'그냥 속 편하게 자는 거잖아? 어떻게…….'

명확하지는 않을지라도 자신이, 사무실의 일원들이 하는 일이 어떤 무게를 가지는지 세일은 자각하고 있었다. 마음 속 깊숙한 곳에서 분노가 치밀어 올라 세일은 시계에 시선을 고정한 채로 감정을 실어 양손으로 탁자를 크게 내리쳤다. 두툼한 철제 탁자가 대부분의 충격을 흡수했는지 기대했던 것에 미치지 못하는 둔탁한 소리만 작게 사무실 안에 울려 퍼진다. 시끄럽게 코 고는 소리는 여전히 세일의 등 뒤에서 들려왔다.

'그냥 내버려 둘까? 내가 지켜보면 되는 거니.'

온통 뒤통수로 쏠리는 신경을 시계 쪽으로 돌려놓으려 애써 보지만 쉬운 일이 아니었다.

'차라리 그냥 혼자 근무하는 게 속 편하겠다. 이게 도대체 뭐람.'

박 노인이나 이 노인이 김 노인의 이런 근무 태도를 알고는 있을지 의심이 들었다.

'저 사람 여태껏 계속 저래왔던 거 아냐?'

세일은 충동적으로 의자에서 일어났다. 여전히 시선을 시계에 둔 채로 뒷걸음질로 김 노인의 의자 뒤로 걸어갔다. 세잃은 시야에 시계와 김 노인을 한눈에 담은 채로 잠깐 고민을 하다 김 노인의 의자를 잡고 앞뒤로 흔들었다.

"어르신. 근무 시간인데 이만 일어나시는 게……."

세일의 과감한 행동은 규칙적이던 김 노인의 숨소리에 엇박자를 살짝 더하는 정도의 효과밖에 거두지 못하였다. 김 노인이 잠든 의자 뒤에 서서 시계를 바라보고 있자니 긴 한숨이 절로 새어 나왔다.

'그냥 몸을 두드릴까? 너무 무례한 행동이려나?'

집중하고 있지 않았더라면 알아차리기 힘들 만큼 벽면의 시곗바늘이 조금 더 돌아가 보였다. 이제껏 느껴보지 못한 기분이 세일의 몸을 휘감았다.

'저거 움직인 거 아니야?'

잠들어 있는 김 노인을 내버려 두고 세일은 다시 자신의 의자에 걸터앉았다. 신경을 집중한 채로 하나밖에 없는 시곗바늘의 각도 변화를 노려보고 있으니 눈알이 빠질 듯이 뻐근했다.

'잘못 본 건가? 눈금도 없으니깐 알아보기가 힘드네.'

물 흐르듯 움직이는 박 노인의 손목시계의 초침처럼 벽면 시계의 시침 역시 자연스럽게 10시 방향으로 움직였다.

'움직였어! 지금!'

한 번도 겪어 본 적 없는 변화에 놀라 세일의 심장이 빠르게 뛰기 시작했다.

'어떡해야 하지?'

지침은 간단했다. 3시가 넘어가면 손잡이를 당기는 것. 긴장감에 마른침을 삼키며 세일은 의자에서 몸을 일으켰다.

'그런데 손잡이를 당기면 무슨 일이 벌어지는 거지? 당기지 않으면 무슨 일이 벌어지는 거지?'

이제껏 품어본 적이 없는 의문이 세일의 마음에 뿌리를 내렸다. 거대한 금속성의 거인이 천천히 몸을 이끌고 걸어가듯 시침은 점점 12시로 흘러갔다. 세일의 심장 박동이 걷잡을 수 없이 커졌다.

'해야 할 일을 해야지.'

둔중한 시침의 이동에 발맞추어 세일도 천천히 벽면의 손잡이로 나아갔다.

"꿈꾸는 자가 꿈속에서 꿈을 꾸고 있는 거야."

뒤에서 평소의 신경질적인 말투와 달리 꿈을 꾸듯 나른한 김 노인의 목소리가 들려왔다.

"네? 그게 무슨?"

"밤이잖아. 그러고 보니 우리 이세일 씨는 밤 근무는 처음 서보지?"

길게 기지개를 켜며 의자에서 몸을 일으킨 김 노인이 몸 이곳저곳을 주무르며 말을 건네었다. 황홀경에 빠져 내뱉은 감탄사와도 같았던 최초의 한마디와는 달리 명료하고 또렷한 목소리였다.

"보니깐 차도 바꿨던데. 아주 요새 사는 게 꿈같지? 돈도 믿을 수 없을 만큼 많이 줘, 직장은 편하고 안정적이야."

빈정거리는 듯한 김 노인의 말에 치밀어 오르는 반감을 억누르며 세일은 벽면의 손잡이를 오른손에 움켜쥐었다.

"신경 쓸 필요 없어. 내버려 두면 다시 잠잠해져. 근무한 지 2개월쯤 되었으면 어떻게 돌아가는 구석인지 슬 파악이 되었을 만도 한데, 참……."

"그게 무슨 말씀이신지요? 분명 박 영감님이나 이 영감님이 말씀하시기론……."

"박 형이 참 무섭지? 무서운 동시에 믿음직스럽기도 하고. 세상 뭐든 다 알 거 같고."

하품하곤 코웃음을 치며 김 노인이 의자에 다시 걸터앉았다.

"덕분에 잠은 다 잤네. 이세일 씨 일간지 안 챙겨왔어? 이 형이 그것도 안 가르쳐 줬나?"

"근무에 집중하려고 안 가져왔습니다."

김 노인은 반항적인 세일의 말투에 또다시 코웃음을 쳤다.

"아주 박 형의 충견이 다 되었구먼. 그 선생에 그 제자야."

대꾸 없이 세일은 의자로 돌아갔다. 곧 12시를 넘어갈 듯

해 보였던 시침은 천천히 9시 방향으로 되돌아가고 있었다.

'이분 계속 이런 식이면 박 영감님한테 이야기하든가 하자.'

김 노인에게 시선을 두지 않고 입을 굳게 다물고 시계를 보는 세일의 옆에서 신경 쓰이는 소리가 들려왔다. 호기심을 억누르지 못하고 잠깐 고개를 돌린 세일의 눈에 정좌한 채로 탁자를 지지대 삼아 의자를 돌려대고 있는 김 노인의 모습이 들어왔다. 치밀어 오르는 짜증과 경멸을 참기가 힘들었다.

"어차피 움직이지도 않을 거 뭐하러 지켜봐—. 적당히 하고 세일 씨도 내일부터 놀거리 챙겨와. 아니면 나처럼 잠을 자든가."

"언제인가는 움직일 거니 지켜보는 거 아닙니까?"

"그래서 움직이면? 손잡이 당길 거야?"

"그러라고 저희가 일하고 있는 거 아닙니까? 그게 저희 일 아닌가요?"

확신을 담은 세일의 대답이 거슬렸는지 김 노인의 말투에서 웃음기를 걷어냈다.

"손잡이 당기면 무슨 일 일어나는지는 알아?"

"……그건 듣지 못했습니다."

"자기가 하는 일이 어떤 결과를 불러오는지도 모르면서

어떻게 행동을 할 수가 있어?"

"……그게 저의, 우리의 일이잖습니까?"

손사래를 치며 김 노인이 다시 의자 뒤로 몸을 눕혔다.

"갑갑한 친구네. 말을 말자."

김 노인은 보란 듯이 다시 눈을 감았다. 과장된 행동과는 달리 금방 잠들 수는 없는지 아까와 같은 코 고는 소리는 들려오지 않았다. 시침은 어느새 9시로 되돌아가 있었다.

'손잡이를 당기면 무슨 일이 일어나는 건데? 그게 그렇게 중요한 거면 가르쳐 주든가.'

세일은 내뱉지 못한 의문을 마음속으로만 삼켰다. 어쩌면 늘 그렇듯이 꿈속에서 대답이 들려올 것이란 생각이 들었다. 박 노인의 손목시계가 없으니 몇 시가 되었는지 좀처럼 짐작이 가지 않았다.

'주말 오면 백화점 가서 나도 시계 하나 사야겠다. 박 영감님한테 물어보면 괜찮은 거 추천해 주시겠지.'

김 노인이 박 노인과 세일을 빗대어 빈정거리던 말이 떠올랐다.

'보고 배울 게 많으신 분인데 내가 뒤따르고 존경하는 건 당연한 거 아냐?'

알 수 없는 목소리가 '원숭이들은 언제나 불의 찬탈자 주변으로 모여든다'라고 세일의 머릿속에 속삭였다. 다행히 나머지 밤 근무는 김 노인과의 충돌을 제외하곤 걱정했던 것만큼 어렵지는 않았다. 어쩌면 격앙된 감정이 졸음을 쫓아내 준 덕일지도 모를 일이었다. 어느새 또 깊은 잠에 빠졌는지 김 노인은 숨소리 하나 없이 미동도 없이 잠들어 있었다. 세일은 내심 근무 교대 시각에 이 노인이 김 노인의 그런 모습을 발견하기를 기대했다. 기대와는 달리 어느 정도 시각이 흐르자 김 노인은 잠에서 깨어 몸을 바로 세웠고 거짓말처럼 사무실의 철문이 열리며 이 노인이 들어왔다.

"좋은 아침입니다—. 세일 군, 밤 근무는 어디 할 만했어?"

순간 김 노인의 근무 태도를 이야기해야 할지 고민이 들었다. 김 노인이 호기심 가득한 시선으로 세일의 입을 바라보았다.

"……네. 별다를 거 없이 잘 마쳤습니다."

"그래. 밤이라고 별다를 게 있나 우리 일이— 아, 차는 주말에 좀 타봤고? 어때, 마음에 들어?"

마땅한 대답을 찾지 못해 망설이는 세일을 내버려 두고 김 노인이 사무실을 떠나갔다. 잠시라도 김 노인을 더 마주대하기 싫어 세일은 한동안 더 사무실에 이 노인과 함께 머물렀다. 이 노인과 열의 없이 몇 마디 자동차 이야기를 나누다 인사를 건네고 사무실을 나서니 아침 햇살이 찌르듯 머리 위에서 쏟아져 내려왔다. 차를 몰고 집에 도착해 몸을 씻고 나니 오전 8시가 조금 지난 시간이었다.

'선영 씨랑 약속 오늘 오후 5시였지. 지금 가서 바로 자야겠다.'

침대에 몸을 눕히고 나니 설렘보다는 긴장감이 점점 더 커져만 갔다. 바로 잠들 수 있을 거라고 생각했지만 좀처럼 잠이 찾아올 기미가 보이지 않았다. 긴장감이 근육과 혈관을 뒤틀어 놓기라도 하듯 온몸이 경직되었다. 몇 시간 뒤의 선영과의 저녁 약속 때문인지 그 뒤에 있을 김 노인과의 불편한 근무 때문인지 분간을 할 수가 없었다. 오전 9시가 지나자 결국에는 잠을 이루지 못할 거라는 불안감이 들었다.

'3시쯤부터는 준비해야 하니깐 지금 바로 자야 6시간이라도 자는데.'

당장 자야 한다는 강박감이 오히려 세일의 머리를 더 맑게 만들어 깨웠다.

'최소 5시간은 자야지. 저녁 식사하다 졸 수는 없으니. 그리고 내가 뭐라 해놓고 김 영감님이랑 근무서면서 잠들기라도 하면.'

절대 잠들지 못할 거란 불안과는 달리 알람 소리에 놀라 화들짝 정신을 차려보니 오후 5시였다. 순식간에 시간을 건너뛰기라도 한 듯 좀처럼 잠을 잤다는 실감이 들지 않았다. 숙면이 가져다주는 개운함과 나른함보다는 기묘하게 뒤틀려오는 현실감각에 불쾌감이 들었다.

'나 분명히 3시에 알람 맞춰 놨는데?'

약속장소에서 혼자 세일을 기다리고 있을 선영의 모습이 떠오르자 죄책감에 마음 한쪽이 무너져 내리듯 아팠다.

'지금이라도 바로 전화해서……'

분명 머리맡에 두었던 휴대폰이 보이질 않았다. 황급히 몸을 일으키고 이불을 털어 보아도 휴대폰을 찾을 수가 없었다. 온몸을 뒤흔드는 듯한 낮고 불길한 휴대폰의 진동음이 들려왔다.

'선영 씨가 나한테 전화한 걸 거야. 화가 많이 났겠지. 어서 사과하자.'

휴대폰 스스로가 세일에게 다가오는 듯 진동 소리는 점점 커져만 갔다.

'전화를 걸고 있는 건 선영 씨가 아니다……'

불현듯 찾아온 깨달음과 함께 근원을 알 수 없는 공포가 세일의 온몸을 휘감았다.

'핸드폰이 울리고 있는 게 아니야. 알람이 울리는 내 핸드폰을 손에 쥐고 누군가 다가오고 있는 거야.'

포식자를 바라만 보지 않는다면 위험하지 않을 거라 스스로를 기만하는 피식자처럼 세일은 원룸의 방바닥만을 내려보았다. 익숙한 공기가 원룸을 가득 메웠다. 이제 진동 소리는 바로 세일의 등 뒤 귀 높이에서 들려오고 있었다.

'그때 그 택시 기사님이야. 아니, 국정원 직원이 날 찾아온 거야. 날 원망하겠지?'

죄책감이 세일의 심정을 옥죄어왔다.

'난 내가 해야 하는 일을 하는 거다. 꿈꾸는 자를……'

"아직은 꿈에서 깰 시간이 아니야."

익숙한 목소리가 다정하게 세일의 귀에 속삭였다. 온몸에 힘이 풀리며 안도감이 밀려왔다. 눈물을 흘리며 눈을 떠보니 귓가에 두었던 핸드폰이 온 침대를 뒤흔들 기세로 알람을 울리고 있었다. 오후 3시였다. 몽롱한 상태로 세일은 선영과의 약속을 준비했다. 약속장소 근처의 공영 주차장에 차를 세워두고 가게 앞에 도착하니 4시 40분이었다.

'도착했다고 전화를 걸까? 문자를 보낼까?'

막상 약속을 잡기는 했지만 먼저 연락할 용기는 나지 않았다.

'20분만 기다리면 되는데 뭐.'

면접 볼 때만 챙겨 입는 낡은 양복이 오늘따라 유난히 더 초라하게 느껴졌다.

'옷을 좀 사둘걸.'

세일은 머릿속에 '시계', '양복'이란 단어를 되새겨 넣었다. 저 멀리서 세일에게 익숙한 롱패딩 차림의 선영의 모습이 보였다. 별달리 꾸민 것 없는 평범한 일상복 차림에 운동화를 신고 있는 모습이었다. 세일을 발견한 선영의 얼굴에 반가운 듯, 혹은 놀리는 듯 알 수 없는 표정의 웃음이 피어올랐다.

“일찍 왔나 봐요?”

“아뇨. 저도 막 도착했습니다.”

“양복 입으셨네. 야간 근무라 하시지 않았어요? 밤 근무하는데 이렇게 입고 해요?”

“아, 네.”

우물쭈물 대답하는 세일의 얼굴이 부끄러움으로 확 달아올랐다.

“저 추운데 식당으로 바로 들어가시죠.”

“날 따듯한데요? 뭐 암튼 가요. 밥 먹기로 했으니 식당 가야죠.”

시종일관 놀리듯 빈정거리는 선영의 말투에도 세일은 기분이 들떠 올랐다. 아직 직장인들의 퇴근 시간 전이라 식당은 한산하기만 했다. 창가의 테이블에 자리를 안내받고, 메뉴를 건네어 받고, 음식을 주문할 때까지 세일은 한마디의 말도 건네지 못했다. 조금은 심드렁한 표정으로 휴대폰을 잠깐 들여다보고 핸드백에 집어넣는 선영의 모습이 세일의 심장을 움켜잡았다.

‘빨리 뭐라도 말해야 하는데……’

"그래서 그 국정원 직원이랑은 어떻게 된 건데요?"

"아, 그게."

"세일 씨 무슨 국가 기관에서 일해요?"

선영은 적당한 대답을 고르지 못해 우물쭈물하는 세일의 입을 한참 바라보았다.

"뭐, 대답할 수 없는 거면 대답하지 마세요. 그때는 이야기해 줄 것처럼 그러더니만."

"아뇨. 제가 아직 수습 기간이라 우리 사무실 일을 정확히 뭐라고 설명해 드려야 하나 좀 생각하고 있었습니다."

'국민안전처에서 돈을 받고 있으니 국가 기관이라 해도 상관없는 거잖아?'

"국가 기관에서 일하는 거 맞고요. 하는 일은 비밀이라 말씀드리기 곤란한데 불법적이거나 그런 건 아니고요."

"당연히 국가 기관에서 일하는 거면 불법적이지는 않겠죠!"

선영의 얼굴에 다시 빈정거리는 입매가 돌아오자 세일의 마음은 한결 가벼워졌다.

"네. 아무튼, 일종의 안전 관리직 같은 건데 그때 그 국정원 직원이 조금……. 예민하게 받아들여서 우리 사무실을 감시했었거든요."

"그래서 세일 씨 뒤도 밟고요?"

"네. 제 뒤도 밟고요."

'그리고 들어와선 안 될 곳에 들어와, 봐서는 안 될 걸 봐 버린 거지.'

"그래서 어떻게 해결했어요? 그것도 비밀이라고 말 안 해 주면 화날 것 같은데?"

손님이 없어서인지 주문한 음식은 세일의 예상보다 훨씬 더 빨리 나왔다. 음식을 내려놓는 종업원에 의해 잠깐 끊긴 대화를 다시 이어갈 타이밍을 좀처럼 찾기가 어려웠다. 세일은 한참을 접시에 담긴 스파게티를 바라보다 포크로 면발을 뒤적거리며 말을 이어갔다.

"저희 사무실에 최선임자분이 관계기관 분들 모아서 회의해서요. 이치와 도리로 잘 설득했습니다."

'그리고 그 남자는 벌을 받았지.'

황무지에 버려진 검은 세단과 항공 점퍼가 떠올랐다.

"그걸로 끝?"

"네. 그렇게 끝났습니다."

선영은 조금은 신경질적인 태도로 손에 쥔 마늘빵을 찢어 입으로 가져간다.

"겨우 그런 대답 들으려고 내가……"

"왜요? 후회되세요? 그래도 저녁 식사도 하고……."

"아뇨. 뭐, 난 더 재미난 걸 기대했죠."

"그게, 저희 일이 되게 재미없거든요. 말씀은 못 드리지만 정말 믿기지 않을 정도로 지루하고 재미없어서. 그 회의 정도가 진짜로 재미난 일이었어요, 저한테는."

심드렁하게 '아 그래요—'라고 내뱉으며 접시를 뒤적이는 선영의 모습을 보고 있으니 심장이 빠르게 뛰기 시작했다.

"그 일, 재미난 쪽으로 이야기해 드릴까요?"

"별로 기대는 안 되는데…… 해줘 보세요."

코웃음을 치는 선영이 모습이 세일의 등을 떠밀었다.

"사실 저희 사무실 최선임자 분이 마법을 쓸 줄 아시거든요. 그래서 마법으로 사람들을 홀렸습니다."

말없이 세일의 눈을 바라만 보던 선영의 입매가 치켜 올라갔다. 냉소적인 선영의 코웃음이 음악처럼 세일의 귀에 들어왔다.

10

눈은 시계를 바라보고 있지만, 세일의 머릿속에는 계속 '다음'이라는 단어가 맴돌고 있었다. 저녁 식사를 마치고 선영과 헤어져 출근할 때까지의 기억이 통째로 지워지기라도 한 듯 머릿속에 남아 있는 건 '다음'뿐이었다.

'정말 다음에 보자는 이야기일까? 아니면 예의상 한 이야기일까?'

요란한 종이 접히는 소리에 세일의 시선이 김 노인 쪽으로 향했다. 김 노인은 글자 속에 얼굴을 집어넣기라도 할 기세로 눈을 찌푸리고 일간지에 고개를 처박고 있었다.

'그래도 오늘은 대놓고 자거나 하지는 않네…….'

문뜩 자신 역시 김 노인과 별다른 거 없는 행동을 하고 있다는 생각에 세일은 자세를 바로잡고 시계로 시선을 돌렸다.

'분명 다음에 보자고 했어. 그런데 언제? 내가 먼저 연락해야 하는 거겠지? 연락했는데 싫어할 수도 있지 않을까? 그냥 한 말을 진지하게 받아들였다고?'

별다른 거 없는 만남이었고, 별다른 거 없는 저녁 식사였다. 세일이 박 노인에 대해 이야기한 걸 선영은 별 대수롭지 않은 농담으로 받아들였다. 식사를 마칠 때까지 더 이상의 질문은 없었다.

'그리고 그냥 헤어지면서 선영 씨가 다음에 또 보자고 말했었지.'

일간지를 보는 것도 질렸는지 김 노인은 눈을 감고 의자에 몸을 파묻듯 뉘었다.

"그래서 그때 그 국정원 직원 일은 어떻게 되었어?"

갑작스러운 질문에 딱히 대답할 말이 떠오르지 않았다.

"왜? 박 형 말로는 국정원 직원이 세일 씨 열심히 뒤쫓아

다녀서 박 형이 화 많이 났다 하던데?"

"아. 네."

"아. 네, 뭐? 그래서 어떻게 되었냐고?"

'이거 말해줘도 되는 건가?'

같은 사무실 직원이지만 김 노인이 좀처럼 같은 일을 하는 동료라는 생각이 들지 않았다.

"박 형이 또 마법 좀 부렸겠네?"

'마법'이란 단어보다 '또'라는 단어가 세일의 귀를 사로잡았다.

"이전에도 비슷한 일이 있었나요?"

"비슷한 일은 아니어도 그 양반 솜씨 부리는 건 여러 번 봤지."

김 노인의 괜한 수작에 휘말리는 듯한 기분이 들었지만, 호기심을 억누를 수가 없었다.

"박 영감님이 또 무슨 일을 하셨는데요?"

"《현상과 해석》 본 적 있어?"

언젠가 들어보았던 것 같은 이름이었다.

"아, 그거 무가지. 이 영감님이 좋아하시던…… 그런데 그게 왜요?"

"최신호에 보면 말이지 국정원 직원의 실종 사건에 관한 이야기가 나오더란 말이지?"

반사적으로 황무지에 버려진 검은 세단이 떠올라 심장이 옥죄어 왔다.

"그게, 박 영감님이랑 무슨 상관이 있다는……."

"세일 씨도 볼래?"

세일은 눈앞에 불쑥 들이밀어지는 무가지에 무의식적으로 손을 가져가다 멈추었다.

"아닙니다. 근무 시간인데요."

"그참, 우리가 여기서 저거 지켜보는 건 아무 의미가 없는 행동이라니까? 어차피 진짜로 때가 오면 다들 알 수 있잖아?"

김 노인의 말 한마디 한마디가 억눌러 두었던 세일의 호기심을 자극했다.

"그게 무슨 말씀이신지."

"꿈도 안 꿔봤어?"

"네?"

"꿈 안 꾸냐고?"

"아, 꿈이야 가끔."

"아니 그런 꿈 말고. 내가 말하는 게 무슨 꿈인지 알 텐데?"

'또 헛수작 하는 거야. 괜한 이야기로 시간이나 때우려고.'

"무슨 말씀이신지 잘 모르겠습니다."

"꿈에서 박 형에 관해 이야기하는 거 못 들어봤어?"

'박 영감님 이야기라니? 그런 건 들어본 적 없는데?'

김 노인의 요란한 웃음소리가 사무실을 가득 메웠다.

"계속 부인하더니 골똘히 생각하네? 그래 우리 이세일 씨는 무슨 꿈 꾸시나? 꿈꾸는 자가 세일 씨의 꿈속에서 무슨 이야기를 건네냐고?"

"그냥 뜻 모를 소리…… 그때 그때……"

"그래그래. 이제야 말이 좀 통하네! 김 씨 나가고 나서 말할 사람 없어 갑갑했는데 아주 좋아."

'김 씨라니? 자신 이야기하는 건 아니겠지?'

"김 씨라는 게 누구 말씀하시는 것인지?"

"이 형이 이야기 안 해줬어? 우리랑 같이 일하다 박 형이 솜씨 좀 부려서 지하실에 처넣어 휴직하게 된 김 씨 이야기?"

얼핏 출근 첫날 이 노인에게서 들었던 기억이 났다.

"그 시설물 관리하신다는……?"

"그래. 뭐, 며칠 뒤면 봉인 갈러 올 거니깐 직접 보고 인사하면 되겠네."

한 번 입 밖으로 비집고 나온 호기심들은 좀처럼 사그라지지 않았다.

"저, 어르신 말고 다른 분들도 여기서 일하면서부터 꿈을 꾸나요?"

"세일 씨랑 나는 일단 확실한 거네! 이 형은 원체 겁쟁이라 이런 이야기 꺼내는 걸 질색하지만, 딱 보면 알 수 있지 않아? 엉뚱한 차 이야기만 하고 벤츠 수집에만 열 올리고 하는 게."

'거인과 마법으로부터 눈을 돌리고 있는 거다.'

"그럼 박 영감님은?"

"글쎄? 그 양반이 꿈을 꿀까? 아니. 잠을 자기나 하나?"

김 노인의 말이 담고 있는 의미들이 세일의 머릿속을 잠식해 왔다.

"그럼……."

김 노인이 과장되게 입을 다물고 지퍼를 채우는 시늉을 했다.

"더 이상 물어보면 말할 수 없는 것까지 말하게 되지 않겠어?"

김 노인은 둥그렇게 말아쥔 무가지로 세일의 어깨를 툭툭 두드렸다.

"봐볼래?"

무가지를 건넨 김 노인은 어느샌가 의자에 드러누워 코를 골고 있었다. 세일은 이 노인에게 전수받은 기법으로 짬짬이 《현상과 해석》을 읽어보았다.

'대부분 허무맹랑한 이야기들 나열해 놓고 답도 없이 의문만 던지는 기사들이잖아.'

김 노인이 말한 기사의 내용도 지극히 모호하기만 했다.

'그래도 정부 기관 내부 감사하던 직원이 과천 모처에서 실종되었다는 내용으로 봐선 분명히 이 일을 아는 사람 같은데.'

광고 하나 없이 조악하게 인쇄된 무가지를 꼼꼼히 들여다보아도 연락처 하나 보이지 않았다.

'도대체 이건 뭐 하는 신문인 거지?'

"우리한테 말을 걸어오는 거야."

잠꼬대하듯 내뱉는 김 노인의 말이 세일의 귀를 사로잡았다.

"저…… 어르신 안 주무십니까?"

"왜? 자고 있으면 또 깨우려고?"

온갖 의문에 사로잡힌 세일의 머리는 명확한 질문을 만들어내지 못했다.

"그 꿈 말입니다. 그걸 왜 꾸는 걸까요?"

"꿈꾸는 자가 종복들에게 말을 걸어오는 거야."

"무슨 말을……."

"곧 깨어날 때가 되었다고. 원숭이들 문명의 종언을 지켜보라고. 비명과 탄식으로 불의 찬탈자에 맞서라고."

흐느끼듯 울부짖는 김 노인의 목소리가 세일의 몸의 모든 잔털을 일으켜 세웠다.

"어르신, 괜찮으……"

의자에 드러누운 자세 그대로 꼼짝도 하고 있지 않은 김 노인의 눈에서 갑자기 피눈물이 흘러 내렸다.

"어르신!"

거인의 손이 심장을 움켜쥐고 잡아 당기는듯한 느낌에 세일은 잠에서 깨어났다. 눈가에서 흘러내린 축축한 액체가 세일의 볼을 적시고 있었다. 피가 흘러내렸을 거라 확신하며 볼을 훔쳐보니 눈물이었다. 깊은 잠에 빠진 듯 김 노인은 의자에서 움직일 기미가 보이지 않았다. 한 번 흘러내리기 시작한 눈물은 좀처럼 멎을 것 같지 않았다. 명치 끝에서부터 무언가가 치밀어 올랐다. 온몸이 격렬하게 떨려오고 억누를 수 없는 흐느낌이 입 밖으로 새어 나왔다. 세일은 벽면의 시계를 볼 생각을 하지도 못한 채 충동적으로 사무실 문을 열고 나섰다. 구름에 달이 가려졌는지 불빛 하나 없는 개활지는 어둠에 뒤덮여 있었다.

'불이…… 온기가 필요해.'

휴대폰을 꺼내 전원을 켜자 미약한 불빛이 어둠에 홀로 맞서 빛을 피워냈다. 겨울밤의 냉혹한 바람이 세일의 얼굴을 적신 눈물을 얼렸다. 서글피 울며 세일은 연락처에서 선영의 전화번호를 찾았다.

'분명 전화 안 받을 거야.'

한참이나 이어지는 통화연결음이 끊어지고 선영의 목소리가 들려왔다.

"……근무중 이에……"

"선영 씨! 다음에 보기로 했잖아요! 그게 언제일까요? 제가 언제 또……"

작은 한숨과 함께 통화가 끊어졌다. 겨울바람에 말라 버린 눈물이 눈알을 뻐근하게 잡아당겼다. 공포와 후회가 뒤섞여 밀려왔다. 의식도 못 한 채 손에 꽉 쥔 휴대폰의 진동이 경직된 세일의 몸을 풀어 줄었다.

[일요일. 도대체 무슨 일하는 데 맨날 울고 그래요?]

작은 온기가 심장에서부터 온몸으로 퍼져나갔다.

'시계, 일요일까지 시계 지켜봐야지…….'

눈물을 훔치며 세일은 사무실로 들어갔다. 미약한 가스등의 불빛이 어둠에 익숙해진 세일의 눈을 괴롭혔다. 김 노인의 규칙적인 코 고는 소리가 왜인지 세일의 마음을 한결 차분하게 가라앉혀 주었다. 눈을 비비며 세일은 의자에 앉았다. 벽면의 시계는 여전히 9시를 가리키고 있었다. 사무실을 비워두었을 때 시침이 잠깐 2시를 넘어섰다는 걸 세일은 알 수 없었다.

이해할 수 없는 악몽 이후 일요일까지의 남은 4일은 꿈과 같이 흘러 지나갔다. 선영과의 약속으로 가득 찬 세일의 머리에는 김 노인이 내 던지는 질문들이 좀처럼 와 닿지 않았다.

'어차피 이해하지 못할 것투성이인 사무실이야. 근무 시간 잡담이나 하고 보내려고 하는 수작인데 괜히 말려들지 말자.'

심드렁한 세일의 태도에 흥미를 잃었는지 김 노인도 대다수의 근무 시간을 일간지를 보거나 잠을 자며 보냈다. 가끔 무료해질 때면 세일 역시 김 노인이 가져온 일간지를 뒤적이곤 했다. 무엇보다 세일의 이목을 잡아끄는 건《현상과 해석》이었다. 여타의 무가지들과 달리《현상과 해석》은 발행일도 일정하지 않은 비정기 간행물이었다.

'보다 보니 여기 나온 의혹들 전부 어떻게든 과천이랑 관계된 거잖아?'

문뜩 이 노인이 처음으로 세일에게《현상과 해석》을 권해주었을 때 보았던 기사가 어렴풋이 떠올랐다.

'뭐였더라? 그때도 잠깐 이상하다고 생각했었던 거 같은데.'

너무 많은 해답 없는 질문들이 세일을 둘러싸고 있었다.

'나한테 중요한 건 하나도 없잖아.'

세일은 버려진 검은 세단에 대한 기억을 머릿속 깊숙한 곳으로 애써 밀어 넣었다. 한편으론 세일은 내심 근무 교대 시각까지 잠들어 있는 김 노인의 모습을 이 노인이 발견하기를 바라고 있었다. 그런 세일의 기대를 비웃기라도 하듯이 김 노인은 근무 교대 시각만 다가오면 순식간에 깨어나 몸을 바로 하고 시계를 바라보았다.

'박 영감님 쓰시는 것 같은 시계도 없이…… 저 정도면 거의 마법이네.'

세일에게 몇 번 남지 않은 주말 휴무가 가까워지자 알 수 없는 불안감이 커졌다.

'저 사람 나 없이 혼자 근무하면 분명히 잘 것 아냐? 그때 무슨 일 터지기라도 하면…….'

주말 전 마지막 근무일이 오자 세일은 평소보다 조금 일찍 출근하였다. 세일이 들어오자 잠깐 손목시계로 시간을 확인한 박 노인이 세일을 바라보았다.

"오늘은 좀 일찍 왔군. 무슨 할 말이라도 있나?"

세일은 순간 김 노인의 근무 태도에 대해 털어놓고 싶은 욕구를 애써 눌러 참았다.

"저…… 주말에 저 쉬는 것 말입니다. 이제 어느 정도 익숙해지기도 했으니 저도 영감님들이랑 같이 그냥 근무 서는 게 어떨까 해서요. 요번 일요일 선약이 있어서 요번 주만 지나면…….”

“왜? 김 형이 혼자 근무 서는 게 영 미덥지 않아 보이던가?”

‘늘 그렇듯이 이미 알고 계셨어.’

예상 못 했던 박 노인의 대응에 좀처럼 대꾸할 말이 떠오르지를 않았다.

“사람마다 각자 옳다고 생각하는 방식이 있는 법이지. 우리가 자네를 수습 기간 동안 번갈아 가면서 같이 근무하게 한 건 서로 다른 방식을 보고 배워서 자기만의 방식을 만들어내길 바라서라네.”

이미 시계로 시선을 돌린 박 노인이 보고 있을 리도 없건만 세일은 말없이 고개를 끄덕였다.

“비단 그뿐만이 아니라 자네가 이 도시에 적응하고 삶의 기반을 공고히 할 수 있는 시간을 주자는 의미도 있었으니 처음 이야기 나온 대로 수습 기간 동안은 주말에 쉬도록 하게.”

“……네, 알겠습니다.”

세일은 조용히 박 노인의 옆자리 의자에 앉아 시계를 바라보기 시작했다.

‘그러고 보니 박 영감님의 시계 같은 거 하나 사자고 생각했었지.’

"저, 영감님."

조용히 뜨개질을 멈추는 박 노인의 행동이 계속하라는 의미임을 세일은 이미 알고 있었다.

"지금 차고 계신 시계 말입니다. 사무실에서도 잘 동작하는. 저도 그런 거 하나 사려고 하는데 혹시 추천해 주실 만한 것 있나요?"

박 노인은 세일의 질문을 잠깐 곱씹는 듯하더니 손목에 찬 시계를 풀었다.

"어차피 자네한테 추천해줘 봐야 따로 구입하기도 어려울 걸세. 난 여분의 시계가 많으니 자넨 이걸 쓰도록 하게."

"아, 아뇨 제가 어떻게 이런 걸. 이거 엄청 귀한 거……."

세일의 말에 박 노인이 코웃음을 쳤다.

"세상에 제아무리 귀한 것이라 봐야 우리들이 근무하는 시간에 비교할 만한 것이 어디 있겠나? 앞으로 자네가 혼자 근무할 때 괜히 사무실 비우고 나가서 시간 확인하는 것보다는 손목 한번 들여다보는 게 낫다고 생각해 주는 선물일세."

세일은 얼떨결에 고개를 끄덕였다.

"항상 일정한 시간에 태엽을 감아주도록 하게. 내가 매일 오전 9시에 감아주었으니 자네도 그때 하는 게 좋을 걸세. 용두를 잡아 뺄 필요 없이 시계방향으로 돌려주기만 하면 되네."

박 노인은 시계에서 시선을 돌리고 세일의 셔츠를 잡아 걷으며 직접 시계를 채워 주었다. 차가운 금속성의 물체가 손목에 와닿는 느낌이 섬뜩했다. 생각했던 것보다 훨씬 더 묵직한 시계가 세일의 팔을 아래로 잡아끌어 내렸다.

"태엽은 얼마나 감아줘야 하나요?"

박 노인이 잠시 고개를 들어 세일의 눈을 똑바로 바라보았다. 손목에서 들려오는 미약한 맥동이 세일의 심장 박동과 어우러졌다.

"우리 일이 다 그렇듯이 감다 보면 알 수 있을 걸세."

세일이 고개를 끄덕이자 박 노인이 다시 시계로 시선을 돌렸다. 기묘하게 벅차오르는 감정에 세일은 한참 박 노인의 등을 바라보았다.

그 후 토요일 정오까지 선영으로부터 추가적인 연락은 없었다.

'밤 근무니 아직 주무시고 계시겠지.'

세일은 오후 3시까지 휴대폰을 흘끔거리며 초조하게 방안을 서성이다 간신히 용기를 내어 선영의 연락처를 화면에 띄웠다.

[선영 씨. 저희 일요일날 보기로 한 거 기억하고 계시는지요? 내일

몇 시 어디가 좋으신가요?]

차마 전화를 걸 용기가 나지 않아 세일은 몇 번을 수정하며 선영에게 문자를 보냈다. 좀처럼 답이 올 기미가 보이지 않자 세일은 침대 위에 길게 몸을 누이고 눈을 감았다. 손목에 찬 시계의 맥동 소리에 마음이 한결 차분해졌다.

'이대로 잠들면 또 꿈을 꾸게 될 건데.'

어느새 시도 때도 없이 찾아오는 꿈을 세일은 어느 정도는 즐기고 기대하고 있었다. 침대 시트를 미약하게 울리는 진동에 정신을 차리고 휴대폰을 들어 올렸다.

'어차피 이것도 꿈일 거야.'

[뭐야. 자기가 데이트 신청해놓고 하나도 준비 안 해놨어요?]

선영의 말투가 머릿속에 떠올라 웃음이 터져 나왔다.

[죄송합니다. 그때 경황이 없어서.]

문자를 보내 놓으니 그제야 '데이트'라는 단어가 던지는 무게감이 실감나 다급함이 밀려왔다.

[점심때 괜찮으시면 식사하시고 어디 놀러 가실래요?]

[어디요?]

과천 이곳저곳을 떠올려 보지만 마땅한 장소가 생각나지 않았다.

[죄송합니다. 제가 과천이 익숙지 않아서요.]

[그럼 일단 내일 식사하면서 이야기해요.]

[네. 그럼 저번에 그 집에서 뵐까요?]

[답답하네. 제가 그냥 알아올 테니 종합청사 역에서 12시에 만나요.]

선영의 마지막 문자에 답변을 보내면서도 좀처럼 실감이 나지 않았다.

'이런 꿈이면 몇 번을 꿔도 좋겠다.'

세일은 한참 동안 천장을 바라보다 손목에 찬 시계를 내려다보았다. 오후 4시였다.

'3시가 지났네. 손잡이를 내리지 않았으니 큰일 나겠어.'

세일의 생각에 대답하듯 김 노인이 했던 말이 세일의 머릿속을 스쳐 지나갔다.

'내 행동이 어떤 결과를 불러오는지도 모르고 어떻게 손잡이를 당길 수 있냐고 했지?'

자연스럽게 박 노인의 얼굴이 떠올랐다.

'영감님이라면 분명히 내가 해야 할 일이니 하는 거라고 하셨을 거야.'

"꿈꾸는 자의 종복들이 해야 할 일이 뭐가 있겠어?"

'우리는 꿈꾸는 자가 깊이 잠들 수 있도록 자장가를 불러주는 거다. 비명과 비탄의 자장가를.'

"만약 꿈꾸는 자가 이제 꿈에서 깨어나고 싶다면? 몸을 일으킬 시간이 되었다면?"

'난 누군가의 종복의 아니야. 난 원숭이 왕국의 왕이다. 불의 찬탈자의 마법을 계승하는 자다.'

"꿈꾸는 자가 가장 사랑하던 종복이 꿈꾸는 자에게 질문을 던졌어."

'들어보았던 이야기다.'

"종복이 대답을 듣고 버림받았다고, 배신당했다고 느꼈던 거야. 꿈꾸는 자의 사랑이 얼마나 커다란 것인지 알지 못하고."

손목시계의 맥동이 강하게 느껴졌다. 세일은 주먹을 꽉 쥔 채로 침대에서 몸을 일으켰다. 오후 9시였다.

'이게 다 꿈이었구나……'

실망감에 가슴이 무너져 내렸다. 세일은 암담한 확신을 가지고 휴대폰의 문자를 확인해 보았다. 조명이 꺼진 방을 집어삼킨 어둠이 선영의 문자가 내는 불빛에 밀려 물러났다.

'버림받지 않았어.'

찬탈자의 불이 피워낸 온기가 세일의 온몸으로 퍼져나갔다.

11

"오늘은 그 바보 같은 양복 안 입었네요?"

마땅히 대꾸할 말이 떠오르지 않아 낡고 해진 자신의 패딩을 내려다보며 세일은 미소 지었다.

"차 가져오셨어요? 식당 안양 쪽인데."

"네. 공영 주차장 쪽에 세워두었습니다."

선영은 세일이 기억하고 있던 무채색의 굴곡 없는 간호복과 롱패딩 차림의 모습과는 확연히 다른 모습이었다. 기대하지 못했던 화사함에 주눅이 들어 선영을 똑바로 바라보기가 힘들었다.

"그런데 왜 자꾸 사람을 흘긋흘긋 봐요?"

이죽거리는 말투에 묻어나오는 웃음기가 세일의 마음을 한결 가볍게 풀어주었다. 세일은 앞장서 걸어가다 고개를 돌려 선영을 똑바로 바라보았다. 어둠 속에서 잠깐 비추어진 빛과도 같은 선영의 모습이 세일의 망막에 깊게 새겨졌다. 공영 주차장까지 둘은 말없이 걷기만 했다. 주차장 한쪽에 세워둔 세일의 벤츠를 바라보는 선영의 얼굴에 알 수 없는 표정이 떠올랐다.

"진짜 뭐 하시는 분이에요? 보니깐 차도 완전 새거네. 옷은 다 낡은 거 입으면서 차는 또……"

조수석에 올라타 안전벨트를 매며 던지는 선영의 질문에 선뜻 대답할 말이 떠오르지 않았다.

'안 좋게 보시는 거야. 겉멋이 들었다거나, 뭔가 수상한 일 하는 사람처럼 보이겠지.'

"좀…… 국가적으로 중요한 일을 하고 있습니다. 아무나 할 수 없는. 그래서 보수도 좋고요. 차, 직장 내 선임분이 매장이랑 인연이 있으셔서 저렴하게 구입할 수 있어 샀습니다. 옷은, 제가 그런데 무신경해서요. 선영 씨 보기 안 좋으면 다음번엔 옷 좋은 거로 사 입고 오도록 하겠습니다."

'내가 왜 아무나 할 수 없는, 이라고 말했지? 우리 채용공고 조건은 어떤 사람이라도 상관없다고 적혀있었는데.'

하지만 그건 세일 스스로 이미 답을 내어놓은 질문이었다.

"누군 안 중요한 일 하나? 그리고 내가 세일 씨 다음에 또 만나 준대요? 다음 만날 때 복장 고민을 왜 미리 해요?"

선영의 말투에 되돌아온 빈정거림이 세일의 상념을 깨트렸다.

"그렇겠죠? 저기 식당은 어디로."

"주소 불러줄게요."

선영이 알려준 장소는 과천을 넘어서 안양 범계역 주변에 있는 식당이었다.

"그런데 과천에는 괜찮은 식당이 없나 봐요? 왜 안양까지?"

"원래 과천 사람들 어디 놀러 가려면 안양으로 잘 가요. 가깝기도 하고 해서."

"선영 씨는 원래 과천 사셨던 거예요?"

"네 뭐, 어렸을 때부터 쭉. 대학생 때 잠깐 빼고는 여기를 벗어나지를 못하네요."

박 노인이 과천에 대해서 말했던 게 떠올라 기묘한 불안감이 밀려왔다.

"세일 씨는 어디 분이신데요? 원래 과천 사셨던 거 아니죠?"

"네. 저는 쭉 인천 쪽에서 자랐어요."

"일하시는 데는 어딘데요?"

'가서는 안 될 곳이고, 알아서도 안 될 곳이다.'

선영이 거짓말을 해야 하는지, 말할 수 없다고 해야 하는지 고민하는 세일의 얼굴을 빤히 쳐다보았다.

"뭐 그게 대단한 거라고 그렇게 대답을 고민하고 그래요? 진짜 비밀도 많네."

"비밀이 아니라요. 좀 위험해서요."

세일은 스스로 고른 '위험'이란 단어에 흠칫 놀랐다. '위험'이란 단어를 입에 올리고 보니 이제껏 인식하지 못했던 위험이 실재하는 듯 뚜렷이 느껴졌다.

"어차피 종합청사 근처 어디겠죠. 대답하기 어려우면 대답하지 않아도 돼요."

외부의 소음을 완전히 막아주는 차내에 어색한 침묵이 이어졌다.

"아까 과천 사람들이 안양 가서 논다고 하셨잖아요?

왜……?"

무엇이라도 화제를 이어가야겠다는 생각에 세일은 입을 열었다.

"글쎄요, 놀만 한 데가 별로 없어서? 극장도 없고. 쇼핑할 만한 데도 마땅치 않고. 여기 이마트도 몇 년 전에 생긴 거 알아요?"

"그래도 살기 좋지 않나요? 과천?"

"저야 어렸을 때부터 살았으니깐. 뭐 도시 깨끗하고, 조용하고. 그런데 어렸을 때부터 좀 갑갑하단 느낌은 받았어요. 뭔가 도시 특유의 활기가 없다고 해야 하나."

박 노인이 '과천은 나의 도시'라고 말했던 게 떠올랐다.

'그때 분명 과천이 사무실이랑 연관되어 생긴 도시라고……'

"인위적으로 만들어진 것 같은?"

"계획도시니깐. 전 그런 건 잘 모르겠고 이 조그마한 데 무슨 기무사니, 정부 청사니, 국군…… 뭐래더라? 아무튼 그런 중요 기관들이 몰려 있는 게 좀 이상하긴 했어요."

"선영 씨 어렸을 때는 사람들도 별로 없었겠네요?"

"그게 신기한 게 과천은 옛날이나 지금이나 늘 똑같은 거 같아요. 사람들이 늘지도 줄지도 않고 늘 일정한……, 그런데 이런 이야기가 재미있어요?"

화제를 돌리라는 의미임을 세일은 간신히 눈치챌 수 있었다. 식당에 도착하고 난 후 자연스럽게 둘의 화제는 전환되었다. 둘은 음식에 대한 논평을 주고받고, 어렸을 적의 의미 없는 추억들을 공유하고, 세일 어머니의 병세에 관한 이야기를 짧게 주고받았다. 세일은 식당의 오후 휴식 시간이 다가와 내몰리듯 밖으로 나오고 나서야 다음 계획이 없음을 깨달았다.

"저…… 이제 뭐 할까요?"

"아니 그걸 만나서 이야기하자고 했다고 진짜로 준비 안 해 왔어요?"

"아, 원래 경마장을 갈까 했는데. 거기가 오늘 휴무더라고요."

"도대체 경마장을 왜 가? 그냥 드라이브나 해요. 세일 씨 인천 토박이면 괜찮은데 많이 알겠네. 그쪽 바닷가나 보러 가요."

"지금 많이 막힐 텐데요?"

"운전 세일 씨가 하지 내가 하나, 싫으면 여기서 헤어지고요."

세일로써는 사양할 이유가 전혀 없었다.

'그러고 보니 면접 보러 가는 날에 태워주신 기사님도 바다 보러 가신다고 했지. 코피 나신 거 괜찮으려나?'

알 수 없는 불길함을 애써 떨쳐버리며 세일은 선영과 함께 차에 올라탔다. 도로는 세일의 예상대로 한없이 막혀서 좀처럼 속력을 높일 수가 없었다. 세일은 뚜렷한 목적지도 없이 연안 부두 방향으로 차를 몰아갔다.

"그때 사무실 분이 마법을 어쩌고 한 이야기. 그거 농담이나 거짓말 아니었죠?"

세일은 기습적인 선영의 질문에 또다시 할 말을 잃었다. 적당한 대답을 찾지 못해 난처해하는 세일을 보며 선영이 짓궂은 미소를 지었다.

'더 말하면 안 돼. 선영 씨가 들어선 안 될 걸 더 듣게 하면 안 돼.'

"세일 씨 반응되게 뻔한 거 알아요? 농담도, 거짓말도 잘 못 하는 성격 같고. 뭐 그쯤이면 대답 된 거 같네요. 나중에 더 친해지면 말해주려나?"

"……나중에요."

"그래요. 나중에 말해줘요."

세일은 '나중에'란 단어가 전해주는 달콤함을 몇 번이나 머릿속에서 음미했다. 여전히 적응하기 힘든 차 안의 숨 막히는 적막 속에 선영이 나지막이 부르는 콧노래가 울려 퍼진다.

"저 그런데, 지루하거나 힘들지 않으세요? 차 너무 막히는 거 같은데."

"아 원래 저 목적 없이 차 타고 돌아다니는 거 좋아해요. 지금도 어디 가냐고 묻지도 않았잖아요? 어련히 좋은 데 데려가 주겠거니 생각하고 있어요. 아니면 좀 화날 거 같고."

세일은 선영의 말에 마른침을 집어삼켰다.

'월미도 같은 데라도 가야 하려나? 너무 뻔한 장소라 싫어하시려나?'

"그런데 아무리 돈이 많다 해도 그렇지, 한참 나이도 어린 분이 왜 이렇게 고루해 보이는 차를 샀대요?"

세일은 선영의 비평에 이 노인이 떠올라 헛웃음을 지었다.

"그게, 사무실 분이 엄청 추천해 주시더라고요. 제가 차를 전혀 모르는 것도 있고 해서……."

"제가 세일 씨처럼 돈 잘 벌면 이렇게 큰 차보다는 작고 날렵한 차 살 거 같아요. 막 뚜껑 열리고 그런 걸로."

선영의 말에 박 노인의 옆에 타보았던 차가 떠올랐다.

"말 들어보면 세일 씨는 사무실 분들 무척 신뢰하고 따르나 봐요?"

"아, 네. 아무래도 제가 신입이고 다들 저한테 무척 잘해주시거든요."

말을 꺼내놓고 김 노인의 불성실한 모습이 머리에 떠올라 세일은 쓴웃음을 지었다.

"그거 다행이네."

"선영 씨 병원은 엄청 힘들죠?"

"아, 말도 마요."

기다리고 있었다는 듯 선영의 불평이 이어졌다. 세일은 간간이 맞장구를 치며 말없이 듣고만 있었다. 1시간이 넘도록 목적지의 반까지도 도달 못 하자 알 수 없는 초조함이 밀려왔다.

"오늘 놀 만큼 논 거 같으니 그만 돌아가요. 밤에 약속도 있어서 인천까지 다녀오면 까딱하단 늦겠어요."

세일의 초조함을 눈치채기라도 한 듯 선영이 웃으며 말했다. 다른 방법을 제시하고 싶었지만 세일은 말없이 고개만 끄덕였다. 다행히 과천 방면의 길을 수월하게 뚫려 있었다. 익숙한 길이 눈 앞에 펼쳐지자 아쉬움이 밀려왔다.

"저 선영 씨 어떻게 할까요? 제가 옷을 새로 사야 하나요?"

선영은 잠깐 멍한 표정으로 세일을 바라보다 곧 익숙한 미소를 지어 보였다.

"세일 씨 옷 사는 걸 내가 왜 참견해요. 전 그 이상한 양복만 아니면 상관없어요."

"네? 네, 그럼 일요일?"

"더 일찍 보고 싶으면 그전에 연락하든가."

종합청사 역에서 차에서 내린 후 손을 흔들고 번화가로 사라지는 선영의 뒷모습을 세일은 한참 동안 바라보았다.

밤새 한껏 들떠 오른 세일의 기분을 진정시키기라도 하듯 해가 뜨자 잠과 함께 익숙한 꿈의 대화가 이어졌다. 밤의 어둠을 몰아낸 햇볕도 꿈속의 대화가 세일의 머릿속 어두운 영역 깊숙한 곳에 똬리를 트는 걸 막을 수는 없었다. 꿈속에서는 두려움과 슬픔에 몸서리를 칠지라도 세일이 깨어나는 순간 곧바로 잊혀질 대화였다. 출근 시간이 다가오자 세일은 휴대 전화의 메시지를 확인해 보았다. 선영으로부터의 연락은 없었다. 몇 번이나 먼저 메시지를 보내 보려 시도해도 마땅히 할 말이 떠오르지 않았다.

'며칠만 더 있어 보다가 연락하자. 너무 바로 연락하면 부담스러워하실 거 아냐?'

자존심인지, 두려움인지 분간할 수 없는 감정이 세일의 열망을 억눌렀다. 시계에 대해 답례를 해야 한다는 생각에 세일은 또다시 출근 시간을 한참 앞당겨 출근했다. 어쩌면 박 노인과의 말수 없는 대화의 순간을 즐기고 싶어서 그런 것일지도 모를 일이었다. 세일이 사무실에 들어서자 박 노인이 또다시 손목에 찬 시계를 들여다보며 시간을 확인했다. 세일의 손목에서 묵직한 존재감을 과시하는 시계와는 또

다른 모양새의 물건이었다.

"오늘도 일찍 왔군."

"네. 저기, 그때 시계 선물해주신 거 감사하다는 말 안 했던 게 생각나서요."

"내가 주고 싶어서 준 것이니 자네가 감사할 필요는 없네."

어떤 감정도 읽어내기 힘든 건조한 박 노인의 말투에 세일은 왜인지 마음 한구석이 시려 왔다.

"그래도 감사합니다."

알겠다는 듯 작게 고개를 끄덕이고 박 노인은 뜨개바늘을 잡은 손을 다시 바삐 움직였다.

"저, 한 가지 여쭤보고 싶은 게 있는데요."

"말해보게."

"그때 영감님이랑 같이 국무회의에 타고 간 차 말입니다. 그런 거를 사고 싶은데 제가 전혀 알지를 못해서요."

박 노인의 입꼬리가 살짝 올라갔다. 제법 많은 시간을 박 노인과 함께한 세일에겐 너무나도 명확한 감정 표현이었다.

"그런 귀한 물건이 돈이 있어 사고 싶다고 쉽게 구해지지는 않지."

"……아. 꼭 그 차 아니더라도 비슷한 차면 상관없는데요. 영감님이 잘 아실 거 같아서 조언 좀 구하려고요."

또다시 깊은 생각에 빠진 듯 박 노인의 손길이 멈추었다.

"자네 수동 차량 운전할 줄 안다고 했나?"

"네? 아, 면허 딸 때 운전해보긴 했습니다."

"요번 주말에 선약이 있나?"

선영과 명확하게 정해놓은 일정은 없지만, 시간을 비워두어야 할 것만 같았다.

"요번 주말은 선약 있습니다."

박 노인이 고개를 들어 세일을 유심히 바라보았다. 좀처럼 감정을 드러내지 않는 박 노인의 날카로운 눈빛이 세일을 찌르듯 느껴졌다.

'나를 탐색하고 계신 거야. 선영 씨를 영감님이 알게 되면……'

세일은 스스로 생각해도 어처구니가 없는 망상을 애써 억눌렀다.

"그럼 다음 주말 중 하루 정해서 몇 시간만 나 좀 보도록 하게."

'박 영감님도 단골 자동차매장 가지고 계시나 보네.'

이 노인의 선례를 떠올려 보아도 쉽게 짐작이 가는 바가 있었다.

"네. 어르신 오후 근무 서시니 그럼 제가 토요일 오전에."

"아니. 토요일 밤이 좋겠군. 밤 11시에 사무실에서 보도록 하지."

차를 사러 가기에는 부적절한 시간이었다. 하지만 아무리 친숙해졌다 해도 박 노인의 지시를 거스르고 의문을 제기하기란 절대로 쉽지 않은 일이었다.

"네. 그럼 다음 주 토요일 밤……."

"그리고 수요일, 자네와 김 형 근무 시간에 김 씨가 시설 점검차 방문할 걸세."

'그분에 대해서 이전에 김 영감님이 말했었는데.'

"그럼 제가 뭘 해야 하나요?"

"김 씨의 일이니 자네가 딱히 신경 쓸 건 아니지."

김 노인이 했던 이야기가 떠올라 질문을 억누를 수가 없었다.

"저…… 김 영감님 말로는 그…… 김 씨라는 분이 지하실에서 안 좋은 일 있어서 휴직하셨다고…… 박 영감님 때문에."

"김 형은 늘 현상을 부정적으로만 해석하려는 경향이 있지."

"무슨 일이 있었던 건지, 제가 여쭤봐도 될까요?"

머릿속 깊숙한 곳에 똬리를 튼 목소리가 부추기기라도 한 듯 알 수 없는 열망이 세일을 몰고 갔다.

"우선 김 형에게 물어보도록 하게. 똑같은 일에 대해 서로 다른 시각을 가진 이들이 있다면 양자의 말을 모두 들어봐야겠지."

박 노인의 얼굴에 떠오른 단호한 표정에 압도되어 세일은 말없이 고개만 끄덕였다. 때맞추어 사무실 문을 열고 출근한 김 노인에 의해 둘의 대화는 끊어졌다.

김 노인의 코 고는 소리와 손목에 찬 시계의 초침이 흘러가는 소리를 배경으로 근무 시간은 흘러 지나갔다. 퇴근길에 차에 올라타 휴대전화를 확인해 보았지만, 선영으로부터의 연락은 없었다. 세일은 초조함과 원망이 뒤섞인 감정에 사로잡혀 집으로 돌아왔다. 아침 해가 떠오른 지 한참이 지난 시간까지도 좀처럼 잠을 이루기가 힘들었다.

'연락하라고 했잖아. 왜 바보같이…….'

그 어떤 감정보다 더 큰 자괴감이 세일의 마음을 휘감았다. 세일은 고민에 사로잡혀 잠을 설치다 간신히 출근 시간을 맞출 수 있었다. 머릿속 이성의 영역에는 대화도 꿈을 꾸었던 기억도 남아 있지 않았다. 출근하고 몇 분 지나지도 않아 바로 잠을 청하는 김 노인의 모습이 이제는 익숙하게까지 느껴졌다.

'이렇게 잠을 자고 퇴근하면 또 잠을 주무실까?'

너무나 평온한 김 노인의 잠든 모습이 조금은 위안을 주었다.

'어쩌면 이 안에서만 편안하게 잘 수 있어서 이러는 걸 거

야. 꿈꾸는 자와 그 종복들에게만 허락된 공간이니.'

화요일 근무를 마치고 퇴근할 무렵에 이 노인이 세일을 붙잡았다. 평소의 쾌활함을 잃은 듯 눈에 띄게 수척해 보이는 이 노인의 모습에 세일은 마음이 불편해졌다.

"자네 요새 좋은 일 있어?"

"네? 무슨……."

"박 형이랑 이야기해봤는데. 차 바꾸려고 한다며?"

"아, 그게 막상 사놓고 보니 저한테는 조금 크고 어울리지도 않는 것 같아서요. 안 그래도 영감님한테도 여쭤보려고 했는데요. 조금 작은 차가 괜찮지 않을까 해서요. 그…… 뚜껑 열리고 그런 걸로."

괜스러운 미안함에 세일은 길게 변명을 늘어놓았다.

"좋아하는 사람 생겼지? 그 언니가 지금 차가 마음에 안 든데?"

이 노인은 애써 쾌활한 웃음을 지어 보였지만 눈 아래 짙게 드리워진 그림자와 어울려 기괴한 인상만을 만들어냈다.

"아, 네. 그런데 영감님 요새 안색이 너무 안 좋아 보이시는데 무슨 일 있으세요?"

이 노인은 걱정스러운 세일의 질문에 손사래를 쳤다.

"요새 갑자기 내가 잠을 좀 설쳐서…… 아주 죽겠어. 꿈자리도 뒤숭숭하고."

'영감님도 똑같은 꿈을 꾸시는 거야.'

알 수 없는 깨달음이 확신과 함께 밀려들어 왔다. 세일의 표정이 신경 쓰였는지 이 노인이 과장되게 하품을 하며 어깨를 으쓱해 보였다.

"자네 얼마 뒤면 정사원 될 테니 그때 가서 근무 시간 한 번 쫙 뒤바꾸자고. 난 아무래도 오전 근무는 영 체질에 안 맞는 거 같아."

"네. 저 일도 이제 익숙해졌으니까요."

"그래. 너무 서두를 건 없고. 그래서 좋아하는 사람은?"

"아, 그게……"

이 노인은 시계를 지켜보며 주섬주섬 선영에 대한 파편적인 정보를 늘어놓는 세일의 이야기를 흥미로운 표정으로 듣고만 있었다.

"그래서 제가 너무 미숙하게 행동한 것도 있고 해서요. 어떻게 연락을 먼저 해야 할지, 언제 해야 할지, 뭐라고 해야 할지 영……."

"야— 우리 세일 군. 아주 내가 듣다가 답답해서 미칠 뻔했네!"

세일에게는 익숙한 짓궂은 표정이 이 노인의 얼굴에 떠올랐다. 그런 이 노인의 모습을 지켜보고 있으니 조금은 마음이 편안해졌다.

"그 언니가 연락하라고 했다면? 그럼 연락하면 되잖아. 보고 싶지 않아? 만나서 이야기 나누고 싶지 않아?"

"네……."

"그럼 지금 당장이라도 퇴근해서 연락해! 점심이라도 먹자고. 싫다고 하면 저녁 먹자고. 뭐가 문제데?"

"그게, 제가 그분한테 너무 부족한 거 같고. 이런저런 걸리는 것도 많고."

이 노인의 오른 손바닥이 철썩 소리가 나도록 세일의 등을 후려쳤다. 얼마 전 세일의 입 안을 온통 다 찢어 놓았던 예의 그 손바닥이었다.

"세일, 나도 들은 이야기인데 말이지. 연인 관계라는 건 한밤중의 정글에 불도 없이 오직 둘만이 떨어져 있는 상황이나 마찬가지인 거야."

이 노인이 내뱉는 단어 하나하나가 세일의 체온을 급격히 떨어트렸다.

"곧 밤이 찾아와 주변에 보이는 것도 하나 없고, 추위는 몰려오고, 위험천만한 야생동물들에 둘러싸여 있는데 뭘 어찌해야겠어? 세상에 오직 둘밖에 없는 것처럼 부둥켜안고 온기를 나누고 밤이 물러가기만을 바래야 하는 거 아니겠어? 서로한테 빛이, 불이 되어줘야지!"

'찬탈자의 불이 필요한 상황이다.'

말없이 자신을 바라만 보는 세일의 표정을 달리 해석한 듯 이 노인이 크게 웃음을 터트렸다.

"그냥 그 언니한테 세일 군 감정 있는 그대로 말하라고! 보고 싶다고! 내 불이 되어달라고! 가서 스포츠카도 한 대 더 사고!"

말없이 고개만 끄덕이는 세일의 머리를 이 노인이 갑작스럽게 쓰다듬었다. 기묘할 정도로 차가운 손의 감촉에 세일은 작게 진저리를 쳤다. 세일은 오피스텔로 돌아와 몸을 씻고 커튼을 쳐 들이치는 해를 막곤 침대에 누워 핸드폰을 한참 동안 바라만 보았다. 주섬주섬 세일의 머릿속에 떠오르는 단어들을 그러모아 장문을 만들어냈다. '불'과 '온기' 같은 단어들이 무의식적으로 문장 속으로 난입해 들어가는 걸 애써 억눌러야만 했다. 세일의 문자에 대한 답은 채 1분이 되지 않아 돌아왔다.

[문자 읽어보다가 숨 막혀 죽는 줄 알았네! 다음에 또 이런 칙칙한 문자 보내면 차단해 버릴 거예요. 요번 주는 계속 바쁠 거 같으니 일요일에 봐요.]

머릿속에서 저절로 선영의 목소리가 재생되었다. 꺼지지 않은 유일한 불씨라도 되는 듯이 선영의 문자가 적힌 휴대폰을 소중하게 손에 그러안고 세일은 몸을 웅크려 잠을 청했다.

12

다음날 밤 근무가 시작되자 김 노인은 예외 없이 바로 잠에 빠져들었다.

'깨워야 하는 거 아냐? 오늘 김 씨인가 하시는 분 온다고 했는데.'

세일은 몇 번이고 김 노인이 앉아 있는 의자를 흔들어 깨우려 시도하다 한숨을 내쉬며 포기했다.

'이번에도 어디 깨어나서 아닌 척하는지 한번 보자.'

자정이 지나고 1시가 다 되도록 누구 하나 사무실을 방문할 기미가 보이지 않았다. 세일은 괜한 초조함에 의자에서 일어나 사무실 안을 배회하고 다녔다.

'박 영감님이 오신다고 했으니 분명 오긴 할 건데, 몇 시에 온다는 이야기는 듣지를 못했으니……'

애써 마음을 가라앉히고 의자에 앉아보아도 신경은 계속 사무실 문 쪽으로 쏠렸다. 몇 번이나 누군가 문을 여는 듯한 소리에 흠칫 놀라 바라보지만 보이는 건 굳게 닫힌 철문뿐이었다.

'그냥 평소처럼 근무에만 집중하자. 내가 도울 일도 없다 하셨으니.'

야간 근무를 서다 보면 때때로 12시 부근까지 넘어가곤 하던 벽면 시계의 시침도 오늘따라 움직일 생각을 하지 않왔다. 손목을 내려다보니 2시가 조금 지난 시간이었다. 생각의 실타래는 자연스럽게 선영에 대한 것으로 흘러갔다. 온갖 전망과 기대가 뒤섞인 상념이 세일의 몸에 온기를 더해주었다.

'4시간만 더 있으면 퇴근이네. 가자마자 선영 씨한테 문자 보내고…….'

등 뒤로부터 포옹하듯 들이닥치는 한기에 세일의 상념은 깨어졌다. 출입문을 열고 들어온 건 성인 남성치고는 다소 왜소하다 싶은 체구의 사람이었다. 머리 위까지 눌러쓴 두툼한 오리털 파카에 가려 남자의 얼굴은 보이지 않았다. 3명의 노인을 제외한 다른 사람을 사무실에서 보게 될 거라 기대해 본 적이 없었기에 당혹스러움이 밀려왔다.

'저분이 김 씨라는 분이구나.'

"안녕하세요. 말씀 들었습니다. 전 2달 전에 입사한 신입 이세일이라고 합니다."

세일은 의자에 앉은 채로 엉거주춤 인사를 건네었다. 이 상황에서도 김 노인은 여전히 일어날 기미를 보이지 않았다. 세일은 치밀어 오르는 화를 억누르고 김 노인의 의자로 걸어갔다. 오리털 파카를 입은 남자가 눌러쓴 모자를 벗고 손을 내민 후 고개를 내저었다. 얼굴 전체를 불 구덩이 속에 집어넣기라도 한 듯 남자의 입과 코는 형체를 찾아보기 힘들게 뭉개져 있었고, 귀가 달려 있어야 하는 부위는 누군가 잘라내고 구멍을 틀어막기라도 한 듯 매끈하기만 했다. 무엇보다 이상한 건 남자의 눈이었다. 왼쪽 눈알과 오른쪽 눈알이 제멋대로 움직이는 것이 도무지 어디를 바라보는 것인지 알 수가 없었다.

'박 영감님이 지하실에 처넣어서 저렇게……'

김 노인이 김 씨에 대해 이야기했던 게 떠올라 섬뜩한 기분이 들었다.

"저 김 씨 어르신 맞으시죠?"

김 씨가 동의의 뜻으로 고개를 끄덕였다. 김 씨는 왼쪽 눈알은 지하실로 통하는 철문을 바라보는 동시에 오른쪽 눈알로 김 노인을 바라보았다. 손을 들어 김 노인을 가리키더니 다시 한번 세일에게 고개를 내저었다.

"저기…… 김 영감님 깨우지 말라고요?"

김 씨는 고개를 끄덕이더니 오른손을 들어 시계를 가리켰다. 세일은 금방 그 뜻을 알 수 있었다.

"저 그럼 근무 계속 서고 있겠습니다. 혹시 뭐 도와드릴 거라도?"

시선을 시계에 고정한 채로 말하는 세일의 옆으로 김 씨가 다가왔다. 김 씨의 몸에서 풍겨오는 기묘한 악취에 속이 울렁거렸다. 세일의 시선 안으로 얼굴을 불쑥 내민 김 씨가 손을 입가에 가져가 무언가를 들이키는 시늉을 했다.
"아, 물, 물을 드릴까요?"
김 씨가 고개를 내젓고 손가락으로 무언가 찌르는 시늉을 했다.
"……아 저기 제 등 뒤에 보면 캐비닛 있거든요. 그 옆에 아이스박스에 생수 있습니다."
오른손으로 가볍게 세일의 어깨를 두 번 두드리고 김 씨는 시야 밖으로 사라졌다. 등 뒤에서 들려오는 부스럭거리는 소리에 좀처럼 집중을 할 수가 없었다. 이물질로 꽉 틀어막힌 배관으로 물을 억지로 들이붓는 듯한 기묘한 소리가 들려왔다.
'저런 입으로 어떻게 물을 드시는 거지?'
한숨 같기도 하고 풍선에서 바람 빠지는 소리 같기도 한 기묘한 소음이 세일의 귀를 자극했다. 김 씨의 발걸음 소리가 지하실 철문 쪽으로 움직이는 듯하더니 둔중한 금속 물체가 맞부딪히며 끌리는 소음이 들려왔다. 갑작스럽게 이제껏 느껴보지 못한 인지 범위를 아득히 넘어서는 감각들이 세일의 모든 감각기관을 난타하기 시작했다.
'무슨 일이 일어나는 거지? 저기에 뭐가 있는 거야!'
눈을 감고, 귀를 닫고, 온몸을 웅크려 뇌로 쏟아져 들어오는 모든 정보를 차단하고 외면하고 싶은 충동에 온몸이 떨려왔다. 유일하게 억누르지 못하는 단 하나의 감정인 호기심이 세일의 고개를 지하실 철문 쪽으로 돌리게 몰아갔다. 김 씨의 모습이 지하실 너머로 사라지고 열릴 때와 마찬가지로 철문은 천천히 안으로부터 닫혔다. 갑작스럽게 돌아온 현실감이 오히려 이질적으로 느껴졌다. 잠들어 있는 김 노인의 눈에서 눈물이 흘러내렸다. 언제인가 비슷한 일을 겪어 본 듯한 기시감이 밀려왔다. 한참을 멍하니 있다가 화들짝 놀라면 세일은 다시 벽면의 시계로 시선을 돌렸다. 시침은 여전히 9시에 고정되어 있었다. 세일은 안도의 숨을 내쉬며 손목에 찬 시계를 내려다보았다. 새벽 3시였다. 온갖 상념과 망상들이 머릿속을 헤집어 놓았다.

'지하실 들어가신 지 몇 분이나 지난 거지?'

괜한 초조함에 격렬히 다리를 떨며 세일은 손목에 찬 시계를 내려다보았다. 시간은 여전히 3시였다.

'아까 내가 시계 본 게 좀 지난 거 같은데?'

눈을 비비고 초침에 집중하려는 그때 지하실 문이 조금은 거칠게 열렸고, 김 씨가 쓰러지듯 사무실 안으로 기어들어 왔다. 김 씨는 당황해서 멍하니 바라만 보고 있는 세일에게 다시 한번 시계를 보라는 손짓을 해 보였다. 세일은 쉽사리 돌아가지 않는 고개를 억지로 돌려 다시 벽면의 시계를 바라보았다. 등 뒤에서 힘없는 발걸음 소리가 들려왔다. 아이스박스가 열리는 소리가 나더니 또다시 기괴한 물 넘어가는 소리가 들렸다. 또 한 번의 한숨 비슷한 소리와 함께 파카를 뒤적이기라도 하는 듯한 소리에 뒤이어 종이 같은 것을 부스럭거리는 소리까지 들려온다. 김 씨의 발걸음 소리가 벽면의 손잡이 쪽으로 향했다.

'뭐 하시려는 거지?'

종이를 잡아 뜯는 소리에 이어 펜이 빳빳한 종이 위를 미끄러지며 내는 마찰음이 들려왔다.

'손잡이 봉인 갈려고 하시나 보다.'

세일의 짐작을 확인시켜 주기라도 하듯 금속 재질을 손으로 두드리는 듯한 소리가 들려왔다. 또 한 번의 기괴한 한숨 소리와 함께 무언가를 찾기라도 하는 듯 사무실 안을 서성이는 발걸음 소리가 들리자 더는 호기심을 억누를 수가 없었다.

"저…… 뭐 도와드릴 거 있습니까?"

세일은 필요 이상으로 큰 목소리로 외치듯 말했다. 발걸음 소리가 다가오더니 김 씨의 모습이 다시 세일의 시야에 들어왔다. 원래의 모습보다 한층 더 기괴하게 뒤틀린 표정을 한 김 씨의 손에는 김 노인이 들고 온 무가지가 들려있었다.

"아, 그거 제가 가져온 거 아닌데요."

괜한 변명을 늘어놓고 있자니 부끄러움과 함께 김 노인에 대한 분노가 치밀어 올랐다. 김 씨가 고개를 절레절레 흔들고 무가지 중에서《현상과 해석》만을 집어 들고 손으로 가리켰다.

'설마 웃고 계셨던 건가?'

김 씨는《현상과 해석》을 세일의 무르팍에 내려놓고 얼굴을 세일의 눈앞으로 바짝 들이댔다. 한결 더 지독한 악취가 풍겨왔다.

'이거 꼭, 불에 탄 것 같은 냄새잖아.'

김 씨는 두 손을 들어 올려 왼손 검지로 허공에 네모를 그리고 오른 손바닥을 펼쳐 세일에게 내밀었다.

'뭐 원하시는 거지?'

"저기 죄송한데 원하시는 걸 잘 모르겠는데요."

김 씨의 두 손이 다시 허공에 네모를 그렸다. 조금 더 집중해서 보니 옆으로 길게 누운 직사각형에 가까운 모양이었다. 퍼뜩 스치고 지나가는 생각에 세일은 지갑을 꺼내 들었다.

"명함? 제 명함 필요하신 거죠?"

입매를 더욱더 보기 흉하게 일그러트리며 김 씨가 고개를 끄덕였다. 지갑에서 명함을 꺼내 들고 두 손으로 건네니 김 씨가 낚아채듯 가져가 품속에 집어넣었다. 김 씨는 오른손으로 세일의 어깨를 두드리고 손을 흔들어 보인 후 세일의 시야 뒤로 사라졌다. 곧이어 옷자락을 부스럭거리는 소리와 함께 사무실 철문이 열렸고, 들이치는 겨울 새벽의 한기와 교대하기로 하는 듯 김 씨의 모습이 사라졌다. 손목의 시계를 내려다보니 새벽 3시 30분이었다.

'언제 또 이렇게 시간이.'

좀처럼 뒤틀린 감각이 회복되지 않았다. 김 노인의 얼굴에 흘러내렸던 눈물은 어느새 말라붙어 보기 흉한 자국만을 남기고 있었다. 아침 교대 시각이 다가오자 언제나처럼 김 노인은 몸을 일으켰고 멀쩡한 얼굴로 막 출근한 이 노인에게 인사를 건네고 사라졌다. 새벽에 겪었던 일이 꿈인 듯 좀처럼 실감이 나질 않았다.

"저 영감님 새벽에 김 씨 왔다 갔는데요."

"어? 그랬어?"

유달리 지쳐 보이고 생기 없는 이 노인의 모습이 세일의 질문들을 가로막았다.

"저기 많이 힘들어 보이시는데……."

"아, 영 잠자리가 뒤숭숭해서. 괜찮아 신경 쓰지 마. 근무하다 잠깐 졸면 괜찮아질 거야—."

"저 힘드시면 제가 오전 근무 좀 도와드릴까요?"

"아냐 아냐. 농담한 거야. 뭘 심각하게 받아들이고 그래."

이 노인의 농담이 좀처럼 농담처럼 받아들여지지 않았다.

"어서 집에 가보라고. 이게 아예 잠을 안 자다 확 몰아 자야지. 제 리듬 찾고 하니깐. 아무튼, 며칠만 더하면 자네 정사원 되고 할 테니 그때 다시 재조정 하자고."

더 이상의 대화를 원치 않는 듯 등을 돌려 시계만을 바라보는 이 노인의 등을 한참이나 바라보다 세일은 집으로 향했다. 오피스텔에 도착해 몸을 씻고 침대에 드러누우니 그제야 현실감각이 되돌아온다. 조금은 용기를 내 선영에게 안부를 묻는 문자를 보내고 나니 잠이 몰려왔다. 눈을 감고 막 잠이 들려는 무렵에 들려오는 진동 소리에 세일은 휴대폰을 집어 들었다. 선영으로부터의 답변은 아니었다.

[관동군 대좌 마쓰모토 이오리]

세일은 등록되어 있지 않은 연락처로부터 전송된 문자를 한참 동안 바라만 보았다. 보낸 이는 짐작이 가나 그 뜻과 의도를 도무지 알 수가 없었다. 무어라 대답해야 할지 고민하는 와중에 선영으로부터의 답변 문자가 전송되었다. 몇 마디 안부를 나누다가 잡혀 끌려 들어가듯 세일은 잠에 빠져들었다. 이제는 익숙해진, 오후에 일어나 조금 일찍 출근하여 박 노인과 몇 마디 이야기를 나누는 일상에, 선영과 의미 없지만 의미를 만들어 가는 문자를 보내는 일이 추가되었다. 김 씨가 사무실을 방문했다는 세일의 말에 박 노인은 가볍게 고개만 끄덕일 뿐 별다른 말은 하지 않았다. 잠에 취해 몰랐을 터인 김 노인에게도 김 씨의 방문 사실을 이야기 해줘야 하는지 잠깐 고민이 들었지만, 박 노인만 알고 있으면 그만이라는 생각이 들었다. 김 노인과 세일은 근무 시간 동안 서로를 철저히 무시하기 시작했다. 목요일과 금요일이 지나가도록 미등록 연락처로부터 추가적인 문자는 오지 않았다.

'뭐라고 대꾸해야 할지도 모르겠고, 잘못 보냈을 수도 있을 테고.'

토요일 오후가 오자 세일은 어머니의 병실을 방문했다. 왜인지 선영과 마주칠 거 같은 불안함에 조금은 조심스럽게 병실을 두리번거리게 되었다.

"—그래서 다음 주까지 야간근무하면 정사원 될 거 같아요."

"그래 잘됐다, 근무는 계속 밤에 서고?"

"아니요. 그건 잘 모르겠어요. 이제 저까지 해서 근무 서는 사람이 4명이니 아마 재조정할 거 같아요."

근무 조정에 관해 이야기하니 나날이 수척해져 가는 이 노인의 모습이 떠올라 괜히 마음이 불편해졌다.

"시계는 또 웬 거고?"

"아, 이거 회사 어르신이 선물해주셨어요. 일할 때 시간 편하게 보라고."

"어머, 그거 딱 봐도 비싸 보이는데. 그런 걸 다 주시고. 너 답례는 했어?"

박 노인이 세일의 답례를 바랄 것 같지는 않아 보였다.

"……아뇨 해야죠. 이래저래 저 많이 챙겨주시고 했으니. 아 저 차도 바꿨어요."

"왜? 또 무슨 차로?"

아버지와 어머니는 한평생 자기 차를 가져보지도 못했었다는 게 떠올랐다. 부끄러움과 미안함에 세일은 주섬주섬 변명을 대었다.

"너 이제 돈도 잘 버는데 그런 건 신경 쓰고 그러지 마. 열심히 일해서 번 돈 분수에 맞게 쓰는 거 나쁜 거 아냐."

괜스레 목이 메어와 세일은 고개만 끄덕였다.

"차도 척척 잘 사는 애가 옷은 그게 또 뭐니. 일단 옷부터 좀 사 입어라 얘."

"아, 안 그래도 좀 있다가 저녁에 백화점 가서 옷 사려고요."

의미심장한 어머니의 시선이 세일의 얼굴에 머물렀다.

'선영 씨에 대해 눈치채신 건가?'

근거도 없는 망상이지만 왜인지 이미 알고 계신 거란 확신이 들었다.

'박 영감님도, 어머니도, 다들 선영 씨를 알고 계신 거야.'

어쩌면 꿈속의 대화에서 이에 관한 이야기를 나누었을지

도 모를 일이었다. 알 수 없는 불길함에 사로잡혀 세일은 어머니와 몇 마디를 더 나누고 병원을 나섰다. 문자로 선영과 약속을 잡고, 백화점에 들러 매점 직원들의 추천에 휘둘려 열의 없는 쇼핑을 마치고 집에 돌아오니 밤 9시가 넘은 시간이었다.

'내일 일찍 만나려면 조금이라도 자둬야겠지.'

애써 침대에 누워 잠을 청해 보지만 이제껏 익숙해진 생활 습관이 세일의 잠을 방해했다. 휴대폰을 들고 마지막 문자에 대한 선영으로부터의 회신이 도착해 있는지 확인하려 하니 자꾸만 미등록 연락처로부터의 알 수 없는 문자가 세일의 눈을 사로잡았다.

'이게 도대체 무슨 뜻일까? 뭘 어쩌라고 이런 문자를 보낸 거지?'

잠이 오기는커녕 점점 정신이 또렷해지기만 했다. '관동군 대좌 마쓰모토 이오리'를 인터넷에 검색해보지만 특별한 검색 결과가 눈에 띄지는 않았다. 다시 한번 '관동군'으로 검색하니 온갖 학살과 만행의 기록들만이 나왔다. 세일은 불쾌감에 핸드폰을 내려놓고 눈을 감았다.

'꿈에서 대답을 들을 수 있을 거야.'

잠도, 꿈도, 대답도 없는 밤이 지루하게 흘러갔다. 일요일 아침부터 세일은 선영에게 이끌려 다녔다. 이제까지의 경험에서 깨달은 게 있는지 선영은 모든 일정과 목적지를 정해 왔다. 세일은 선영의 지시대로 식당을 가고, 커피를 마시고, 드라이브를 하고, 다시 식당을 갔다. 잠을 자지 않아 조금은 멍한 상태에서도 둘의 대화는 끊어지지 않았다. 모든 일이 꿈만 같고 꿈속에서 이루어지는 대화 같았다. 정부 종합청사 앞에서 헤어지던 이전과 달리 세일은 선영의 아파트 앞까지 차를 몰아갔다.

"다음 주도 계속 바쁘신 거죠? 일요일에 또 뵐까요?"

"뭐 괜찮은데, 또 내가 다 준비해 와야 하는 건가요?"

"아…… 저 그럼 좀 멀리 드라이브갈까요? 아예 새벽에 만나서?"

선영은 주먹을 쥐고 달아오르는 얼굴을 식히며 주섬주섬 늘어놓는 세일의 어깨를 가볍게 때렸다.

"자꾸 묻지만 말고, 한번 잘— 준비해 와보세요!"

월요일 밤이 오고 김 노인과의 무언의 근무가 또다시 시작되었다. 이번 주가 마지막 수습 기간이란 생각이 떠오르자 김 노인과의 관계를 조금이라도 개선해야겠다는 생각이 들었다. 김 노인이 바로 잠을 청하기 전에 어떤 말이라도 걸어 보려 하지만 마땅한 화젯거리가 떠오르지를 않았다. 가지고 온 무가지들을 몇 번 뒤적이더니 의자에 길게 드러눕는 김 노인을 보고 있으니 한숨이 절로 나왔다.

"저기……"

김 노인은 운을 떼는 세일을 의아한 표정으로 바라보았다.

"저번 주 수요일에 김 씨라는 분 왔다 갔는데요. 새벽 3시쯤에."

"……나도 알고 있었어."

"아, 그때 주무시고 계신 줄……."

"자는 척한 거야. 얼굴 보기 미안해서."

김 노인이 얼굴이라는 단어를 말하자 기괴하게 일그러진 김 씨의 모습이 떠올랐다. 대화가 끊어지고 한참의 정적이 흐르자 김 노인이 다시 잠을 청하려 했다.

"저기…… 왜?"

"왜? 뭐? 왜 미안하냐고?"

"네. 말씀하시기 곤란한 거면."

김 노인의 입에서 한숨이 새어 나왔다.

"김 씨 얼굴 봤지?"

"네."

"원래는 내가 그렇게 되었을 거거든."

"……."

또다시 대화가 끊어졌다.

"우리 이세일 씨는 박 형이 존경스럽고 신뢰 가고 되게 멋져 보이지?"

눈치를 살피며 말을 이어가려는 세일을 한참 바라보던 김 노인의 입이 떨어졌다.

"……."

"뭐 대답 안 해도 돼. 뻔한 거니깐. 나도 그랬고, 이 형도 그랬을 테고, 이 형은 지금도 여전하겠지."

"그때 박 영감님이 김 씨 어르신을 지하실에 보냈다는 이야기 그거……"

"왜? 이제 좀 궁금해? 그 대단한 박 형이 김 씨한테 무슨 짓을 한 것인지?"

빈정거리는 김 노인의 말투에 반발감이 들었다.

"그거, 사고 같은 거 아닙니까? 박 영감님이 김 씨 어르신 그렇게 되라고 한 거는 아닐 거 같……"

과장된 김 노인의 웃음소리가 세일의 말을 끊고 사무실 안을 가득 메웠다.

"하! 그렇게 되라고 한 게 아니라니. 아이고. 이것 봐요, 이세일 씨. 김 씨 얼굴을 불로 지져서 무슨 서양 그림에 나오는 사람 모양새로 만들어 버린 게 누군데?"

"박 영감님이 김 씨 어르신 얼굴을 불로 지졌다고요? 어떻게?"

김 노인이 코웃음을 쳤다.

“김 씨는 그나마 나은 거라 할 수도 있지. 사람이 순식간에 불타서 재만 남아 버리는 광경 본 적 있어?”

김 씨의 몸에 풍겨오던 악취가 아직도 코에 맴도는 것만 같았다.

“뭐 박 형은 자기 손 하나 까닥하지 않았으니 자기가 한 일 아니라고 하려나? 그런데 박 형이 무슨 일 할 수 있는지는 이세일 씨도 어느 정도는 알고 있잖아?”

‘불의 찬탈자…… 마법……’

“둘이 친하니 그때 무슨 일이 일어난 것인지 박 형한테 직접 물어보든가?”

“박 영감님은 김 영감님한테 물어보라고…….”

“박 형이 그래? 그래도 자기 입으로 말하기 부끄러운 건 조금이라도 있나 보지?”

흥분이 좀처럼 가라앉지 않는지 김 노인은 거듭 심호흡을 했다.

“다 지나간 일이야. 세일 씨가 굳이 알 필요도 없고.”

“저한테 말하고 싶으신 게 있으니깐 계속 언질을 주신 거 아닙니까?”

“나도 이 형만큼은 아니지만 꽤나 겁쟁이라서. 이런 이야기 그만하지. 내가 감정이 격해져서 실수한 거 같아.”

더 이상의 대화를 원치 않는 듯 김 노인은 입을 굳게 다물고 눈을 감았다. 몇 번이고 더 말을 걸어보려 시도하다 세일은 포기하고 애써 의문들을 집어삼켰다.

'토요일 밤에 뵙기로 했으니 그때 박 영감님한테 물어보자.'

세일은 뒤숭숭한 마음을 억지로 가라앉히며 근무를 마쳤다. 집에 돌아와 선영에게 문자를 남기고 침대에 드러누우니 이틀 치의 잠이 쏟아질 듯 밀려 들어왔다.

"그가 두렵지도 않아? 두려워해야 마땅할 것을 두려워하지 않는 건 어리석은 행동이라 했잖아?"

'아니, 내가 두려워해야 할 건…….'

나지막한 진동 소리에 세일은 잠에서 깨어났다.

'벌써 오후 3시 되었나?'

알람이 아니라 문자 수신을 알리는 진동이었다. 미등록 연락처로부터 온 문자였다.

[그자의 얼굴을 봤어?]

'누구 얼굴 말하는 거지? 그 관동군 대좌라는 사람? 인터넷에 검색해도 나오지도 않는데.'

표류하는 감정과 방향성 없는 의문이 세일은 바로 다시 잠 속으로 끌어당겼다. 방해받아 끊어진 꿈 역시 바로 이어졌다. 이전과는 다르게 새로운 인물이 꿈속을 부유하고 다녔다.

"얼굴을 잘 봐."

모든 꿈속의 사물이 그러하듯이 흐릿하고 불분명한 형상이지만 너무나 친숙한 얼굴이었다.

"이미 누구인지 알고 있잖아?"

'그게 나한테 무슨 의미지? 곧 깨어날 텐데. 깨어나면 잊힐 게 무슨 의미가 있지?'

'곧 깨어난다'는 문장이 꿈속에서도 기이한 불안감을 불러일으켰다. 세일은 한참을 꿈에 시달리고 나서야 잠에서 깨어날 수 있었다. 저녁 식사를 마치고 평소보다 조금은 느지막하게 출근해보아도 좀처럼 꿈의 여파에서 벗어날 수가 없었다. 여전히 꿈속에서 헤매고 다니는 듯한 기분이 들었다. 평소보다 더 멍한 표정으로 생기 없이 시계를 바라보는 세일을 김 노인이 유심히 바라보았다.

"왜? 점점 더 꿈을 많이 꾸게 되나?"

김 노인이 먼저 말을 걸어올 거라고는 생각하지 못했기에 등 뒤에서 들려오는 질문에 세일은 흠칫 놀랐다.

"모르겠습니다. 요번 주만 지나면 정사원 되고, 혼자 근무 설 것 생각하니 부담돼서 그런가 봐요."

어쩌면 선영과의 약속 전 하루를 꼬박 새운 여파일 수도 있을 것 같았다. 변명하듯 둘러댄 세일의 대답이 마음에 걸리는지, 무언가 할 말이 있는지 김 노인이 한참 동안 세일을 바라만 보았다. 등 뒤에서 느껴지는 무언의 시선에 좀처럼 시계에 집중할 수가 없었다.

"이세일 씨 이제 혼자서 근무 서게 되면, 손잡이를 당길 상황이 오면 혼자 판단하고 혼자 결정해야겠네?"

'판단이라 할만한 게 있나. 3시 넘어가면 그냥 손잡이 당기면 끝나는 건데.'

세일은 굳이 생각을 입 밖으로 꺼내지 않고 고개만 끄덕였다.

"그날, 지금은 이름도 기억나지 않는 친구와 나도 세일 씨처럼 수습 기간이었어. 사무실에 들어온 지 한 2개월쯤 되었을 거야."

청하지도 않았던 갑작스러운 김 노인의 이야기에 무의식적으로 세일의 시선이 뒤로 돌아갔다. 김 노인이 세일을 바라보며 손짓으로 시계를 가리켰다.

"한번 박 형의 충신 노릇을 하기로 했으면 끝까지 지키라고."

세일이 다시 시계로 시선을 돌리자 김 노인의 이야기가 이어졌다.

"김 씨는 이미 정식 근무를 서고 있었어. 얼핏 기억하기론 몇 년째 일했다고 했던 거 같아. 그때는 사무실에 사람도 지금보다는 많았단 말이지? 아마 박 형은 정식 근무를 안 서고 가끔 사무실을 방문해서 비품들을 챙기거나 사람들이 아프거나, 휴가를 신청할 때만 나와서 대신 근무를 서곤 했었지. 뭐…… 그런 게 박 형한테는 더 어울리잖아? 사람들 관리하고 가르치고 하는 거."

"가르침을 주고 길을 보여주는 것은 나의 역할이요."

김 노인의 말에 서울 정부 종합 청사에서 박 노인이 했던 말이 떠올랐다.

"그러니깐 그날 정식 근무자는 김 씨였어. 나와 무명의 그 친구는 엄마 오리 뒤를 맹목적으로 따라가는 새끼 오리 떼처럼 나란히 앉아서 열심히 시계만 보고 있었고. 그리고 박 형이 갑자기 사무실에 들렀단 말이지? 뭐 그때 상황에선 딱히 이상할 건 없었지만."

김 노인의 말에 4명의 사람으로 복작거리는 사무실이 자연스럽게 떠올랐다.

"그때가 여름이었는데 아주 지랄 맞게 더웠어. 우리 사무실이 그래도 외부 공기는 잘 막아줘서 어지간한 더위면 견딜 만한데 그날은 숨이 턱턱 막히더라고. 사무실 철문을 조금 열어 두는 게 낫지 않을까? 생각했는데 김 씨는 그럴 생각이 전혀 없어 보였어. 뭐 어쩌겠어? 이놈의 비밀 많은 사무실에서 그거 근무 중에 열어 두면 안 되나 보다. 그냥 그렇게 생각하고 참고 있었지."

대꾸 없이 혼자만 이야기하는 게 지치는지 김 노인은 잠깐 숨을 내몰아 쉬었다.

"그런데 박 형이 커다란 양동이 3개에 얼음을 꽉꽉 채워서 들고 오더라고. 야, 어찌나 고맙고 사람이 달라 보이던지. 세일 씨도 박 형 인상이 어떤지는 잘 알잖아? 전혀 그런 거 챙기고 할 거 같지 않은 사람이 그러니깐 더 감동적인 거야. '지나가다 힘들 거 같아 잠깐 들렀네.' 말도 아주 어쩜 그리 멋지게 하던지. 그런데 그날 박 형이 때마침 사무실에 들르지 않았다면 우리가 한여름 더위에 숨 막혀 죽는 거 말고 또 어떤 일이 일어났을지…… 참……."

'이야기하는 거 들어보면 딱히 박 영감님 탓할 만한 일이 있었을 것 같지 않은데.'

감정이 북받쳐 오는지 김 노인은 한참이나 말을 멈추었다.

"저, 그래서요?"

호기심을 이기지 못한 세일의 채근에 김 노인은 너털웃음을 터트렸다.

"박 형이 오고 나서 사무실 분위기가 되게 훈훈해졌거든? 다들 신발과 양말을 벗고 양동이 깊숙이 다리를 집어넣었단 말이지. 그 무명씨는 뭐가 그리 좋은지 낄낄거리고 웃더라고. 시계 보느라 잘 보지는 못했지만, 박 형이나 김 씨 표정도 그리 나쁘진 않았을 거야. 사무실 가득 후끈거리는 공기에, 남자 새끼들 넷이 모여 만들어 내는 그 시큼털털한 땀 냄새에, 그 얼음 달그락거리는 소리하며…… 상황이 묘하게 웃기더라고."

세일은 자기도 모르게 고개를 끄덕거렸다.

"그리고 시계가 훅! 진짜 바보같이 실실거리고 있는 내 표정이 바뀌기도 전에 순식간에 훅! 3시를 넘어 4시쯤에 가 있더라고. 그러니깐 우리가 3시 넘어가면 안 된다는 이야기만 들었지, 그게 바늘이 어떤 식으로 움직일 거란 이야기는 들어본 적 없잖아? 너무나 갑작스러운 상황에 뭘 해야 할지는 알고 있는데 그걸 진짜 해도 될는지는 모르겠더라고."

김 노인과 처음 밤 근무를 서던 밤에 시곗바늘의 움직임이 떠올랐다. 세일은 시계를 바라보는 눈에 무의식적으로 힘을 주었다.

"한 1초? 어쩌면 몇 분? 잘 모르겠네. 진짜 그때는 영원처럼 느껴졌어. 일어서 있던 박 형이 뚜벅뚜벅 손잡이로 걸어가더라고. 서두르지도 않고 천천히. 아니 어찌 보면 조금 머뭇거리는 것도 같았어. 믿어지나? 박 형 같은 사람이 머뭇거린다는 게? 다들 놀라서 박 형을 바라만 보고 있는 와중에 박 형이 손잡이에 오른손을 얹었지. 그런데 김 씨가 박 형을 제지하는 거야. '잠깐만요 어르신 뭔가 이상하지 않습니까?' 지금 생각해보면 둘은 어느 정도 알고 있었던 거야. 둘한테는 어쩌면 시계 같은 건 필요하지도 않았을지도 모르고."

"그럼 김…… 어르신도 그래서 그냥 주무시는 건가요? 저한테 같이 근무 서던 첫날 바늘 움직이는 거 보고 별일 아니라고 하셨잖아요."

"나같이 겉도는 사람도 이만큼 경력이 쌓이니 조금은 알 거 같더라고. 그런데 그 둘은, 박 형이야 말할 것도 없고, 가장 사랑받던 이들이니."

김 노인의 이상한 표현들이 왜인지 세일에게 깊이 와닿았다.

"아무튼, 김 씨 말 듣고 박 형이 손을 멈추었어. 그때는 고민하거나 머뭇거리는 게 아니라 무언가를 탐색하고 생각하는 것처럼 보였단 말이지. 그런데 그 무명씨가 말이지 얼음 양동이를 박차고 일어서서 사무실 바닥에 물을 뚝뚝 흘리며 손잡이로 달려가더란 말이지? '뭐 하는 겁니까? 어서 당겨야죠!' 어쩌면 나처럼 둔한 놈과 달리 그 친구 역시 뭔가 알고 있었던 거 같아…… 어쩌면 꿈속에서 너무 많은 비밀의 답을 들어서 그런 걸 수도 있고."

김 노인의 목소리는 어느새 작게 떨리고 있었다.

"박 형이 말도 없이 손을 내밀어 제지했지. 평소라면 그걸로 충분했을 거야. 세상 그 누가 박 형이 거부의 의사를 표현하는데 거기에 덤벼들겠냔 말이지? 그런데 그 무명씨는…… 내가 보기엔 너무 겁을 먹어서…… 완전히 공포에 질려서 이미……. '이러다 모두가 다 죽는다고요!' 놀랍게도 그 친구가 몸으로 박 형을 밀쳐 내더란 말이지? 난 박 형이 뭐 어떻게든 그 친구를 제압할 거로 생각했는데 박 형한테도 갑작스러웠던 모양이야. 아무튼 박 형은 바닥에 나뒹굴고 그 친구가 손잡이를 딱 잡았는데 그제야 나도 무슨 일이 일어나고 있는 건지, 무슨 일이 일어날 것인지 알겠더라고."

'비탄과 비명의 자장가가 울려 퍼질 거다.'

"왜, 사람이 위급한 상황이 되면, 그러니깐 죽을 때라든가…… 모든 게 천천히 보인다고 하잖아? 그때가 딱 그랬어. 그 친구가 손잡이를 당기려 하고, 나는 놀라서 바라만 보고 있고, 김 씨가 손을 뻗고 그 친구 말리려 뛰어가려 하고, 박 형은 두 눈으로 그 친구를 바라만 보고. 그 다음은? 누가 어떻게 말리겠어? 오른손에 힘만 살짝 주면 그냥 손잡이는 내려갔을 텐데? 뻔한 거잖아?"

이야기가 한참이나 멈추어 있자 그제야 세일은 김 노인의 마지막 말이 질문이었음을 깨달았다.

"그런데 안 당긴 거잖아요? 그러니깐……."

이어가야 할 적당한 표현을 찾지 못해 머뭇거리는 세일의 등 뒤에서 김 노인의 웃음소리가 터져 나왔다.

"그래. 안 당겼으니 저 손잡이가 제 위치에 있겠지. 그런데 우리가 알고 있는 세상의 순리대로라면 손잡이는 내려갔어야 했어. 그런데 갑자기, 아니 갑자기란 말도 이상하다. 뭐라 해야 할까. 그 친구가 손잡이를 잡고 당기려 했을 순간에 바로 그 친구의 온몸이 불타오르고 있더라고. 마치 한참 전부터 불에 타고 있던 사람처럼. 처음엔 그 친구가 비명을 지를 거라고 생각했어. 긴장해서 귀를 틀어막을 준비까지 하면서. 그런데 너무 불길이 세니 비명 소리를 전달할 공기까지 다 빨아들인 건지, 아니면 그전에 벌써 목구멍과 혓바닥까지 다 녹아내린 건지. 그냥 손잡이를 잡은 손부터 해서 새카맣게 탄 재로 변해서 바닥에 스르륵 흘러내리더라고. 불길도 순식간에 사라지고."

'마법의 불길이다. 찬탈자의 불이야.'

"그게…… 어르신 생각에는 박 영감님이 그러신 거라는……."

"사무실 안 모두가 다…… 일이 어떻게 돌아가는지도 모르는 나까지 포함해서 모두가 그 친구를 말려야 한다고 생각했잖아? 모두가 원하던 일이 때맞춰 일어났으면 그중 누군가가 벌인 일 아니겠어? 그런데 그런 일을 할 수 있는 게 누구겠어? 나? 아니면 김 씨?"

세일은 고개를 끄덕여 무언의 동의를 표했다.

"이상하지 않아?"

"네?"

"이 사무실 말이야. 원체 이상한 일이 많으니 어지간한 건 이상한 것도 아니긴 한데, 여기선 모든 전기 기구들이며…… 아무튼 뭐 하나 제대로 동작을 안 하잖아? 그런데 저 난로는 어떻게 돌아가고 있는 거지? 가스등은? 멀쩡히 동작해야 할 것들이 동작 안 하는 것도 수상하긴 하지만 그 중에서 어떤 것들은 또 멀쩡히 움직이는 건 더 수상하지 않아?"

좀처럼 내뱉기 힘든 단어들의 무게에 눌려 입을 열어 대답하기가 힘들었다. 애당초 대답을 듣기 위한 질문이 아니었던 듯 세일의 대답이 없어도 김 노인의 이야기는 다시 이어졌다.

"그때, 무슨 말이든, 비명이든, 터져 나와야 할 것 같은 상황인데 너무 조용하더라고. 지금 자네가 차고 있는 그 지랄 맞은 손목시계에서 나는 기분 나쁜 소리만 들리고. 도무지 현실감이 없는 거야. 난 여전히 종아리 끝까지 얼음 양동이에 발을 담그고 있고 사무실 가득 메운 땀 냄새도 여전한데 좀 전까지 앉아서 실실거리던 그 친구는 비명 한 번 못 질러보고 잿더미로 변했다는 게……."

등 뒤에서 김 노인의 긴 한숨이 들려왔다.

"김 씨가 무슨 말이라도 하려는지 몸을 일으키는데 박 형이 그러더라고 '연결이 끊어진 거네.' 씨팔, 그거면 설명이 충분하지 않냐는 태도였어. 그런데 뭐 알잖아? 박 형이 그렇다면 그런 거지. 뭔 놈의 연결인 것인지, 그게 끊어졌다는 게 무슨 의미인지. 누가 따지고 더 물어보겠어? 연결이 끊어졌다면 끊어진 거지."

세일은 또다시 자각 없이 고개를 끄덕였다.

"'나는 지하실에 내려갈 수 없으니 자네 둘 중에 한 명이 지하실에 가서 이걸 고치고 와야겠네.' 무슨 생각이 든 줄 알아? 나도 그때는 자네 못지않게 박 형을 신뢰하고 있었거든? 무뚝뚝하고 냉정해 보이긴 해도 믿고 의지할 수 있고…… 뭐, 알잖아? 그런데 그 소리 듣는 순간, 뭐 이딴 개새끼가 다 있나 싶은 거야. 아니 당연히 자긴 모든 걸 다 알고 있다는 식으로 구는 선임자가 들어가야 하는 거 아냐?"

'거인으로부터 자신의 존재를 감춰야 하니깐.'

"그런데 나란 놈은 더 대책 없이 비겁한 개새끼였지. 지금이야 이렇게 이야기해도 그때는 왜인지 모르게 절대 지하실에 내려가면 안 된다는 생각뿐이었어. 고개를 처박고 얼음 양동이만 바라보고 있었거든. 그냥 외면하고 모른척하면 만사가 다 잘될 거란 식으로. 그런데 뭐 결과적으론 나한테는 잘된 거지……."

김 노인의 말투에는 점점 더 물기가 묻어 나왔다.

"어쩌면 김 씨랑 박 형 둘 간에는 이미 누가 내려갈지 다 결정되어 있었는지도 모르지. 내가 병신 새끼같이 고개 처박고 눈 돌리고 있는데 애초부터 너 따위는 생각도 안 했다는 듯 김 씨가 박 형이랑 이야기 주고받더라고. 뭐 일단 눈을 가리고, 귀도 틀어막고. 손으로 벽을 더듬어서 내려가라고 하더라. 사람이란 게 웃기는 게 그 와중에도 호기심이 생기는 거야? 고개를 들어 봤더니 김 씨가 캐비닛에 넣어둔 간이 의료 공구함에서 꺼낸 붕대로 눈 주변을 칭칭 동여 막고, 남는 부위를 길게 찢어내 귀를 틀어막고 있었어."

'보아선 안 될 것을 보지 않고, 들어선 안 될 것을 듣지 않으려고 하는 거야.'

"'누구의 목소리로 무얼 듣게 되든 대꾸를 해선 안 돼. 머릿속에서 뭐가 떠오르든 모두 무시하도록 하게.' 뭐 대충 그런 이야기였을 거야. 난 박 형이 그렇게 긴장되는 말투로 이야기하는 건 그때 처음 봤단 말이지? 아무튼, 손으로 더듬어 가다 보면 굵은 줄이 잡힐 텐데 날이 너무 더워서 안에 있는 뭐가 녹았을 거라고, 녹은 데를 그냥 잡아 뜯고 나오면 시계가 제대로 동작할 거라고 하더라고. 이상하잖아? 어떻게 들어가 보지도 않고 그걸 다 알 수 있냐고? 그런데 김 씨는 또 그걸 알겠다는 듯 고개를 끄덕이더라고."

'그들은 모든 걸 바라보고, 모든 걸 듣고, 무엇이든 알고

있다.'

"김 씨가 지하실 문을 열고 아래로 내려가는데, 박 형은 내 쪽에 신경도 안 쓰고 거기만 바라보고 있었어. 난 내 발이 얼음 속에서 점점 퍼렇게 변해가는 것만 보고 있고. 도대체 몇 분이, 아니 몇 시간이 흘렀는지도 모르겠더라고. 때때로 무슨 소리가 들려 오는 거 같아 고개를 쳐들어 보면 아무것도 아니었고. 그냥 자네 손목에 찬 그 박 형의 시계가 내는 둥둥 소리만 들렸어. 뭐가 인제야 제대로 돌아왔구나 싶은 걸 어떻게 안 줄 알아? 벽면의 시계가 어느 순간 9시로 돌아와 있더라고. 처음부터 3시를 넘어 본 적이 없다는 듯 그제야, 아 김 씨가 곧 올라오겠구나! 싶은 안도감이 들었어."

의식할 새도 없이 세일은 지하실 문을 한 번 바라보았다. 절대 열릴 일이 없다는 듯 굳게 닫혀있는 철문 모습이 김 노인의 이야기에 요동치는 세일의 감정을 조금은 차분하게 가라앉혔다.

"철문을 열고 올라온 김 씨는 내려갈 때와는 다른 사람이었어. 아니 그건 다른…… 아무튼, 힘겹게 양팔과 무릎으로 바닥을 기다시피 올라와 우리를 바라보는데, 눈과 귀를 가린 하얀 붕대로 빨건 피가 배어 나오다 못해 줄줄 흘러내리고 있더라고. 손으로 박 형을 가리키면서 '당신이, 더러운 찬탈자 놈이 우리 모두를 속였어!' 고래고래 소리를 지르는데 눈과 귀에서 피를 줄줄 흘리며 격앙된 말의 내용과는 달리 입은 뭐가 그리 즐거운지 귀까지 쭉 찢어져서 웃고 있고……."

김 노인의 설명에 김 씨의 기괴하게 뒤틀린 얼굴이 떠오른다.

"난 너무 놀라서, 뭘 해야 할지, 사실 나한테 이야기하는 것도 아니잖아? 그때도 그렇게 생각했던 거 같아. 박 형이 뭐라 할까? 화를 낼까? 아니면…… 그런데 갑자기 김 씨가 나를 바라보는 거야. '김 군! 내가 저기서 뭘 봤는지 아나? 무얼 들었는지 아느냐고! 보게나!' 그러면서 갑자기 양손을 들어 올려서 눈 쪽으로 가져가는데……"

힘에 겨운 듯 김 노인의 목소리가 떨려왔다.

"'김호성! 정신 차리게!' 박 형이 뭐 그렇게 호통을 쳤던 거 같아. 아니 그런데 그걸 뭐라고 해야 하지? 크게 목소리를 높인 것 같지도 않은데 그냥 온몸이 뒤흔들리듯이 말 한마디 한마디가 머릿속에 들어와 박히는 기분? 얼음 양동이에 담근 다리보다 박 형의 목소리를 들은 귀가 더 서늘한 기분까지 들었어. 그런데 김 씨는 신경도 안 쓰면서 중지부터 엄지까지 모아서 눈으로 찔러 넣고…… 말려야 한다는 생각도 못 하고 있는데 또 불이 확 타오르더라고. 그러니깐 김 씨의 얼굴 주변만 순식간에 김 씨의 머리카락을 다 태우고, 붕대를 태우고, 눈과 귀와 입을 지지고…… 사무실 안 가득히 고기 굽는 듯한 냄새가 땀 냄새에 섞여들고……. 김 씨가 눈 거죽까지 찔러 넣었던 손가락을 빼 입 주변을 긁었어. 벌써 입이 녹아 버린 것인지 비명이 제대로 나오지도 않았어. 그냥 '읍읍'하는 답답한 소리만……"

세일은 의자를 돌려 김 노인을 바라보았다. 김 노인은 얼굴을 떨구고 흐느끼듯 어깨를 들썩이고 있었다.

"나는 그때까지도 얼음 양동이에서 발을 뺄 생각도 못 하고 있는데, 박 형이 주머니에서 차 키를 꺼내 나한테 주더라고. '내 차로 김 형 태우고 바로 병원 가게. 사무실을 내가 지키고 있겠네. 서둘러야 해.' 사실 그때는 박 형에 대한 경멸보다는 아무것도 못 하고 구경꾼처럼 멍하니 모든 걸 바라만 보던 내가 더 실망스러웠던 거 같아. 뭐라도 할 기회가 왔으니, 차 키를 받아들고 얼굴이 반쯤 녹아내려 몸도 제대로 못 가누는 김 씨를 부축해서 사무실을 나왔지. 그러곤 박 형 차에 김 씨를 태우고 자네가 건강검진 받았던 바로 그 병원으로 향했지. 가는 중에 김 씨는 옆에서 계속 '읍읍읍' 하는 이상한 소리 내더라고…… 그런데 난 김 씨가 무슨 말 하려는지 알 거 같은 거야. '내가 뭘 봤는지 아나!' 그런데 그보다 더 웃긴 게 뭔지 알아? 그 와중에 계속 내가 무슨 생각을 한 줄 아느냐고? 와! 차 진짜 빠르다. 무슨 차가 이렇게 빨라!"

세일은 말없이 김 노인의 오열을 지켜만 보았다. 한참을 들썩이던 김 노인의 어깨가 진정되고 나서도 침묵은 길게 이어졌다. 무언가 추가적인 당부나 이야기가 뒤따라올 것 같았지만, 그날 김 노인의 입이 다시 열리는 일은 없었다. 몇 번을 더 말을 걸어보려 했지만 평소와는 다른 김 노인의 태도가 세일의 입을 가로막았다. 토요일이 점점 다가오자 박 노인과의 약속이 부담스럽게 느껴졌다. 세일 본인은 아직 인정하지 못하고 있을지라도 김 노인의 이야기가 마음속에 심어 놓은 박 노인에 대한 공포가 기억할 수도 없는 꿈속의 속삭임과 맞물려 점점 더 커져만 갔다. 김 노인과 마지막 근무를 서는 금요일 밤이 오자 억지로 무슨 말이라도 해야만 한다는 생각이 들었다.

"저기, 어르신 그동안 고마웠습니다. 저 오늘이 수습 마지막 날이라서요. 어르신이랑 또 같이 근무 서는 날이……"

"고맙긴 뭐가 고마워. 맨날 잠이나 잔다고 짜증 내는 게 훤히 보이는데."

빈정거리는 말투이기는 하나 김 노인의 대꾸에 마음이 한결 편해졌다.

"그래도 이런저런 이야기도 해주시고."

"그게 그냥 이런저런 이야긴가?"

대꾸할 말을 찾지 못해 한참을 침묵하고 있는 세일의 어깨를 김 노인이 가볍게 두드렸다.

"이세일 씨. 내가 제일 무서운 게 뭔지 알아? 혼자서 근무 설 때 말이야, 저게, 시계가 넘어가면 내가 과연 저 손잡이를 당길 수 있을까? 사실 박 형이라도 있으면…… 내가 박 형을 어떻게 생각하든 그 양반이라면 알아서 자기 할 일 할 텐데, 그럼 내가 선택하느라 고민하고 걱정하고 할 필요는 없을 건데, 뭐 이런 게 무서워. 세일 씨 앞으로 혼자 근무 설 텐데 그래야 하는 순간 오면 저거 당길 수 있겠어?"

아직 김 노인의 질문은 세일의 마음속에 어떤 무게도 가하지 못했다. 세일이 막 입을 열려 할 때 김 노인이 코웃음을 쳤다.

"뭐, 그리고 왜 박 형은 영감님이고 나는 끝까지 어르신인데?"

김 노인의 농담에 한결 편해진 마음으로 마지막 주말의 퇴근길에 오르는 세일을 반긴 건 미등록 수신처로부터의 새로운 문자 한 통이었다.

[아직 그의 얼굴을 보지 못했나? 내가 무얼 보았는지 궁금하지 않나?]

13

흐릿한 얼굴이 세일의 꿈속을 표류하고 다녔다. 꿈을 꾸고 있다는 자각 속에서도 얼굴을 확인해야 한다는 생각은 좀처럼 들지 않았다.

'어차피 뻔한 거잖아?'

수많은 사람이 흐릿한 얼굴의 입과 손가락 끝을 바라보고 있었다. 흐릿한 얼굴의 입이 떨어지고 손가락이 방향을 가리키면 모두가 움직이기 시작했다.

'꼭 개미 떼들 같아.'

흐릿한 얼굴의 말과 손가락이 마을을 세워 올렸다. 마을이 도시가 되고, 도시가 국가가 된다. 얼굴의 시선이 문명이 나아갈 방향이 되고, 의지가 문명을 발전시킨다. 원숭이들의 법칙은 그의 판단의 반향이다.

'꿈꾸는 자의 꿈의 파생물이 아니다. 찬탈자의 작품이다.'

꿈꾸는 자의, 거인의 분노가 느껴졌다. 동시에 찬탈자를 향한 거인의 무한한 사랑도 함께 느껴졌다.

'거인도, 찬탈자도 있다. 곧……'

뒤따라올 문장을 완성할 용기가 생기지 않았다.

'곧……'

자각 없이 흘러내리는 눈물을 훔쳐내고, 침대에서 몸을 일으켜 샤워를 마치고 나니 박 노인과의 약속이 떠올랐다.

'도대체 밤 11시에 뭘 하시려는 거지?'

약속 시각도, 그 장소도 괜히 불안하게 느껴졌다. 저녁 식사를 마치고 내일 선영과의 약속을 다시 한번 문자로 확인하고 차를 끌고 도로에 나서니 밤 10시였다. 구름 한 점 없는 겨울밤의 보름달이 세상을 훤히 비치고 있었다. 사무실 옆 공터에는 평소 박 노인이 타고 다니던 SUV가 아닌 정부 서울 청사로 갈 때 타고 갔던 작고 낮은 자동차가 세워져 있었다. 교대 시간까지는 제법 많은 시간이 남아 있었다. 잠시 고민하다 세일은 사무실 문을 열고 안으로 들어갔다.

"저 왔습니다."

세일의 등장에 박 노인이 잠깐 손목시계를 들여다보았다.

"일찍 왔군. 조금만 기다리게. 김 형과 교대하는 대로 같이 나가보세."

"네. 그런데 오늘 무엇 때문에?

박 노인이 시계에서 시선을 떼고 고개를 돌려 세일을 바라보았다.

"자네 모레부터 정사원으로 혼자 근무하게 되지?"

"네. 안 그래도 그거, 근무 일정은 어떻게?"

질문을 하고 나니 그간 이 노인의 초췌한 모습이 떠올랐다.

"이 영감님 요새 몸이 굉장히 안 좋아 보이시던데, 좀 쉬셔야 하는 게 아닐까요? 당장 저 근무 들어서니……"

말없이 세일의 질문을 듣던 박 노인이 고개를 끄덕였다. 박 노인이 막 입을 열고 질문에 대답하려 하는 찰나에 철문이 열리고 김 노인이 들어섰다. 김 노인은 세일에게 심드렁하게 인사를 건네고 의자에 주저앉았다.

"일단 나가서 마저 이야기하세."

김 노인은 세일과 함께 짐을 챙겨 나서는 박 노인을 바라보고 세일에게 의미심장한 시선을 던졌다. 며칠 전 김 노인에게 들었던 이야기가 떠올라 괜히 마음이 불안해졌다.

"내 차에 올라타고 일단 도로로 나가도록 하세."

세일은 군말 없이 박 노인의 지시를 따랐다. 박 노인의 작고 낮은 차는 포장이 되어 있지 않은 열악한 노면 상태를 걸러주지 않고 세일의 엉덩이로 그대로 전달했다.

"내려서 나와 위치 바꾸도록 하게."

도로 한복판에 차를 세운 후 시동을 끈 박 노인이 말했다.

"네? 그게 무슨……"

"자네 수동 운전해 보았다 하지 않았나."

박 노인은 세일의 대답을 기다리지 않고 운전석에서 내려 조수석으로 다가왔다. 세일은 얼떨떨한 기분으로 박 노인과 자리를 바꾸어 앉았다.

"일단 시동 먼저 걸도록 하게."

'이거, 어떻게 하는 거더라. 클러치 먼저 밟고……'

왼발에 힘을 주어 클러치 페달을 밟자 묵직한 금속이 다리를 밀어내는 감촉에 발끝이 뻐근해졌다.

'시동키는 어디에 있는 거야?'

"이 차는 다른 차와 달리 왼쪽에 시동키가 있네."

세일의 마음을 읽기라도 한 듯 박 노인이 말했다. 왼손으로 더듬거리며 키를 잡아 돌리니 등 뒤에서 성난 짐승이 으르렁대는 듯한 엔진 소리가 들려왔다.

"1단 넣고 출발해 보도록 하지."

'도대체 이걸 왜 시키시는 거지?'

애써 질문을 집어삼키고 오른손으로 기어봉을 잡아 1단에 위치시키니 금속 톱니가 맞물리는 듯한 묘한 감촉이 손끝을 타고 올라왔다.

'클러치를 살살 떼면서…….'

왼쪽 발끝의 힘을 천천히 빼며 페달을 풀어주려 하는데 목 뒤를 누군가 때리는 듯한 둔중한 충격이 가해지며 차의 시동이 꺼졌다.

"클러치를 너무 빨리 떼었네. 감각이 익숙지 않으면 가속 페달을 밟아 회전수를 좀 올려놓은 상태에서 클러치를 때 보게나."

다행히 세일의 몸이 조작감을 기억하고 있었는지 몇 번의 시도 끝에 세일은 차를 출발시킬 수 있었다. 가속 페달에 힘을 줄 때마다 윽박지르는 듯한 엔진의 소리가 세일의 등을 떠밀었다.

"어차피 이 도로는 우리 말고 아무도 쓰지 않는 도로이니 변속을 하면서 속도를 더 내어보게나."

박 노인의 자동차는 1단 기어만으로도 시속 100Km가 우습게 넘어갔다.

"저 이런 차 처음 몰아봐서요. 기어 변속을 언제 해야 할지……."

"그건 자네가 결정하는 걸세. 빠르게 가고 싶으면 변속 시점을 늦추고, 천천히 가고 싶으면 회전수가 조금 올라갔다 싶었을 때 바로 변속을 하면 되네."

익숙해지지 않는 클러치 페달의 무게감 덕분에 투박하게 변속을 할 때마다 뒤통수를 얻어맞는 듯한 충격이 올라왔다. 차에 익숙해질 만하니 국도와 만나는 갈림길이 나왔다.

"저기 끝에서 차 되돌려 다시 돌아가도록 하지."

세일은 박 노인의 말을 순순히 따랐다.

"이번엔 자네 마음대로 반대편 끝까지 몰아보게나."

조금은 차를 마음대로 다룰 수 있을 것 같다는 자신감이 들었다. 박 노인의 말이 끝나자마자 세일은 거세게 차를 몰아붙였다. 세일의 자신감은 바로 배신당했다. 굴곡이 있는 도로에서 변속을 하려 클러치를 밟자 등 뒤가 흐르는 듯하더니 박 노인의 차는 균형을 잃고 도로에서 제멋대로 회전하고 기다란 타이어 자국을 남기며 미끄러졌다.

"죄송합니다. 제가 조작이 미숙해서."

거칠게 뛰는 심장을 진정시키며 다급하게 사과하는 세일을 보며 박 노인이 호탕하게 웃었다.

"이차는, 요새 차와는 다르지. 자네가 잘 몰면 잘 모는 만큼 달려주고, 실수하면 그걸 바로잡을 어떤 보조 수단도 없다네. 오직 자네의 판단과 결정에 따라 달리는 차랄까."

"아, 저한테는 좀 무리인 것 같네요. 그만 영감님이 운전하시는 게……."

"아니. 이제 자네 차인데 익숙해지는 게 좋을 걸세."

박 노인의 기습적인 선언이 좀처럼 이해가 되지 않았다.

"다음 주부터 사무실의 운영도 마찬가지지. 자네 스스로 판단하고, 자네 스스로 결정해야만 하네. 변속을 언제 하느냐고 물었지? 엔진 회전수가 분당 3000번이 넘어가면 기어를 올려야 하나? 사무실의 손잡이는 3시가 넘어가면 당겨야 하나?"

박 노인의 말에 며칠 전 김 노인에게 들었던 이야기가 떠올랐다.

"저, 사실 며칠 전에 김 영감님한테 김 씨 이야기 들었는데요."

계속해보라는 듯 박 노인은 말없이 고개만 끄덕였다.

"그때 왜 손잡이 안 당기셨나요? 제가 듣기론……"

"다시 엔진 걸고 차 출발시키게."

박 노인의 단호한 태도에 세일은 말을 집어삼키고 시동을 걸고 가속 페달을 밟았다.

"차는 자네의 시선을 따라 움직이네. 차를 달려가도록 내모는 건 자네의 의지지."

세일은 눈 앞에 펼쳐진 도로를 바라보며 오른발에 힘을 가했다. 스스로 눈치채지도 못한 사이에 왼발이 클러치 페달을 밟고 오른손이 기어를 변경했다.

"방금 자네 판단의 근거는 뭐였나? 계기판의 눈금을 보고 변속을 한 건가?"

자기도 모르게 수긍하며 세일은 고개를 끄덕였다. 또다시 교차로가 나오자 세일은 박 노인의 지시를 기다리지 않고 차를 세웠다.

"김 영감님은, 그때 일로 영감님 좀……"

박 노인이 손을 들어 올려 세일의 말을 제지했다.

"그때 나와 김 씨는 각자의 판단에 따라 해야만 하는 일을 한 걸세. 지금의 자네처럼 말일세."

"그의 얼굴을 똑바로 바라보면서, 사람이 저절로 불타서 재만 남은 일도 물어봐! 그 불은 어디서 온 거지?"

세일을 바라보는 박 노인의 눈에 이채가 어렸다. 머릿속 목소리에 이끌리듯 세일은 발작적으로 질문을 내뱉었다.

"그래도…… 다른 선택지가 있었을 수도 있지 않습니까? 혹시라도 영감님이 틀렸던 거라면……"

머뭇거리며 질문을 뱉어내자 두려움이 몰려왔다. 분명히 화를 낼 거라 생각했지만 박 노인은 별다른 감정의 동요 없이 한동안 침묵하며 세일을 바라보았다.

"내가 한 일이 바른 선택이었는지, 틀리지 않았는지를 아는 방법은 한가지 뿐이네. 자네는 우리가 무엇을 위해 일을 하고 있다고 생각하는가?"

'우리는, 나는 문명의 반석이다……'

머뭇거리며 대답하지 못하는 세일을 바라보다 박 노인은 말을 이어갔다.

"문명이, 이 세계가 온전히 돌아간다는 것이 내가, 우리의 선택이 틀리지 않았다는 것을, 자네가 올바른 일을 하고 있다는 것에 대한 증명일세."

세일을 부추기던 목소리는 더는 들려오지 않는다. 오직 박 노인의 대답이 남긴 여운만이 세일의 머리와 가슴을 가득 메운다.

"그럼…… 월요일부터 전 어느 시간에 일할까요?"

한동안 말을 이어가지 못하던 세일이 힘겹게 화제를 돌렸다.

"자네가 이 형이 맡고 있던 오전 근무를 닷새간 서도록 하게. 이 형은 이틀간 휴무를 가진 다음에 근무에 복귀할 걸세."

"네, 알겠습니다."

박 노인의 시선이 좀처럼 세일에게서 떨어지지를 않았다.

"저, 더 하실 말씀 없으면 오늘은 이만 가보도록 하겠습니다."

"그렇게 하게. 이 차는 보험 대상에 추가되어 있으니 바로 자네가 몰고 다니도록 하고. 내가 자네 오피스텔에 세워두고 가도록 하겠네."

"그때 시계만도 너무 고마운데, 이러실 거까지는……."

박 노인이 조금은 짜증스러운 표정으로 세일을 바라보았다.

"자네 정사원 되는 기념으로 주는 선물이라고 생각하고 받게나. 어차피 나는 다른 차들도 많으니."

"그래도……."

"세일 군, 내가 마법 한 가지를 보여줄까?"

갑작스러운 박 노인의 말이 세일의 심장을 움켜잡았다. 대답할 말이 떠오르지 않아 숨만 죽이고 있는 세일을 바라보며 박 노인이 왼손을 들어 올려 실내등이 있는 부위의 버튼을 눌렀다. 요란한 소리와 함께 창문이 내려가고 차의 지붕이 등 뒤로 넘어 사라졌다. 박 노인의 얼굴에 세일이 처음 보는 환한 미소가 떠올랐다.

사무실에 들러 차를 바꾸어 타고 집으로 돌아오는 길 내내 세일은 박 노인의 미소를 생각했다. 세일의 벤츠를 뒤따라서 오피스텔 주차장에 차를 세워두고 나온 박 노인은 모습은 평소와는 조금 달라 보였다. 어쩌면 좀 전에 본 미소 때문이었을지도 모를 일이었다. 박 노인은 세일을 붙잡고 한동안 장황하게 차를 다루기 위한 온갖 설명과 주의사항들을 말해주었다. 연신 고개를 끄덕이며 경청해보려 해도 좀처럼 무슨 말인지 알아듣기가 힘들었다.

"그리고 기름은 가급적이면 고급유만 넣도록 하게."

얼떨결에 박 노인의 건네는 자동차 키를 받으면서도 몇 번이나 사양해야 하는 게 아닌가? 싶은 생각이 들었다.

"저, 영감님 그럼 시간도 많이 늦었으니 제가 차로 사는 곳까지 모셔 드리겠습니다."

"아직 택시가 많이 다닐 시간이니 택시 타고 가도록 하겠네."

"그래도 해주신 게 있는데 제가 모셔다드리는 게……."

세일의 눈을 똑바로 바라보며 고개를 내젓는 박 노인에 태도에 말문이 막혔다. 같이 엘리베이터를 타고 오피스텔 로비로 올라와 큰길가로 나가자 기다리고 있었다는 듯 택시가 다가와 박 노인을 태우고 사라졌다. 떠나가는 택시를 보고 거듭 인사를 하고 세일은 오피스텔로 돌아왔다. 알 수 없는 감정들이 뒤섞여 세일의 머릿속을 휘저어 놓았다.

'내일 선영 씨 보려면 지금이라도 자두는 게 좋을 텐데.'

또다시 꿈에 시달리거나 잠 못 이루는 밤을 보낼 거란 걱정에 손에 힘이 들어갔다. 박 노인이 건네준 자동차 키가 손 안에서 기묘한 감촉을 전해주었다. 두툼하고 요란한 벤츠의 키와 달리 얇은 방패 문양이 각인된 키가 부적이나 되는 듯 세일은 잃어버릴세라 다시 한번 꼭 쥐어 보았다. 걱정과는 달리 마법과도 같은 잠이 찾아왔다. 대답도, 대화도, 꿈도 없는 잠에서 깨어난 세일을 새벽의 햇살이 반겼다.

'오늘 아침 일찍 보기로 했지?'

서둘러 몸을 씻고, 옷을 갈아입고, 선영에게 문자를 보내 놓고 나니 여태껏 고민해 본 적이 없던 일이 세일의 마음을 괴롭혔다. 침대 머리맡에 놓인 두 개의 자동차 열쇠를 한참이나 번갈아 바라보다 세일은 박 노인이 건네준 투박하고 얇은 열쇠를 집어 들었다. 주차장으로 내려가 박 노인의 차에 몸을 구겨 넣듯 올라타니 또다시 긴장감이 밀려왔다. 심호흡을 몇 번 하고 시동을 걸고 기어를 넣고 출발하려 하자 여지없이 시동이 꺼지면서 세찬 진동이 몸을 강타했다.

'그냥 벤츠 끌고 갈까?'

얼마 전 선영이 차에 관해 이야기했던 걸 떠올리며, 세일은 다시 한번 시동을 걸었다. 다행히 이번에는 조금 울컥거리긴 했어도 차를 출발시킬 수 있었다. 이전까지 차를 몰면서 한 번도 걱정해 본 적이 없었던 것들 하나하나가 다 커다란 장애물처럼 여겨졌다. 다행히 더는 시동을 꺼트리지 않고 큰 도로로 무사히 빠져나올 수 있었다. 아직 이른 시간이라 과천의 도로는 한산하기만 했다. 세일은 약속 시각 10분 전에 선영에 아파트 입구에 도착할 수 있었다. 멀리서 다가오는 선영의 모습을 발견하고 세일은 운전석 문을 열고 나와 손을 흔들었다. 세일과 차의 뜻밖의 조합에 선영의 얼굴에 의아한 표정이 맴돌고 있었다.

"원래 끌던 차는 어쩌고요?"

그리 호의적인 말투는 아니었다.

"아뇨, 저희 사무실 어르신 차인데…… 저……."

어떤 말을 해도 선영을 이해시키기는 힘들 것 같았다. 한참을 더듬거리는 세일은 바라보다가 선영은 말없이 조수석으로 올라탔다.

"아우 좁아, 짐 놓을 자리도 없잖아요."

조수석 문을 닫고 운전석에 올라타 시동을 거니 예의 그르렁거리는 엔진 소리가 세일의 귀와 심장을 자극했다. 기대하지 못했던 굉음에 놀랐는지 선영이 눈을 동그랗게 뜨고 세일을 바라보았다.

“아니 저번에 내가 스포츠카 좋아한다고 해서 이런 거 빌린 거예요?”

“빌린 게 아니라, 건네받았습니다.”

“네?”

“저 내일부터 정직원 되는 기념으로 제일 선임분이 타시던 차 저한테 주셨습니다.”

선영은 이해를 못 하겠다는 듯 고개를 내젓더니 어깨를 으쓱였다.

“뭐. 그 사무실 이상한 게 하루 이틀도 아니고, 그래서 오늘은 어디 가나요?”

“바닷가 보고 싶다고 하셨잖아요.”

“또 인천이요?”

선영의 질문에 사무실에 처음 면접 보러 갈 때 택시 기사와 나누었던 대화가 떠올랐다.

“아니요. 더 멀리요.”

세일의 대답이 마음에 드는지 선영의 얼굴에 미소가 돌아왔다.

“먼 길 가려면 빨리 가야겠네요. 어서 출발해요!”

선영이 옆에 타고 있으니 당장 차를 출발시키는 것도 부담스러웠다. 기어를 넣고 조심스럽게 클러치를 떼며 차를 출발시키려 하는데 세일의 걱정이 기우가 아니었음을 확인시켜 주기라도 하듯 울컥거리는 진동과 함께 시동이 꺼졌다. 킥킥거리는 선영의 웃음소리에 세일의 얼굴이 붉게 달아올랐다.

"아, 아뇨. 이게 수동 차라서요. 제가 아직 익숙해지지 않아서."

선영은 당황하며 다시 시동을 거는 세일을 말없이 바라보았다. 신호대기 한 번 걸리지 않고 동해로 가는 고속도로 톨게이트까지 수월하게 갈 수 있었다. 문제는 한참이나 낮은 창문의 위치였다. 세일은 힘겹게 창밖으로 몸을 빼 요금 정산소에서 통행권을 뽑아 들다 또다시 시동을 꺼트렸다. 등 뒤에서 세일을 비난하는듯한 요란한 경적이 연신 들려왔다. 선영은 알 수 없는 표정으로 세일을 빤히 바라보았다. 그 눈빛에 압도되어 세일은 한동안 말을 이어가지를 못했다.

"이럴 때는 비상 깜빡이부터 켜야죠."

세일의 행동을 기다리지 않고 선영이 대시보드의 스위치를 누르자 뒤편의 경적이 한결 잦아들었다.

"침착하게 다시 해봐요."

세일은 말없이 고개를 끄덕이며 선영의 지시를 따랐다. 어젯밤에 들었던 박 노인의 조언을 떠올리며 선영의 지시를 따르자 튀어 나갈 듯 요란하게 몸서리치며 차가 앞으로 달려 나갔다.

"어우, 목 부러지겠네. 뭐 이제부터는 시동 꺼트릴 일 없겠죠?"

세일을 고개를 끄덕이며 운전에 집중했다. 마음이 진정되고 속도가 붙으니 몸이 기억하고 있던 동작을 반복하며 수월하게 차를 내몰아 나아갈 수 있었다.

"얼마나 옛날 차인지 내비게이션도 없네. 시가잭도 없어서 핸드폰 충전도 못 하겠고."

선영은 흥미로운 듯 차 이곳저곳을 둘러보았다.

"아. 그래서 제가 길 다 외워 왔습니다. 갈림길이랑 해서……."

"뭘 그걸 또 외워 와요. 핸드폰 내비게이션에 보조 배터리 연결해서 하면 되는걸."

주먹으로 세일의 어깨를 가볍게 치며 시원하게 웃는 선영의 웃음소리가 음악처럼 귀에 내려앉았다.

"세일 씨. 저기 하위 차선으로 빠져서 속도 좀 줄여봐요."

영문도 모른 채로 세일은 선영의 지시를 따랐다.

"한 이 정도면 될까요?"

기어를 낮추고 도로의 흐름에 한참 못 미치는 속도로 달려가자 선영이 어젯밤에 박 노인이 눌렀던 버튼을 찾아 눌렀다. 창문과 차의 지붕이 내려가자 매서운 겨울바람이 몸을 강타했다.

"히터 좀 올릴게요."

세일의 대답을 기다리지 않고 선영이 히터의 온도를 높이자 뜨거운 공기가 몸을 감싸고 흘러 지나갔다.

"속도 더 높여봐요."

세일이 가속 페달을 밟으며 기어를 바꾸어 나가자 속도계의 숫자는 순식간에 앞자리가 바뀌어 있었다. 베일 듯 날카로운 바람이 선영의 풀어헤친 긴 머리를 뒤로 흩날렸다.

"안 추우세요?"

"히터 틀어서 괜찮아요. 이 정도가 딱 좋아!"

바람 소리를 뚫고 대화를 나누기 위해 둘은 고함을 질러대야만 했다. 훤히 열려있는 차를 둘러싼 공기는 악의를 품은 듯 차갑고 매서웠지만 둘을 감싸 안은 온기를 내몰아 내지는 못했다.

"담배 좀 피워도 돼요?"

손가락 사이에 담배를 끼고 세일의 대답을 기다리는 선영의 모습이 너무나 찬란해 보여 울컥 눈물이 치밀어 올랐다.

"네! 상관없어요!"

눈물이 떨어질 거 같아 세일은 전방의 도로에 시선을 고정했다. 둘의 앞에는 곧게 뻗은 고속도로의 내리막길이 끝도 없이 펼쳐져 있었다. 가속 페달을 밟고 있는 오른발 끝과 기어봉을 잡은 오른손을 타고 올라오는 엔진의 맥동에 동조하듯 세일의 심장이 빠르게 뛰기 시작했다. 외부와 차단된 둘만의 세계에서 표류하는 따듯한 온기와 선영이 내뿜은 담배 연기가 세일의 코끝을 간지럽혔다.

"다음엔……."

고함치듯 내뱉었지만, 세일은 말을 이어가지 못했다. 꿈의 편린들이 세일이 말하는 '다음'이란 없을 거란 걸 마음속에 속삭였다. 세일은 내뱉던 말을 집어삼키고 흐릿해진 눈을 돌려 선영의 모습을 뇌리에 새겨 넣었다. 모든 진동과 향과 감각과 감정이 세일의 뇌에 각인되어 새겨졌다.

14

식어 내린 땀이 세일의 목덜미에서 등을 타고 흘러내렸다. 차가운 손이 세일의 등을 따라 흘러내리는 땀방울을 훑어냈다. 손 주인의 알몸은 대조적으로 데일 듯 뜨거웠다.

"이불, 불편하고 이상해. 돈도 잘 벌면서 왜 이런 형편 없는 걸……"

품속으로 파고들며 나른하게 속삭이는 숨결이 세일의 목을 간지럽혔다.

'보일러 켰는데도 공기가 왜 이리 서늘하지?'

억지로 몸을 일으켜 보려 해도 꿈과 현실의 경계에 반쯤 걸쳐 있는 듯한 기분을 떨쳐내기가 쉽지 않았다. 서늘한 손길이 세일의 다리 사이를 파고들며 몸을 단단하게 붙잡았다.

"어디?"

"보일러 좀……"

세일의 목 언저리를 배회하던 숨결이 점점 아래로 내려갔다. 기대감에 눈을 감으며 세일은 몸을 길게 뻗어 침대에 드러누웠다. 차가운 손이 제멋대로 널브러져 있던 이불을 끌어 올려 두 명의 알몸을 둘러쌌다. 뜨거운 불처럼 달아오른 몸의 열기에 압도되어 숨을 쉬기가 힘들었다.

"가지 마. 가지 말고 내가 말하는 걸 들어봐. 그건 2년 전 새벽, 엄청 추운 날이었는데……"

세일의 배꼽 언저리에서부터 들려오는 목소리가 끊어질 듯 드문드문 들려왔다.

"엄마랑 아빠가 대학 졸업하고 괜찮은 병원 취직했다 좋아하던 딸이, 안 피우던 담배 피우고, 맨날 술에 절어 들어오고 하니깐 걱정된다고, 그것 때문에 새벽기도 간다고……."

발작적으로 터져 나온 킥킥하는 웃음소리가 세일의 예민한 부위를 자극했다. 세일은 터져 나오려는 신음을 간신히 집어삼켰다.

"그 새벽에 누가 신호를 지켜. 그 화물차 운전자처럼 그냥 신호 무시하고 사거리 지나갔으면 됐을걸. 거기 나중에 내가 가서 재봤는데 신호 걸리면 다시 지나갈 때까지 3분이나 걸리던데."

눈을 감고 숨을 죽인 채로 손을 더듬어 둥그런 어깨를 매만졌다. 어깨의 주인이 말하는 내용이 세일의 머릿속에 그려졌다.

"엄마, 아빠는 신호 기다리다 출발했는데 화물차 운전자는 그걸 기다리지 않았던 거야. 사고 소식 듣고 병원부터 들렀어. 그리고 경찰서에도 가야만 했고. 경찰이 나한테 사고 현장 사진을 보여주더라. 사진에 남아 있는 우리 집 차는 형편없이 구겨진 철판처럼만 보였어. 맨날 엄마 아빠와 같이 타고 다니던 차인데도 전혀 알아볼 수가 없었어. 그리고 그 철판에 붙어 있던 신체 부위도…… 살 조각들도 맨날 보던……"

곧 어깨가 떨릴 거라 생각했지만 의외로 목소리 주인의 몸과 음성은 담담하기만 했다.

"잘못된 신한테 잘못된 기도를 하러 간 거지."

'아니 그게 기도에 대한 대답이다.'

"그래. 그게 기도에 대한 대답이었나 봐. 이유도 없이, 비명 지를 틈도 없이 죽는 게."

'짧게나마 비탄에 찬 비명을 질렀을 것이다. 꿈꾸는 자의 귀에 안식의 노래를 불러주었을 것이다. 그게 원숭이들의

삶의 이유다.'

"그래. 그러니깐 추운데 일어나지 말고, 가지 말고, 날 더 안아줘."

"그래. 어둠 속에 둘만 남겨진 것처럼, 불처럼, 마지막 불씨처럼."

자각 없이 내뱉은 단어에 체온이 급격히 내려갔다. 선영이 고개를 끄덕이기라도 한 것인지 머리카락이 흩날리며 세일의 하복부를 부드럽게 간지럽혔다.

"몇 시지? 아침에 출근……"

분명히 3시를 넘었을 것이다.

"아직은…… 아직은 꿈을 꾸고 잠을 잘 시간이야."

뜨거운 숨결이 세일의 하복부를 간지럽혔다. 터져 나오는 신음을 억누르며 눈을 뜨려 해도 좀처럼 마음먹은 대로 되지 않았다.

"아직은 더 자요."

마법의 불처럼 뜨거운 손길이, 숨결이 세일의 몸을 불태웠다.

'아니다. 이제 일어나야 할 시간이다. 더 이상의 꿈은……'

머릿속에서 마구 날뛰는 상념들에 압도당해 제대로 된 생각을 할 수가 없었다.

"더 자요. 아직은 시간이 남았어."

'그래 깨어나게 두면 안 돼. 내가 해야만 하는 일을 해야

한다. 비명의 자장가를…….'

선영의 몸짓이, 목소리가 자장가처럼 세일을 꿈속으로 인도했다. 꿈의 여파가 여전히 남은 채로 눈을 뜨고 나니 새벽 5시였다. 눈을 뜨고 돌아보면 선영의 모습이 사라졌을 거란 확신이 들었지만, 선영은 여전히 이불을 끌어안고 잠에 취해 있었다. 비스듬히 덮은 이불을 바로 해주고 오피스텔의 커튼을 치고 샤워를 마치고 나올 때까지도 선영이 일어날 기미는 보이지 않았다. 세일은 소리를 내지 않으려 조심하며 옷을 갈아입고 메모지에 오피스텔의 비밀번호를 남겨 놓았다. 박 노인의 차 열쇠를 집어 들고 현관문을 나서다 뒤돌아 선영의 잠든 모습을 바라보았다. 자신이 지켜보고 있는 것이 선영의 마지막 모습이라는 걸 세일은 알 수 없었다. 한참 동안 침대에 누운 선영의 모습을 바라보다 세일은 이제 조금은 익숙해진 박 노인의 차를 몰아 사무실로 갔다.

'오늘부터는 쭉 혼자서 근무하겠구나.'

신입사원을 계속 모집하고 있는 건 알고 있지만, 사무실 인원이 더 늘어나는 일은 없을 거란 걸 세일은 알고 있었다. 조금은 꾸민 듯한 태도로 철문을 열고 들어서면 인사를 하는 세일을 맞은 건 의자에 드러누워 아직도 잠에 빠져 있는 김 노인의 모습이었다. 기껏 사그라졌던 김 노인에 대한 분노와 혐오감이 되살아났다.

"어르신, 일어나세요, 교대 시각입니다."

세일은 감정을 애써 억누르며 김 노인을 흔들어 깨웠다. 김 노인은 아직도 꿈에서 헤어 나오지 못한 듯 멍한 표정으로 세일을 바라보다 몸을 일으켜 주섬주섬 물건들을 챙겨 들었다. 세일은 더 이상 김 노인을 바라보기도, 말을 나누기도 싫어 의자에 앉아 시계에 시선을 고정했다.

"일어나? 그래…… 자네가…… 자네가 할 텐가?"

어깨 너머에서 불쑥 들려오는 질문에 세일은 호기심을 이기지 못하고 고개를 돌려 김 노인을 바라보았다. 눈물이 가득 고인 김 노인의 눈에 실린 연민과 공포의 감정에 압도되어 세일은 한동안 말을 할 수가 없었다.

"그게…… 무슨 말씀이신가요?"

김 노인은 한참을 대답 없이 세일을 바라만 보다 고개를 내젓고 사무실을 떠나갔다. 아무도 없이 텅 빈 사무실의 풍경이 기이할 정도로 낯설게만 느껴졌다. 세일은 한참을 홀린 듯 사무실 이곳저곳을 둘러보다 화들짝 놀라 다시 시계로 시선을 옮겨갔다.

'집중하자. 혼자서 근무하는 첫날부터.'

이제껏 한 번도 의식해본 적이 없던 등 뒤의 지하실 문이 계속 신경을 잡아끌었다. 3개월 동안 매일같이 해왔던 일인데도 이전과는 달리 좀처럼 시계에 집중할 수가 없었다. 손목시계를 내려보니 인제야 10분이 조금 지나있었다.

'어제 잠을 잘 자지 못해서 그런 건가?'

선영과의 밤을 떠올리자 마음 한편이 따듯해졌다.

'이제 깨어나셨으려나? 문자라도 한 통 보내 놓고 올 걸 그랬나?"

'깨어난다'는 문장이 세일의 머리를 두들기며 섬뜩한 경보를 울려대었다. 세일은 다시 한번 화들짝 놀라 벽면의 시계를 바라보았다. 시간은 여전히 9시였다. 안도하며 밤의 기억을 더듬어 보는데 선영의 모습이 좀처럼 또렷이 떠오르지 않았다. 충동적인 그리움에 가슴 한편이 먹먹해 왔다.

'오늘 오후에라도 또 저녁 식사하자고 해야지. 병원 모셔다드리면서 어머니 면회도 가고.'

선영의 모습뿐만이 아니라 어머니의 모습도 좀처럼 떠오르지 않는다. 마치 꿈속에서만 보았던 이들의 모습처럼 너무나 희미하기만 했다.

'뵌 지 며칠이나 되었다고.'

세일은 어처구니없어하며 머리를 내저었다. 벽면 시계의 시간은 여전히 9시였다. 손목시계를 보니 어느새 8시가 지나있었다.

'7시간만 지나면.'

좀처럼 근무에 집중을 못 하는 자신을 다잡으며 세일은

의자에서 몸을 일으켰다. 세일은 벽면의 시계에 시선을 고정한 채로 사무실 이곳저곳을 걸어 다니다 김 노인이 내버려 두고 간 무가지를 발견하고 잠시 망설였다. 곁눈질로 잠깐 내려다보았을 뿐인데도《현상과 해석》의 1면 기사 제목이 세일의 이목을 잡아끌었다.

그들의 얼굴을 보라

세일은 호기심을 이기지 못하고 무가지를 집어 들고 의자에 앉았다. 커다란 흑백 사진 아래의 기사는 전직 대통령의 관동군 복무 시절에 대한 의혹 제기와 그 시절에 맺어졌던 모종의 협약에 대한 음모론을 다루고 있었다. 정작 기사의 제목이 던진 질문에 대한 해답은 사진에 있었다. 이 노인이 전수해준 비법으로도《현상과 해석》의 1면을 절반이나 차지하고 있는 흑백 사진 속의 인물들을 자세히 확인하기는 어려웠다. 세일은 짧게 벽면의 시계를 다시 확인하고 흑백 사진 속에 군복을 입은 인물들의 얼굴을 차례대로 훑어보았다. 인터넷과 역사책에서만 접해봤던 인물의 젊은 시절 얼굴은 세일에게 생경하기만 했다. 그보다 세일의 눈을 사로잡은 건 사진의 중앙을 차지하고 꼿꼿하고 서 있는 인물이었다.

'이때가, 1942년이면 70년도 넘게 흘렀는데. 지금 얼굴이

랑 바뀐 게 하나도 없으시잖아.'

며칠 전 밤에는 직접 운전을 가르쳐주었고, 몇 시간 뒤에 다시 마주쳐야 할 얼굴을 세일은 한참이나 홀린 듯 바라보았다. 굳게 닫힌 지하실 문 너머에서 친숙한 목소리가 세일에게 말을 걸어왔다. 이 노인이 박 노인을 처음 만났을 때를 이야기했던 게 떠올랐다.

'얼굴이 거의 변한 게 없으신 것 같다 그랬었지.'

그 얼굴은 꿈꾸는 이에게서 모든 걸 앗아간 찬탈자의 얼굴이었다. 더 이상 근무 교대 시간이 기다려지지 않았다. 억누르고 있었던 비현실적인 위화감들이 실체를 띠고 세일에게 질문을 던져대었다.

'어쩌면 그냥 닮은 사람일 수도 있지.'

세일 자신도 믿지 않는 해석이었다. 세일은 애써 힘주어 벽면의 시계에 시선을 고정했다.

'박 영감님이 누구이건, 얼마나 오래 살았건, 내가 해야 할 일은 변하지 않는다.'

"나의 종복이 찬탈자의 개로 전락하는구나."

'난 누구의 종도 아니다…….'

설명할 수 없는 기묘한 감각이 세일의 몸을 휘감았다.

'그러고 보니 김 영감님이 김 씨 사건 이야기해 줄 때, 그때 시계가 제대로 동작하지 않은 거였던 거잖아?'

벽면 시간은 여전히 9시다. 손목시계를 내려다보니 어느새 12시가 훌쩍 넘어있었다.

'아까 분명히 8시 정도였는데.'

정상적인 시간의 흐름이 좀처럼 느껴지지 않았다. 당장이라도 밖으로 뛰쳐나가 어머니에게, 선영에게 전화를 걸고 둘의 목소리를 들어야만 안심이 될 것만 같았다.

'3시간만 있으면 교대 시간이니깐.'

탁자 위에 널브러진 무가지에 자꾸만 신경이 쏠렸다. 세일은 무가지의 1면을 뜯어내 손으로 구겨 가방 속에 쑤셔 넣었다.

'오히려 1면만 뜯겨나간 거 보고 이상하게 생각하지 않으실까?'

한참을 망설이다 이번에는 탁자 위에 남은 모든 무가지들을 가방 속에 밀어 넣었다. 손목시계를 내려다보니 인제야 2시였다. 언제라도 철문이 열리고 박 노인이 불쑥 사무실로 들어올 것만 같았다. 박 노인은 모든 걸 바라보고, 모든 걸 알고 있을 것이다. 세일은 사방으로 흩어지는 의식을 억지로 그러모으며 벽면의 시계만을 바라보았다. 시간은 여전히 9시였다. 미세하게 시침이 흔들리는 듯한 기분이 들었다. 눈을 비비고 다시 보니 시침이 미묘하게 떨리고 있었다.

'영감님이 뭐라고 했었더라? 손잡이는 언제 당겨야 한다고 했었지?"

사무실의 철문이 기척도 없이 열렸다. 차분하게 인사를 건네며 박 노인의 들어서자 사무실 안의 온도가 기이할 정도로 높아진 것만 같은 기분이 들었다. 벽면 시계의 시침은 언제 그랬냐는 듯 제자리로 돌아가 있었다.

'분명 나한테 말을 거실 거야. 차 이야기라든가.'

기대와는 달리 박 노인은 별다른 말 없이 짐을 풀고 세일의 옆자리에 앉았다.

"교대 시간이네. 이만 가보도록 하게."

기다리고 있었다는 듯 세일은 박 노인에게 작별 인사를 건네고 사무실 문을 나섰다. 두꺼운 철문이 등 뒤에서 닫히고 차가운 겨울 공기를 가득 들이마시고 나서야 긴장이 풀렸다. 세일은 길게 한숨을 내쉬고 휴대폰을 켜 문자를 확인해 보았다. 선영이 보낸 안부 문자에 기분이 한결 나아졌다. 좀 전까지 사무실에서의 일들이 모두 흘러 지나간 꿈처럼 느껴졌다.

[이따 저녁에 식사할래요? 제가 모시러 가서 식사하고 병원까지 태워 드릴게요.]

세일의 문자에 좀처럼 답변이 돌아올 기미가 보이지 않았다. 세일은 한숨을 내쉬고 차에 올라타 집으로 향했다. 신호에 걸려 정차할 때마다 선영의 이야기가 떠올라 섬뜩한 기분이 들었다. 모든 교차로의 신호 하나하나가 예측할 수 없는 최후에 대한 선고처럼 느껴졌다. 헤어지고 반나절도 지나지 않았지만, 그 어느 때보다 더 선영에 대해 그리움이 간절했다. 주차장에 차를 세우고 운전석에서 내리자마자 휴대폰을 확인해 보지만 여전히 선영으로부터의 답장은 없었다. 세일은 실망과 초조함과 분노와 걱정이 뒤섞인 감정에 사로잡힌 채 엘리베이터를 잡고 집으로 들어와 침대에 몸을 던졌다.

'여전히 주무시나?'

세일의 마음을 읽기라도 한 듯 때맞춰 울리는 휴대폰의 문자 수신음에 마음이 들떠 올랐다.

[이번엔 얼굴을 똑똑히 봤겠지? 반갑지 않았나?]

기대감에 한껏 부풀어 오른 마음이 사그라지고 분노가 세일을 휘감았다. 세일은 침대에서 몸을 일으켜 세우고 문자를 보낸 번호로 전화를 걸었다. 연락을 기다리고 있었던 듯 통화음은 길게 이어지지 않았다. 수화기 너머에서는 대답 없이 부자연스러운 숨소리만 들려왔다.

"김 씨 어르신. 박 영감님이랑 과거에 있었던 사고 이야기 이미 들었습니다. 박 영감님 원망하시는 건 알겠는데 자꾸 저한테 왜 이런……"

내쏟듯 이어지는 세일의 말은 갑작스러운 통화 종료음에

의해 끊어졌다.

'도대체 뭐야.'

또다시 문자 수신음이 울렸다.

[나는 자네와 말을 할 입이 없어.]

얼마 전 보았던 김 씨의 불타버린 얼굴에 달린 뭉개진 입이 떠올랐다.

[저, 죄송합니다. 그런데 자꾸 이런 문자 보내시는 의도도 모르겠고. 제가 난감하니 그만 좀 보내주십시오.]

[내가 박 형을 원망하고 있다고? 그건 누가 이야기해 주었지? 김 군이?]

세일은 순간 '김 군'이 누구를 말하는 것인지 고민하다 김 노인을 이야기하는 것임을 깨달았다.

[네. 그때 박 영감님이 지하실에 김 씨 어르신 억지로 내려보내고, 거기서 사고당하셔서. 불로…….]

문장을 어찌 마무리해야 할지 몰라 세일은 모호한 문자를 전송했다.

[내가 억지로 내려갔다고?]

[네.]

[종복이 주인의 편안한 잠자리를 돕는 일을 어찌 마다할 수 있겠나? 모든 걸 바쳐서라도 그분을 모시는 게 나의 할 일인데 내가 그걸 왜 억지로 했단 말이지?]

'내가 해야 하는 일은…….'

예상 못 한 김 씨의 대답에 좀처럼 대꾸할 말이 떠오르지 않았다.

[이세일 군. 그때 내가 그 아래에서 무얼 보고, 무슨 이야기를 들었는지 아나?]

'그걸 당신이 말해주지 않으면 내가 어떻게 알아.'

[그냥. 박 영감님이 모두를 속였다고.]

차마 '찬탈자'란 단어를 쓸 용기가 나지 않았다.

[그래. 오늘은 그의 얼굴을 보았겠지? 이 형이든 김 군이든 내 시시한 소일거리의 열성 팬들이 된 지 오래이니깐.]

[박 영감님이 관동군 대좌 누구라니. 얼굴이 닮았긴 한 것 같습니다. 아니 설마 박 영감님이 그렇게 오래 살았다고 한들 그게 우리가 하는 일과 무슨 상관이?]

세일의 말에 대한 대답이 길어지는지 한참이나 답변이 오지 않았다.

[그래. 관동군 대좌 마쓰모토 이오리. 동시에 콩고 주식회사의 이름 모를 벨기에 중역이기도 했겠지. 한때는 건륭제의 귀에 학살을 속삭이기도 했을 테고. 티무르가 제국을 설립할 때 그 옆에서 원정 방식에 관해 이야기를 해주었거나, 전국시대 진나라 장수에게 포로의 처우에 대해 조언해준 이도 그였겠지. 맨해튼 프로젝트의 핵심 운영자의 가장 친한 친구이자 동시에 요제프 멩겔레가 가장 신뢰한 심복

일 수도 있을 테고.]

김 씨의 장황한 말이 좀처럼 머릿속에서 정리가 되지 않았다.

[그럼, 박 영감님이 얼마나 나이가 많다는 건가요?]

[얼마나 많냐고? 우리 개미 떼의 역사가 곧 그의 나이 아니겠나? 박 형이 바로 최초의 교사이자 제사장이자 발명가이자 시인이자 작가였을 테고. 문명이, 마을이, 도시가, 국가가, 종교가, 전쟁과 학살이 모두 그의 손에 의해 만들어진 창작품일 테니.]

"나는 파수꾼이자 문명의 반석이지. 가르침을 주고 길을 보여주는 것은 나의 역할이요."

박 노인이 말했던 이야기가 이전과는 다른 무게감으로 세일을 짓눌러왔다.

[왜? 대체 왜요?]

몇 번이나 질문을 고쳐보아도 그 이상의 문장이 떠오르지 않았다.

[왜? 박 형이 왜 그런 일을 하느냐고? 더러운 찬탈자 놈이 꿈꾸는 이로부터 불을 훔쳐 세운 허상의 왕국을 유지하려 그러는 것 아니겠나? 꿈꾸는 이가 꿈에서 깨어나지 않도록.]

'거인을 잠재우는 자장가를 불러주는 거다.'

[그럼, 뭘 보신 겁니까?]

[보아선 안 될 걸 보았지. 들어선 안 될 것을 들었고. 하지만 종국

엔 우리 모두가 보게 되고 듣게 될 것이야. 더러운 찬탈자 놈이 아무리 막으려 애를 써봐도 결국엔 우리는 모두 꿈꾸는 이의 종복일 테니.]

"나는 이미 대답을 보여주고 들려줬노라."

익숙한 목소리가 세일의 귓가에 알기 싫은 비밀을 속삭였다. 의식하지도 못한 사이에 세일의 눈에 고인 눈물로 핸드폰 화면이 뿌옇게 보였다.

[저한테 왜 이런 이야기를 하시는 겁니까? 도대체.]

[세일 군. 우리의 주인이 더는 꿈을 꾸기 싫다면? 꿈에서 깨어나 모두에게 보아선 안 될 걸 보여주고, 들어선 안 될 것을 들려주려 한다면? 우리는 어떻게 해야 하나?]

'난 문명의 반석이다.'

[제가 배운 대로 알고 있는 대로 해야 할 일을 할 겁니다.]

김 씨로부터의 대답은 한참이나 없었다. 참을 수 없는 한기가 세일의 몸을 휘감았다.

'불이 필요해. 선영 씨. 목소리 듣고 싶어.'

세일은 떨리는 몸을 움츠리며 선영의 연락처를 찾았다. 무시해보려 해도 앞날에 대한 선고와도 같은 불길한 문자 수신음과 함께 도착한 김 씨의 문자가 세일의 눈에 들어와 박혔다.

[자네 사무실 시계가 어떻게 작동하는지 아나? 아니 그것보다 손

잡이가 어떻게 작동하는지 아나? 나도 처음에는 그게 무척이나 궁금했었지. 그런데 말이지 진짜 궁금해해야 할 건 손잡이를 당기면 어떤 일이, 무슨 일이 벌어지는지가 아닐까?]

더는 김 씨와 문자를 주고받고 싶지 않았다. 세일의 마음을 알기라도 한 것인지 김 씨도 더는 문자를 보내지 않았다. 시간은 어느새 저녁 7시를 지나있었다. 여전히 선영으로부터의 답장은 오지 않았다.

'지금쯤이면 깨어 있어야 할 시간인데.'

알 수 없는 불안감에 사로잡혀 선영에게 전화를 걸어보지만, 통화음이 몇 번 울리지도 않고 전화가 끊어졌다.

'이거 전화 받다가 끊은 거.'

그 어느 때보다 더 간절하게 선영이 필요할 때 버림받았다는 생각이 세일의 머리를 뒤흔들어 놓았다.

'그냥 무슨 일이 있는 거겠지.'

심호흡하며 날뛰는 마음을 진정시켜보려 해도 불안감은 점점 커져만 갔다. 세일은 휴대폰을 한쪽으로 치워두고 애써 몸을 일으켜 욕실로 들어가 몸을 씻었다. 아무리 뜨거운 물을 몸에 퍼부어도 좀처럼 온기가 느껴지지 않았다. 욕실에 들어가기 전보다 훨씬 더 차가워진 몸을 두 손으로 감싸안고 세일은 침대에 길게 드러누웠다. 온갖 생각과 감정들의 격전장이 된 머릿속이 간절히 휴식을 원하고 있었다.

‘이대로 잠들면 또 꿈꾸게 될 건데.’

더 이상은 꿈속의 대화와 알 수 없는 목소리가 들려주는 진실들을 감당해낼 자신이 없었다. 밀려오는 졸음에 저항해 보려 해도 잠이 가져다줄 위안을 거부하기에는 너무나 지치고 혼란스러웠다. 세일이 오직 간절히 원하는 것은 꿈도 진실도 대답도 아닌 선영의 온기와 목소리였다. 질척거리는 잠과 꿈의 늪을 향해 조금씩 내디디고 나아가는 세일을 깨운 건 갑작스러운 문자 수신음이었다.

‘또 무슨 소리를 하려고.’

짜증과 분노가 치밀어 오르지만, 그보다는 호기심이 더 앞섰다. 침대에 몸을 누인 채로 손을 더듬어 휴대전화를 들고 확인해 보니 선영으로부터 온 문자였다.

[미안해요. 늦게까지 자느라 문자 확인도 못 했어요. 급하게 출근하느라 전화도. 저녁 식사는 내일 해요. 아니면 점심때부터 만나서 같이 놀아도 좋고. 이따 퇴근하면서 문자 남길게요.]

온기가 세일의 몸에 퍼져나갔다. 이제까지의 모든 공포와 불안감이 다 하찮은 망상처럼 여겨만 졌다. 크나큰 안도감이 세일을 더 깊은 잠속으로 끌어당겼다. 세일을 기꺼이 꿈의 인도에 몸을 내맡겼다.

“자네가 해야 할 일을 하게.”

낯선 복장의 박 노인 같기도 하고 박 노인이 아닌 것 같기도 한 남자가 칼을 내민다. 꿈속이라는 자각과 실제로 일어나고 있는 일이라는 현실감이 공존한다. 머뭇거리며 칼을 건네받는 세일의 손이 떨리고 있다. 건물과 사람이 불타는 열기와 그보다 더 뜨거운 학살자들의 숨결이 데일 듯 가까이 느껴진다. 사방에서 칼을 손에 쥔 남자들에게 살해당하는 아이들과 여자들의 비명이 피를 들끓게 한다. 칼을 쥔 세일의 손 아래에 엎드려 탄원하는 여자의 입에서 알 수 없는 언어가 흘러나온다. 비어 있는 세일의 손이 여자의 머리카락을 잡아당겨 하얀 목을 드러낸다.

'꿈이야. 이건 다 꿈이다.'

"여자의 얼굴을 똑바로 바라봐."

공포에 잠식당한 여자의 눈동자가 왜인지 선영을 연상케 한다.

'낮에 들었던 이야기에 내 무의식이 만들어 낸 허상이다.'

칼을 든 세일의 손에 힘이 들어간다. 자신의 몸이 저지르는 행위에서 눈을 돌려 보려 해도 그저 무기력하게 바라볼 수밖에 없다. 여자의 머리카락을 잡은 손에 힘을 풀자 비명과 탄식과 함께 생명이 빠져나간 몸뚱이가 바닥에 쓰러진다.

"충분하지 않아. 너무 느리고 비효율적이군. 꿈꾸는 자를 재우기엔 아직도 충분하지 않아."

박 노인의 말투는 세일이 평소에 듣던 그대로 담담하고 감정의 흔적이 보이지 않는다.

"우리 스스로를 지키기 위해 사람들을 한곳에 모아야 한다. 그게 우리의 반석이자 자장가를 부르기 위한 사형대가 돼 줄 것이다."

'이건 다 꿈이다. 박 영감님이 이런 말을 했을 리가 없어.'

세일의 몸이 고개를 들고 눈물로 흐릿해진 눈으로 박 노인을 바라본다. 박 노인의 눈이 세일을 마주 바라본다. 그 눈빛에 실린 이해와 경악의 빛이 세일을 두렵게 한다.

"자네……"

'날 보셨어. 알고 계신 거야.'

박 노인이 고개를 내젓고 하늘을 올려다본다. 눈을 가늘게 뜨고 해의 위치를 가늠해보더니 한숨을 내쉰다.

"사람들을 불러 모으게. 다음 마을로 가야만 하네. 꿈꾸는 자가 완전히 깨기 전에 해야 할 일을 마쳐야 해."

이입된 몸의 주인이 느끼는 비통과 분노가 세일에게도 전해진다. 자기 손으로 숨을 끊은 아이의 시체를 끌어안고 울부짖던 남자가 고성을 지르며 박 노인에게 달려든다. 머뭇거림도 놀라움도 없는 박 노인의 시선이 남자의 몸에 닿자 옷자락 끝에서부터 불꽃이 피어오르더니 순식간에 울부짖던 남자는 재가 되어 사라진다.

"부족이, 가족들이 자네들을 위해 모든 걸 내어주고 자네들이 밤낮으로 해와 달을 바라보며 숨죽여 기다렸던 이유가 바로 이 순간을 위해서였네! 우리는 문명의 반석이자 파수꾼이다! 머뭇거림 없이 나아가서 해야 할 일을 하게!"

소리를 높이지 않고 낮게 읊조리는 목소리였지만 모두에게 그 뜻을 전달하기엔 충분하다. 얼마 전의 서울 정부 종합청사에서 모두를 압도하던 박 노인의 연설이 떠오른다.

'실제로 있었던 일이 아니야. 다 꿈이다.'

수많은 시체가 장대에 못 박혀 불타고 있다. 눈살을 찌푸린 박 노인이 주교의 눈을, 세일의 눈을 바라본다.

"원숭이 놈들은 그 목적도 뜻도 모르면서 행위만을 맹목적으로 흉내 내고 반복하는 법이라지만, 나는 더 이상 내 도시에서 당신들이 벌이는 우매한 행동을 용납해줄 수 없소."

"말을 조심하시오, 선생. 이건 신의 왕국을 지상에 세우기 위한 거룩한 역사요."

박 노인의 얼굴에 세일이 처음 보는 표정이, 분노가 떠오른다.

"신? 신의 왕국? 내가 스스로 창작해 너희 원숭이 놈들에게 선물해 준 허구의 개념을 내 앞에서 들먹이는 건가?"

박 노인이 말과 함께 시체를 태우고 있던 불들이 일제히 사그라든다. 분노와 눈앞에 서 있는 남자에 대한 공포가 뒤섞인 주교의 감정이 세일에게도 전달된다.

"그것도 좋겠지. 주교. 당신의 신과 신의 왕국을 지탱해 주는 것이 무엇이고 누구인지 명심하시오. 내 선물 중 무엇을 믿든, 아몬을 모시든 바포멧을 모시든 그건 당신들의 자유요. 단 그 자유가 무엇 위에 성립하고 있는 것인지, 당신들이 숭배하는 불을 가져다준 게 누구인지는 잊지 마시오."

목소리도 감정도 흐릿해진다.

"내가 가장 사랑하는 종복. 그가 믿고, 알고, 모시는 유일한 것은 오직 하나뿐이지."

'그래. 거인은 있다. 거인은 잠에서 깨어나면 안 된다.'

책상에 앉은 박 노인이 세일이 건네준 문서를 읽고 있다.

"나는 이제 죽음이요, 세상의 파괴자가 되었도다, 라……."

놀랍게도 유쾌한 웃음이 박 노인의 얼굴에 피어오른다.

"그 애송이가 죽음에 대해, 파괴에 대해 무얼 알고 있단 말인가?"

말과는 달리 만족감이 가득 찬 얼굴이다.

"그렇다 하더라도, 원숭이 놈들이 그 긴 세월에 걸쳐 쓸만한 걸 드디어 만들어 냈군."

너무 많은 장소와 너무 많은 생각과 너무 많은 시간이 세일의 머리를 혼란하게 만든다.

'이건 다 꿈이다.'

박 노인과 함께 있던 얼굴의 입이 떨어진다. 얼마 전 세일이 본 그 신문 사진 속 인물이다.

"과천이면 충분하겠습니까?"

"그렇소, 각하. 원하는 걸 드렸으니 이제 나에게 원하는 걸 내주어야 할 때가 아니겠소?"

둘을 둘러싼 이들의 웅성거림이 커진다.

"최소한의 희생으로 문명을 유지하기 위한 장치요. 또 하나. 더 이상 이 일의 목적과 의미를 드러낼 수는 없소. 내게 필요한 건 손잡이를 당겨야 할 때 머뭇거림 없이 당기는 손이요. 파수꾼들에게 최고의 대우를 하고 자긍심을 가질 수 있도록 하되 필요 이상의 정보를 주면 안 될 것이오."

세일의 생각이 갇혀있는 몸이 고개를 끄덕인다.

"당분간은 과천이 인류 문명의 반석이자 도약대가 될 것이오. 자발적으로 사람들이 모여들게 하기 위한 방법을 모색하시오. 최소한, 하지만 필요 충분한 인구를 유지할 대책도 세우도록 하시오."

이번엔 세일에게도 익숙한 풍경이 펼쳐진다. 장관의 눈으로 자신을 마주 보는 세일의 눈을 경멸의 감정을 갖고 마주 바라본다. 박 노인의 입이 열리자 회의실에 앉은 모든 이의 시선이 박 노인에게 집중된다.

“두려워해야 마땅할 것을 두려워하지 않는 것만큼 어리석은 행동은 없지. 장관 당신은 평생 잠을 자지 않을 자신이 있소? 남은 일생 꿈을 꾸지 않을 것 같소?”

‘그래 이건 꿈이다. 얼마 전에 겪었던 일, 깨어나면 모두 잊힐 꿈이다. 의미도 없고.’

그리고 이제는 꿈에서 깨야 할 시간이다.

15

비명도 한숨도 울음도 없이 세일은 잠에서 깨어나 침대에 걸터앉았다. 요란하게 울리는 알람 소리가 평소와는 다르게 들렸다. 늘 세일의 잠을 깨우던 것과 확연히 다른 선율이었지만 세일은 대수롭지 않게 흘려 넘겼다. 무엇을 해야 하는지가 선뜻 떠오르지 않아 세일은 한참을 망설였다. 평소의 습관이 세일을 욕실로 인도했다. 샤워기에서 흘러내리는 차가운 물줄기에 몸을 움츠리며 온도를 올려 보았지만, 그 어떤 온기도 느껴지지 않았다. 세일의 살을 벌겋게 익혀 놓았지만, 여전히 차갑게 느껴지는 물기를 대충 수건으로 닦아내며 휴대전화를 확인해 보았다. 선영이 보낸 메시지가 2시간 간격으로 도착해 있었다. 꿈의 잔재처럼 마음속 깊숙한 곳에 숨어있던 악몽과 두려움이 사라지고 행복감과 동시에 원인 모를 아련한 슬픔이 밀려왔다.

'퇴근하면 아파트로 모시러 가서 식사하러 가야지. 오늘은 어머니도 꼭 뵙고.'

너무나 중요한 걸 놓치고 있는 듯한 기분이 들어 세일은 주변을 두리번거렸다.

'손목시계. 하마터면 안 차고 갈 뻔했네.'

세일은 선영에게 출근하는 중이니 퇴근하고 바로 아파트로 가겠다고 문자를 남겨 놓았다. 차 열쇠를 집어 들고 엘리베이터를 호출해보지만 아무리 기다려도 엘리베이터는 도착하지 않았다.

'고장 난 건가? 정기 점검 같은 거 한다는 소리는 듣지 못했는데.'

한참을 기다리다 세일은 비상계단으로 향했다. 비상계단의 출입구가 왜인지 사무실 지하 문을 연상케 했다. 세일은 텅 빈 비상계단을 걸어 내려갔다. 무언가 평소와는 다르다는 생각이 들었지만, 정확히 무엇 때문인지 알 수가 없었다. 바지 주머니에 찔러 넣은 휴대전화가 짧게 울렸다. 선영으로부터 온 문자를 기대하며 메시지를 확인해 보았지만 모르는 번호로부터 온 것이었다. 김 씨가 보낸 것은 아니었다.

[세일 씨. 나 김일세. 아무래도 이 형에게 일이 생긴 것 같아. 어젯밤 근무를 대신 이 형에게 부탁했는데 사무실에 오지를 않아서 박 형이 지금까지 계속 근무 중이야. 전화해도 도통 받지도 않고. 오늘 오전 근무는 내가 설 테니 이 형 집에 가서 확인 좀 해주겠나?]

'왜 박 영감님이 아니라 김 영감님이? 그보다 난 이 영감님 주소도 모르는데……'

자신을 김 노인이라 주장하는 문자의 내용에 영 석연치 않은 기분이 들었다.

'그런데 이 영감님 요새 계속 몸이 안 좋아 보이셨지? 혹시 진짜 무슨 일이라도 당하신 거……'

밀려오는 불안함에 의구심은 금세 사라졌다. 세일은 급히 답장을 보냈다.

[알겠습니다. 이 영감님 주소를 알려주십시오.]

김 노인으로부터 답장이 도착하는 데는 그리 오랜 시간이 걸리지 않았다. 이 노인의 집은 사무실로부터 그리 멀지 않은 곳이었다. 세일은 남은 비상계단을 뛰듯이 내려가 박 노인의 차를 몰고 도로로 나섰다. 마주치는 교차로마다 신호등이 고장 나기라도 한 것인지 황색등이 점멸되고 있었지만, 아직 이른 시간임에도 도로는 기이할 정도로 한산했기에 정체는 없었다. 문득 자신이 내비게이션의 안내도 없이 주소만 듣고 이 노인의 집을 향해 가고 있다는 게 떠올랐다. 박 노인의 차에 달린 묵직한 기어봉은 사무실 벽의 손잡이를 연상케 했다. 자동차 유리 너머로 흘러 지나가는 풍경들이 좀처럼 실재감이 느껴지지 않았다.

'꼭 꿈속에서 어디 가고 있는 것 같네? 가도 가도 절대 도착하지 못하는……'

갑작스러운 통찰이 가져다준 섬뜩함을 세일은 애써 억눌렀다. 우려와 달리 얼마 달리지도 않았는데 주소지의 아파트 단지가 세일의 눈에 들어왔다. 낡고 오래된 주공 아파트 단지에는 오가는 사람이 아무도 보이지 않았다. 박 노인의 차를 던져놓듯 주차장에 세워두고 세일은 이 노인의 집으로 달려갔다. 단지 내 이곳저곳에서 아이들의 자지러지는 울음소리와 자장가가 어우러져 들려왔다. 주소지 동 입구의 출입문은 처음부터 닫혀있었던 적이 없었던 듯 활짝 열려있었다. 왜인지 이곳의 엘리베이터도 작동하지 않을 거란 확신이 들어 세일은 뛰어서 계단을 올라갔다. 이 노인의 집이 가까워질수록 복도의 공기가 무겁게 내리깔려 세일을 막아서는 것처럼 느껴졌다. 이 노인의 집 현관문 앞에서 세일은 가쁜 숨을 잠시 몰아쉬었다. 초인종을 눌러 보았지만 문 안쪽에서는 어떤 소리도, 반응도 들려오지 않았다. 긴 한숨과 함께 세일은 문을 잡아당겼다. 두껍고 무거운 현관문이 사무실의 철문을 연상케 했다. 열린 문틈 사이로 처음 맡아보는 지독한 악취가 새어 나왔다. 명치 끝에서 치밀어 오르는 걸 억지로 되삼키며 세일은 이 노인의 집으로 들어갔다.

"어르신!"

이 노인은 텅 빈 거실에 등을 돌린 채 주저앉아 있었다. 이 노인이 바라보는 방향에 우뚝 세워진 낡고 거대한 괘종시계가 세일의 시선을 사로잡았다. 괘종시계의 시간은 2시 40분이었다.

"우리…… 세일 군 왔는가."

세일은 부르는 이 노인의 목소리에는 물기가 묻어 나왔다. 신발을 벗어야 한다는 생각조차 못 한 채 세일은 거실로 들어섰다. 악취는 한층 심해졌다. 거실 너머 활짝 열려있는 방 들에서 새어 나오는 냄새였다. 차마 그 방문 너머를 바라볼 용기가 나지 않아 세일은 이 노인의 등에 시선을 고정하고 걸어갔다.

"어르신…… 대체 무슨 일이 있었던 겁니까. 제가 경찰이랑 병원에……"

열린 문 너머에서 어린아이의 웃음소리 같은 킥킥 소리가 들려왔다. 이 노인의 어깨가 가늘게 떨리기 시작했다. 이 노인의 귀 아래로 가느다란 핏줄기가 흘러내렸다.

"저 안에 누가, 아니 무슨 일이 있었던 겁니까."

"가지 말게. 세일 군. 거기엔…… 보아선 안 될게…… 난, 난 그저 내 식구들만이라도…… 나는 어떻게 되든 상관없으니 내 가족들만이라도……"

이 노인의 말에 순간 선영과 어머니가 방 너머에 쓰러져 있을 거란 생각이 들었다. 피가 얼어 붙는듯한 감각을 애써 억누르며 세일을 고개를 내저었다."

"세일 군……"

메마르고 갈라진 목소리로 이 노인의 세일을 불렀다. 평소의 다정하고 유쾌한 말투가 아니었다. 더는 이 노인과 이야기하고 싶지 않았다. 당장이라도 이곳을 떠나서 선영과 어머니에게 전화를 걸어야 한다는 생각이 들었다.

"네. 어르…… 영감님."

애써 태연함을 가장하며 세일은 대답했다. 이 노인이 천천히 몸을 돌려세워 세일을 바라보았다. 세일을 바라보는 이 노인의 안구는 텅 비어 있었다. 텅 빈 안구 아래로 핏자국이 길게 턱 밑까지 이어져 있었다. 순간 사무실에 자신을 태워주었던 택시 기사의 모습이 떠올랐다. 이 노인과 더는 이야기를 나누면 안 될 것 같다는 생각이 들었다.

'왜냐하면…… 들어선 안 될 것을 말씀하실 거야.'

당장이라도 몸을 돌려 도망가고 싶은 걸 참으며 세일은 이 노인의 입을 바라보았다.

"내가 무얼 보았는지 아나?"

이 노인이 꽉 쥔 두 손을 펴고 손바닥을 세일을 향해 들어 올렸다. 이 노인의 손바닥 위에서 피에 물든 안구 두 개가 세일을 바라보고 있었다. 벤츠를 사라고 농담하며 장난기 어린 눈길을 보내던 바로 그 눈이었다.

"내가 이것으로 무얼 보았는지 아나? 내가! 내 가족들이!"

갑작스럽게 울리는 괘종소리에 놀라 세일은 자리에서 펄쩍 뛰어올랐다. 선고하듯 울리는 세 번의 종소리에 노인의 절규는 묻혀버렸다. 뒤따르는 건 체념한 듯, 받아들이는 듯한 통곡 소리였다. 더는 이곳에서 이 노인과 이야기를 나누고 싶지 않았다. 주섬주섬 '응급차를 부르겠다'는 말을 주워 담으며 도망치듯 세일은 달려 나갔다. 등 뒤에서 이 노인이 언제라도 양손에 눈알을 들고 세일에게 달려올 것만 같았다. 하지만 세일을 뒤따르는 건 기묘할 정도의 정적뿐이었다. 계단을 뛰어 내려가며 세일은 휴대전화의 연락처를 열어 보았다. 모든 연락처가 처음부터 존재하지 않았다는 듯 텅 빈 화면만이 보였다. 애써 선영과 어머니의 연락처를 떠올려 보았지만 좀처럼 떠오르지 않았다. 갑작스럽게 선영의 연락처가 떠올라 전화를 걸어 보았지만 신호음조차 가지 않았다.

'병원! 병원으로 가야 하나? 아직 밤 근무 끝나실 시간 아

니면 어머니도 선영 씨도 병원에 계실 건데.'

차를 세워둔 주차장으로 달려가는 세일의 옆을 누군가 스쳐 지나갔다. 벌거벗은 채로 두 팔과 다리로 기어가는 남자가 세일을 의아한 표정으로 바라보았다. 시선이 마주치는 걸 애써 무시하며 세일은 박 노인의 차에 올라타 시동을 걸었다.

'자네가 해야 할 일을 하게!'

바로 옆에서 박 노인이 호통을 치는 듯한 기분에 세일은 몸을 움츠렸다.

손목을 들어 시간을 확인해 보았다. 이제 막 오전 8시가 되어가고 있었다. 갑작스럽게 울리는 벨 소리에 놀라 브레이크를 길게 내 밟았다. 세일의 눈앞에 켜진 붉은색 신호등 너머로 거대한 화물차가 성난 짐승처럼 경적을 울리며 스쳐 지나갔다. 선영으로부터의 전화였다.

"세일 씨 전화했어요? 무슨 일이에요? 지금 근무 서고 있어야 하는 시간 아니에요?"

"그게…… 좀 일이 있어서…… 이제 출근하려고요."

"지각하지 말고, 난 이제 근무 마치고……"

선영의 목소리에는 감출 수 없는 졸음기가 가득했다.

"그래요. 이젠 자요. 나중에 퇴근하면서 연락할게요."

세일의 목소리가 자장가라도 되는 듯 선영은 나른한 웃

음을 터트렸다. 곧 규칙적인 숨소리만이 전화기 너머로 들려왔다. 한참을 더 선영의 숨소리를 듣다 재촉하듯 터져 나온 뒤차의 경적에 놀라 세일은 전화를 끊었다.

'아직 늦지 않았어. 일단 사무실로 가자. 어쩌면……'

도로의 차들이 점점 드물게 보인다 싶더니 익숙한 사무실로의 갈림길이 눈앞에 펼쳐졌다. 세일은 갈림길로 들어서 차를 세웠다. 좀 전까지 이 노인의 집에서 벌어진 일들이 모두 꿈처럼 느껴진다. 119에 전화를 걸어 이 노인의 집 주소를 불러주자 한결 마음이 편해졌다. 전화기 너머의 목소리가 단조롭게 '네'만을 반복하고 있었음을 세일은 눈치채지 못했다.

'나는 문명의 반석이다.'

설명하기 힘든 확신에 차 세일은 박 노인의 차를 몰아 나아갔다. 시선과 의지를 따라 노면을 타이어로 짓 할퀴며 달려가는 자동차의 엔진 소리가 세일의 귀를 자장가처럼 간지럽혔다. 등 너머로 떠오른 핏빛 태양이 세일의 그림자를 보닛에 길게 드리웠다. 저 멀리 보이는 낯익은 사무실의 풍경이 평소와는 달라 보였다. 위화감의 근원은 금방 눈에 띄었다. 이제는 세일에게도 익숙한 김 노인과 박 노인의 차 외에 처음 보는 차가 사무실 옆 공터에 세워져 있었다. 세 대의 자동차 옆에 박 노인의 차를 나란히 세워두고 철문을 향해 걸어가다 세일은 충동적으로 뒤를 돌아보았다. 나란히 세워진 네 대의 차량을 한참이나 바라보다 세일은 철문의 손잡이를 힘껏 잡아당겼다. 외부의 빛을 빨아들이는 듯한 건물 안의 어두움 때문이었는지 살짝 현기증이 몰려왔다. 급격한 밝기의 변화에 적응한 데는 잠깐의 시간이 필요했다. 난로 앞에 놓인 회전의자에 앉은 박 노인의 세일을 바라보며 안도하듯 고개를 끄덕였다. 박 노인의 목에 깊게 들이밀어진 김 씨의 칼날이 피부를 가르며 흘러나온 피를 머금었다.

"가만히! 가만히 있어요! 움직이지 말라고 했잖아요!"

벽에 붙은 스위치를 등으로 가로막듯 기대어 서 있는 김 노인이 소리쳤다. 두려움에 가득 차 덜덜 떨리는 목소리였다.

"왔는가. 보다시피 상황이 나의 통제를 벗어났네. 자네가 늦지 않게 와주어 다행이군."

박 노인의 목소리에는 작은 떨림조차 없었다. 귀찮은 일을 대하듯 조금 짜증스럽게도 느껴지는 목소리에 세일을 향한 애정이 묻어 나온다. 회전의자의 뒤에서 박 노인을 포옹하듯 감싸 안은 김 씨가 기괴한 소리를 내며 칼날을 더욱 깊숙이 박 노인의 목에 들이댔다.

"당신은 말하지 마! 김 씨가 나한테 말하라고 했잖아요! 당신 말 하면 가만 안 두겠다고 했잖아! 세일 씨! 이 형 집에 가봤어! 이 형한테 무슨 일이 생겼는지 봤냐고!"

"그게……"

김 노인의 질문에 뭐라 대답해야 할지 잘 떠오르지 않았다. 좀처럼 상황이 어떻게 돌아가는 것인지 정리되지 않아 혼란스럽기만 했다. 머뭇거리며 대답하지 못하는 세일을 독촉하듯 김 노인이 쏘아보았다. 박 노인이 호통치며 말했다.

"김성호. 이 형에게 일어난 일이 무엇이었든 우리가 해야만 할 일을 바꾸지는 못한다. 이 광신자의 기만에 현혹되지 말고 자네가 해야 할 일을 하도록! 그게 힘들다면 세일 군에게 맡기도록 해!"

세일은 벽면의 시계를 바라보았다. 시침은 3시에 근접해 있었다.

"나는…… 그냥 알고 싶…… 아니 알고 싶지 않아……"

박 노인의 호통에 내몰린 듯 김 노인이 흐느끼기 시작했다. 머뭇거리며 등 뒤의 손잡이를 잡더니 이내 놓아 버렸다. 박 노인이 짧은 한숨을 내쉬더니 고개를 돌려 세일을 바라보았다. 목으로 파고드는 칼날이 더 큰 상처를 박 노인의 목에 남겼다.

"세일 군. 김 형은 자신의 책무를 다 할 수 있는 상황이 아닌 것 같네. 자네가 김 형 대신 해야 할 일을 하도록 하게."

박 노인과 세일의 시선이 마주쳤다. 그 시선에 담긴 신뢰와 확신에 동조하여 세일은 고개를 끄덕였다. 김 씨의 목 부위에서 기괴한 소리가 들린다 싶더니 칼날이 박 노인의 목을 깊고 길게 갈랐다. 갈라진 박 노인의 목 윗부분이 뒤로 젖혀지고 갈라진 틈 사이로 왈칵 피가 쏟아져 내렸다. 김 씨의 포옹이 풀리자 박 노인의 시체가 회전의자 아래로 흘러내렸다. 박 노인의 눈동자에서 작은 불꽃이 피어오르는 듯 하더니 이내 꺼져 사라졌다.

"이…… 이렇게…… 어떻게 그를…… 박 형을……"

절규하는 김 노인을 김 씨가 바라보았다. 김 씨가 안심하라는 듯 두 손을 뻗어 김 노인을 가리키자 김 노인의 몸이 불타오르기 시작했다. 그 어떤 절규도 고통의 몸부림도 없었다. 순식간에 타오른 불은 순식간에 꺼져버렸다. 김 노인이 벽의 스위치 앞에 서 있었다는 증거는 바닥에 남은 타고 남은 뼈와 옷가지들의 잔해뿐이었다. 타고 남은 재와 짙은 피 냄새가 뒤섞여 욕지기가 날 것만 같았다.

"왜! 왜 두 분을!"

처음으로 세일을 사로잡은 건 분노였다. 분노는 이내 의문으로 뒤바뀌었다.

'어떻게? 어떻게 박 영감님이? 어떻게 그 마법이?"

"마법은……"

갑작스러운 목소리의 출처를 찾으려 세일은 사무실 안을

두리번거렸다.

"그 모든 마법은 원래 우리 주인의 것이라네. 이세일 군"

목소리는 바닥에 쓰러진 박 노인의 시체의 입 부분에서 새어 나오고 있었다. 김 씨는 기묘한 광경에 압도되어 한동안 말을 잇지 못하는 세일을 한참이나 바라보더니 쓰러진 박 노인의 시체를 안아 회전의자에 앉혔다.

"조금 놀랐나 보군. 이세일 군."

장난감 인형 다루듯 시체의 얼굴을 세일을 향하도록 틀어쥐고 있는 김 씨의 목 부분에서 물이 끓는 듯 기묘한 소리가 새어 나왔다.

'웃고 있어?'

"그럼 우습지 않은가? 이세일 군. 가장 사랑받던 종복이 주인을 핍박하고 그 긴 세월 동안 거짓 선지자 행세를 할 수 있었던 것이 말일세."

한때는 박 노인의 의지를 대변하던 입이 이제는 김 씨의 미친 소리를 전파하는 데 쓰인다는 게 견딜 수가 없었다.

"그분은. 해야만 할 일을 한 거야. 이 모든 게 다 그분 덕분……"

"해야만 할 일? 아. 그래 학살들 말이군."

"당신은 미쳤어. 박 영감님이. 그분이 그런 일을 하실……"

"분명 좀 전엔 그의 덕이라 하지 않았나? 그의 업적이 곧 그의 행동의 증거인데 왜 그걸 부정하고 있는 건가?"

"문명이, 이 세계가 온전히 돌아간다는 것이 내가, 우리의 선택이 틀리지 않았다는 것을, 자네가 올바른 일을 하고 있다는 것에 대한 증명일세."

세일은 고개를 돌려 벽면의 시계를 바라보았다. 3시가 된 것인가? 아니면 아직 조금은 시간이 남은 것인가? 알 수가 없었다. 이 모든 게 지독한 악몽처럼 느껴졌다.

"그래. 하지만 우리들의 꿈은 아니지."

"당신은 박 영감님이 당신을 지하실로 보낸 걸 원망하는 거야. 그래서 박 영감님이 해오신 걸 부정하고 막으려는 거야."

'하지만 난, 내가 문명의 반석이다. 난 내가 해야 할 일을……'

안타까운 듯 요란하게 혀를 차는 소리에 세일의 생각은 가로막혔다.

"계속 오해를 하는 것 같고. 이세일 군. 우리는 그 무엇도 막을 수가 없다네."

세일은 대답하지 않고 곁눈질로 벽면의 손잡이를 바라보았다.

'계속 말을 걸면서 조금씩 다가가자. 저 마법의 불이 아무리 빠르더라도 방심한 틈에 스위치를 당기면.'

"당기면? 자네는 어떤 일이 벌어지는지 알고 있는가?"

"그건……"

"그래도 이세일 군 자네는 머저리처럼 스스로 내린 답변조차 끊임없이 부인하고 답을 내릴 용기조차 없었던 이 군이나 김 군보다는 나은 종복일 거라 생각했네."

한 귀로 김 씨의 말을 흘려들으며 세일은 조금씩 벽면의 손잡이를 향해 다가갔다.

'다 미친 소리다. 내가 할 일을……'

"자네가 할 일은 선택을 하는 것이지. 그게 우리 주인이 바라는 것이니."

안타까움과 연민이 가득한 시체의 목소리에 사로잡혀 세일은 발걸음을 멈춰 세웠다.

"이세일 군. 난 자네가 부럽고 불쌍하다고 생각하네."

김 씨는 눈이 있었던 흔적만 남은 부위로 세일을 한참이나 바라보았다. 김 씨가 손에 든 칼을 들어 스스로 목을 가르는 광경이 꿈처럼 느릿하게 세일의 눈에 담겼다. 다리에 힘이 풀려 세일은 바닥에 주저앉았다. 쿵쿵쿵 요란한 고동소리가 세일의 귀를 어지럽혔다. 손목에 찬 시계가 만들어 낸 맥동이었다. 손목을 들어 올려 보니 시간은 12시에 멈추어 있었다. 감각이 온통 뒤틀려 얼마나 시간이 지난 건지 알 수가 없었다. 사무실을 가득 메운 피와 재의 냄새에 코가 마비된 것만 같았다. 미약하게 실내를 밝히던 가스등의 불빛이 희미해지며 사무실에 한층 더 진한 어둠을 드리웠다. 세일은 고개를 들어 벽면의 시계를 바라보았다. 아직은 3시가 아닌가? 눈앞이 흐릿해 좀처럼 사물을 분간하기가 힘들었다. 세일은 억지로 다리에 힘을 주어 일어나 한동안 벽에 기대어 숨을 골랐다. 벽을 짚고 손잡이를 향해 걸어가는 세일의 시선 끝에 사무실 입구의 철문이 들어왔다. 순간 이곳에 있기가 싫다는 충동에 떠밀려 세일은 철문을 힘주어 당겼다. 철문 너머로 보이는 것은 늘 보던 공터가 아니었다. 그곳은 또 다른 지하실로의 입구였다. 바닥에 무릎을 꿇고 그 찬란한 심연의 끝에 누워 있는 걸을 바라보고 그 너머에서 들려오는 것을 듣는 세일의 입에서 오열이 흘러나왔다. 사무실 벽들이 녹아서 흘러내리기 시작했다.

'이미 늦은 걸까?'

세일을 위로해 주듯 벽면 시계의 시침이 조금 더 3시 쪽으로 움직였다.

'아직은 아닌 걸까? 지금이라도 당겨야 하는 걸까? '

세일에게 대답을 해줄 수 있는 이는 아무도 없었다.

"손잡이 당기면 무슨 일 일어나는지는 알아?"

이제는 세일도 답을 알고 있는 질문이었다. 사무실 난로의 온기가 사그라들며 지독한 냉기가 세일을 감싸 안았다.

"왜 어떤 이들은 줄을 서지 않고 어떤 이들을 줄을 서는 거지? 누군가의 죽음이 누군가의 삶을 위한 반석이 돼야 하는 거라면 죽어야 할 이들을 정하는 건 누구지?"

얼마 전 꾸었던 꿈속의 남자가 든 칼과 그 칼이 가르던 하얀 목들이 떠올랐다.

'어머니도, 선영 씨도, 이유도 없이 비명 지를 틈도 없이.'

마음속으로도 차마 문장을 마무리 지을 수가 없었다.

"분당 회전수가 3000번을 넘어가면 기어를 바꿀 거야? 70억을 구하기 위해 너의 두 명과 수십만 명을 희생시킬 거야? 3시가 넘어가면 손잡이를 당길 거야? 너는 해야만 할 일을 할 거야?"

흘러내리는 눈물을 닦지도 않고 세일은 손잡이를 바라보았다.

'내가 저걸 당기면 누군가는 삶을 계속 즐길 수도 있겠지. 하지만 어머니는, 선영 씨는……'

'식사하러 오신 건가요?'

억지웃음을 지으며 아버지와 세일의 손을 잡아끌던 어머니의 모습이 떠올랐다.

'……요새 계속 꿈을 꾸는 것 같다고 하셨지. 이제야……'

어머니의 꿈은 곧 깨어질 꿈이었다. 양 볼로 길게 흘러내리는 눈물을 훔치며 세일은 누구에게라 할 것도 없이 고개를 끄덕였다.

'누군가의 비탄과 비명 위에서만 이루어지는 꿈이야.'

세일의 입에서 끊임없이 흐느낌이 흘러나왔다. 세일은 남아 있는 힘을 끌어모아 난로를 걷어찼다. 몇 번의 시도 끝에 재를 흩날리며 남아 있던 마지막 불씨가 사그라졌다. 이제는 어둠에 익숙해진 시선으로 벽면의 시계를 바라보았다. 움직이던 시침은 3시에 머물러 있었다.

'이제는 모두가 꿈에서 깨어날 시간이다.'

눈에서 흘러내리던 액체가 피처럼 끈적하게 느껴졌다. 김씨와 박 노인의 시체가 쓰러진 바닥에서 멀리 떨어져 몸을 웅크리고 눕자 냉기가 세일의 온몸을 포옹하듯 휘감아왔다.

'어둠 속에 둘만 남겨진 것처럼. 불처럼, 마지막 불씨처럼.'

박 노인의 차 안에서 선영이 피우던 담배의 향기가 코끝에 감도는 것만 같았다. 세일의 손과 발끝에 전해지던 그때의 진동이, 선영의 머리를 뒤로 날리던 세찬 바람이, 둘의 앞에 펼쳐진 도로의 모습이 떠올랐다. 끝내 맺지 못한 '다음'이 머릿속에 계속 맴돈다.

"더 자요."

선영의 목소리가 자장가처럼 세일의 귓가를 간지럽혔다. 더는 꿈꾸는 자에게 비명과 비탄의 자장가를 들려줄 사람은 없다.

꿈꾸는 자는 꿈에서 깨어났다. 세일은 깊은 꿈속으로 빠져들었다.

〈끝〉

신입사원

1판 1쇄 찍음 2023년 7월 7일
1판 1쇄 펴냄 2023년 7월 14일

지은이 | 이시우
발행인 | 박근섭
편집인 | 김준혁
펴낸곳 | 황금가지

출판등록 | 2009. 10. 8 (제2009-000273호)
주소 | 06027 서울 강남구 도산대로 1길 62 강남출판문화센터 5층
전화 | **영업부** 515-2000 **편집부** 3446-8774 **팩시밀리** 515-2007
홈페이지 | www.goldenbough.co.kr

도서 파본 등의 이유로 반송이 필요할 경우에는 구매처에서 교환하시고
출판사 교환이 필요할 경우에는 아래 주소로 반송 사유를 적어 도서와 함께 보내주세요.
06027 서울 강남구 도산대로 1길 62 강남출판문화센터 6층 민음인 마케팅부

ISBN 979-11-7052-286-7 03810

㈜민음인은 민음사 출판 그룹의 자회사입니다.
황금가지는 ㈜민음인의 픽션 전문 출간 브랜드입니다.